KB108705

아오리를
먹는
오후

김봄
소설집

아오리를 먹는 오후

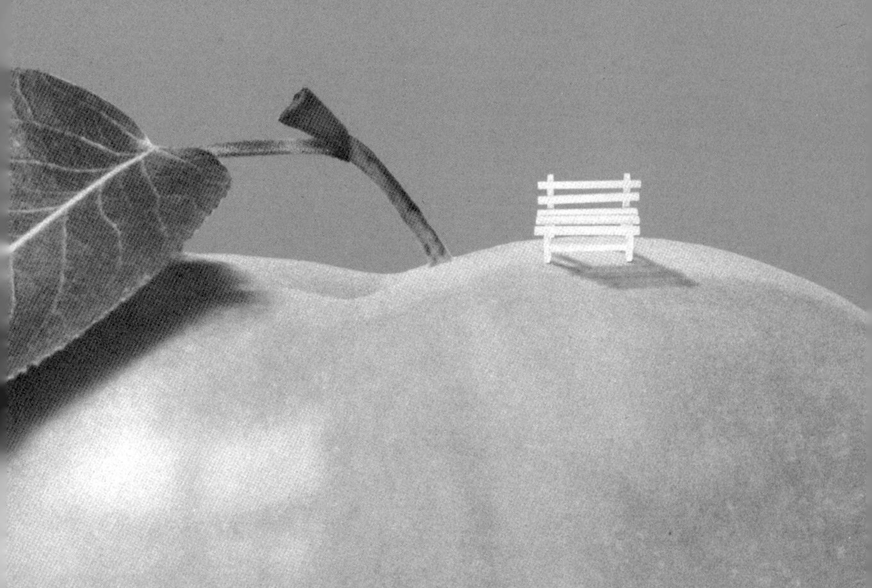

민음사

차례

무정

아버지는 유명한 사진작가예요. 주로 누드를 찍어요. 남자 누드요. 학교에 강의도 나가죠. 사람들은 그런 아버지를 편하게 강 교수, 강 교수 그렇게들 불러요. 예전엔 가족사진을 전문으로 찍었다고 하는데 지금은 찍지 않아요. 아버지는 대학을 졸업하자마자 유학을 떠났다고 해요. 거기서 엄마를 만났고요. 무척이나 뜨겁게 사랑을 하셨다고는 하는데 그런 모습은 상상으로도 그려지지가 않아요. 아버지는 아무래도 금방 사랑에 빠지는 사람 같아요. 두 분이 정말 제가 생길 만큼 사랑을 했는지는 모르겠어요. 어쨌든 중간에 제가 생겨 버린 거죠. 엄마는 저를 낳고 키우느라 아버지보다 먼저 돌아오셔야만 했다는군요. 이게 얼마나 비극적인 이야기예요. 둘의 사이를 갈라놓은 자식이라니. 아버지는 1년 정도 더 계시다 왔대요. 두 분은 결혼식 사진이 없어요. 이모한테 이야기는 들었는데 이혼할 때 다 불태워 버렸대요. 아버지가 귀국하고 나서 엄마와 아버지는 1년도 같이 살지 않았다나 봐요.

엄마는 아버지와 헤어지고 바로 재혼을 하셨대요. 6개월 정도 지나고 바로 하셨다고 하니까 뭐 사는 동안에도 다른 삶을 준비하고 계셨던 거나 마찬가지죠. 엄마는 지금 호주에서 살아요. 거기서 딸 둘을 키우면서 민박집을 한다나 봐요. 애 먼저 낳고 결혼했다가 바로 이혼하고, 곧바로 재혼하고. 엄마는 뭐든 빠르고 간편한 사람인 것 같아요. 연애도 금방 하고 애도 금방 낳고 그러다가도 쉽게 버리고 갈 수 있으니 말이에요. 재혼한 사람이랑 아직까지 잘 살고 있는 게 신기할 따름이에요. 이모 말에 따르면 엄마는 자신의 삶을 아주 중히 여기는 사람이래요. 클 때도 그랬고 결혼하고도, 이혼하고도, 재혼하고도 역시 자신의 진정한 삶을 찾고 있다나요. 그러니 저 같은 자식은 안중에도 없는 것 아니겠어요? 호주에서는 그 정체성을 찾았는지 몰라. 교과서 같은 데 보면 질풍노도의 시기 어쩌고 하면서 청소년기를 그렇게 말하잖아요. 근데 엄마는 지금 나이가 몇인데 아직도 질풍노도를 겪고 있느냐고요. 그러고 보면 책도 믿을 게 못 된단 말이죠.

엄마는 제 생일이나 크리스마스가 되면 잊지 않고 선물을 보내 줘요. 옷도 보내고 신발도 보내고 돈도 보내고. 선물이 도착할 때 즈음에는 꼭 전화를 하죠. 워낙 어렸을 때부터 떨어져 있어서 그런지 엄마라는 단어가 서먹하고 낯설어요. 몇 마디 주고받지도 못하고 금방 끊어버릴 때가 많죠. 이모한테는 떼를 쓰기도 하고 가끔 용돈이 필요하면 애교도 떨고 그러는데 이상하게 엄마한테는 그게 안 돼요. 사실 엄마에 대한 기억은 전혀 없다고 해도 틀리지 않을 거예요. 그러니 뭐, 제가 이상한 게 아니죠. 얼굴이야 알죠. 엄마가 메일로 사진을 보내 주니까. 그래도 생각해 보세요. 엄마 소리가 나오겠나.

아버지는 제가 중학교에 들어가자마자 기다렸다는 듯이 저를 이모 집으로 보내 버렸어요. 그때 이모 집에 도둑이 들어서 난리도 아니었거든요. 새벽에 이모한테 전화를 받고 아버지와 함께 이모 집으로 갔는데, 이모는 술에 취한 사람처럼 정신이 없어 보였어요. 아버지가 진정시키는데도 계속 헛구역질을 하더라고요. 이모가 술에 취해서 난동을 부리고 우리를 놀래킨 건가, 하는 착각이 들 정도였죠. 그날 아버지는 제 의견을 묻지도 않고 저를 이모네로 보내겠다고 했어요. 여자 혼자 살아서 자꾸 이런 일이 생기는 거라고요. 저도 당연히 아버지랑 사는 것보다야 이모랑 사는 게 낫긴 하지만, 아버지가 그렇게 쉽게, 빨리 저를 이모네로 보낼 줄은 몰랐어요. 아버지는 저랑 떨어져 살 기회만 엿보고 있었나 봐요. 그나마 이모 집에 도둑이 안 들었다면 아버지는 제게 뭐라고 했을까요. 그냥 쿨하게, 귀찮으니까 거기 가서 좀 살아라, 라고 말하면 제가 다른 반응을 보일까 봐 그랬을까요. 말이야 어찌 되었든 그 숨겨진 의미를 다 아는데도 아버지는 겉으로는 절대 그렇지 않은 척하죠.

이모는 애인 없는 노처녀예요, 노처녀. 얼굴에 기미도 많고 배도 많이 나왔어요. 야한 농담도 잘하고 술도 잘 마셔요. 담배도 물론 많이 피워요. 화장은 전혀 하지 않아요. 어디 하나 여자 같은 구석을 찾아볼 수가 없어요. 외모도 그렇고 하는 말도 그렇고. 입에 욕을 달고 사니까. 문하생들한테 이 새끼, 저 새끼 하는 건 아주 우스운 일이라니까요. 정말 여자 같은 느낌이 전혀 없어요. 진짜라니까요. 가슴이 크면 뭐해요. 배가 더 나왔는데. 정말 단 한 구석도 찾을 수가 없는 거 같아요. 저도 그런데 어떤 남자가 좋아하겠어요. 만화 배운답시고 들락거리는 누나들이나 선생님 소리하면서 쫓아다니지. 맞아요, 이모의 직업은 만화 작가예요. 이모 집에는 만화로 먹고사는 다른 이모들이 자주 놀러오죠. 문하생들도 많아요. 저는 이모 친구들은 그냥 편하게 이모, 문하생들은 누나라고 불러요. 그래서 이모, 누나가 수도 없이 많죠. 다들 골초에 주정뱅이예요. 가끔 술이 취하면 그냥 다들 엉겨서 자기도 해요. 어떤 이모는 꼭 옷을 벗어요. 그다지 몸매가 잘 빠지지도 않았는데 술만 취하면 옷을 벗더라고요. 사실 몇 번 이모들과 누나들의 몸을 훔쳐본 적도 있어요. 흥분이 돼야 하는데 쉽지는 않았어요. 누나들이 자꾸 몸을 뒤척일 때마다 얼굴이 눈에 들어왔으니까요. 집중해야 하는데 자꾸 얼굴이 크게 보이잖아요. 이모는 그런 걸 좀 모른 척해 줘도 될 텐데, 키득거리며 말하더라고요. 자기가 밤에 봤다면서 말이에요. 맞아요. 이모랑은 그런 거 별로 안 쪽팔려요. 우리는 수치심도 나눈 사이니까요. 정말 이모 같은 형이 있으면 좋을 텐데 말이죠.

이모 패거리들은 순정 만화를 주로 그려요. 그런데 만화 주인공처럼, 그렇게 생긴 이모나 누나는 없어요. 생각해 보니 웃기네요.

만화 스토리도, 그림도 다 이모가 하는 거예요. 이름도 꽤 알려져 있죠. 돈요? 말씀드리면 아마 놀라실 걸요. 이모는 그냥 집에서 장군이 키우면서……. 집에 시베리안 허스키가 한 마리 있거든요. 마야 새끼 중에 가장 똘똘한 놈으로 남겨 놓은 거거든요.

이모는 나름 저한테 잘해 줘요. 아버지보다 말을 많이 걸어 주고 엄마보다 더 많은 애정을 보여 주죠. 작년 여름에 제가 포경수술 할 때도 병원에 같이 가 줬어요. 제가 다른 친구들에 비해 아주 늦은 편이었거든요. 친구들이랑 같이 가도 됐지만 애들이 뭐라고 하겠어요. 이모는 꿰맨 곳을 만져 보면서 계속해서 미안해, 내가 몰랐다 야, 그러는 거 있죠. 자기가 자식을 안 키워 봐서 그렇다고. 이모는 꿰맨 주위를 호호 불어 주기도 하더라고요. 입김이 느껴지니까 저도 모르게 몸이 반응했지만 이모는 뭐 별일 아니라는 듯이 시치미를 떼더라고요. 그 바람에 꿰맨 부분이 터져서 결국 다시 병원에 가야 했어요. 그래서 제 똘똘이는 왼쪽으로 조금 휘어져 버렸어요.

그때 제가 그렇게 아파하는데도 이모는 전혀 개의치 않았어요. 지금 생각해 보니 노처녀인 이모가 은근히 제 고통을 즐긴 건 아닌지 의심이 들기도 하네요. 체모를 쓸던 이모의 긴 손가락을 떠올리니까 다시 기분이 이상해지려고 해요.

아버지는 가끔 저를 보러 이모 집에 와요. 뭐랄까, 일종의 책임감을 과도하게 표현하는 것 같아 저는 사실 아버지가 역겨워요. 아버지와 이모는 사이가 좋은 편이에요. 엄마와 전혀 달라서 그런 거라고 이모가 그러더군요. 그래도 이모랑 엄마는 닮은 점이 더 많지 않을까요?

할아버지는 제가 엄마와 연락하는 것도 싫어하셨어요. 제게 대놓고 욕을 했죠. 가끔 화가 나시면 제게도 더러운 피 운

운하면서 뭐라고 하셨죠. 여자 하나 잘못 들어와 집안을 들쑤셔 놨다고 잊힐 만하면 한 번씩 그러셨어요. 엄마를 정말로 미워하셨던가 봐요. 아버지와 엄마가 갈라서게 된 게 어쩌면 할아버지 때문은 아니었을까 생각한 적도 있다니까요. 왜냐면 아빠는 유학생이었지만 엄마는 공부하는 중이 아니었다나 봐요. 뭔지 모르지만 할아버지같이 꼬장꼬장한 사람이 싫어하는 일을 한 게 틀림없을 거예요. 할아버지는 아버지가 계속 결혼도 않고 있으니까 좀 답답하셨는가 봐요. 돌아가실 때까지도 아버지를 재혼시키려고 안달을 하셨어요. 어린 제가 다 알 정도였으니까요. 연세가 그렇게 드셔도 고집이 얼마나 세셨는지 몰라요. 한 번 아니면 끝까지 아닌 그 고집은 정말 징글징글했어요.

결국, 할아버지는 그렇게 원하던 것은 이루지 못하셨어요. 왜냐면 할아버지는 욕실에서 미끄러져서 돌아가셨거든요. 욕실에서 그냥 미끄러지신 거예요. 모르겠어요. 바닥에 뭐가 있었는지는. 전 정신없이 영화에 빠져 있었으니까. 볼륨을 너무 크게 올려놔서 할아버지가 쿵하고 넘어가는 소리도 듣지 못했거든요. 아버지가 오시고 나서야 할아버지가 돌아가셨다는 것을 알게 됐죠.

아버지가 축 늘어진 할아버지의 몸을 욕실에서 끄집어내는 것을 보고 있자니 은근히 속이 시원했어요. 지긋지긋한 잔

소리를 이제 그만 들어도 되겠구나 싶은 생각이 들었거든요. 아버지는 119에 전화를 하라고 소리를 지르는데, 저는 그렇게 다급한 느낌이 안 들더라고요. 구급차가 일찍 와서 응급처치를 하고 그 바람에 할아버지가 깨어나기라도 한다면……. 정말 생각하기도 싫은 부분이네요. 사실 이런 이야기까지 하면 안 되겠지만 저는 할아버지가 죽었다고 아버지가 고함을 쳤을 때 정말 죽은 게 맞는지 확인하고 싶었어요. 그래서 가만히 할아버지 얼굴을 내려다봤죠. 그렇게 가까이 쳐다본 건 처음이었을 거예요. 할아버지의 얼굴은 평소보다 더 검었어요. 원래부터 검은 점밖에 없었던 사람처럼 온 얼굴에 검버섯이 퍼져 있었어요. 할아버지에게서 나는 냄새가 고약했어요. 똥을 닦다 말았는지 정말 참을 수가 없었어요.

그래도 조금은 겁이 났어요. 죽어서까지도 생생하게 퍼지는 할아버지의 냄새처럼 할아버지가 다시 살아날 것 같았거든요. 그래서 할아버지의 머리를 힘껏, 있는 힘껏 내리치고 싶었어요. 집에는 골프채도 있고 어항을 만들기 위해 쌓아 놓은 붉은 벽돌도 있고 망치도 있었죠. 뭐든 내리칠 것은 충분했어요. 하지만 전 그러지 않았어요.

아버지가 할아버지를 발견하고 나서 한동안 문을 닫고 서 있던 것을 알아요. 문 뒤에 의식을 잃은 할아버지를 둔 채 시간을 흘려보낸 것을 알고 있어요. 골든타임이 있었다면 아마 그 시간이었을 거예요. 아버지가 어떤 생각들을 했는지 저는 알 수 없지만 아마 아버지도 할아버지가 만든 커다란 관 속에서 살던 사람 중 하나였으니 이해 못할 것도 아니었죠. 어쩌면 아버지는 문을 닫으며 미소를 머금었을지도 몰라요. 그때 제 나이가 열두 살이었지만 저는 아버지를 충분히 이해할 수 있었다고요. 경찰들은 제게 몇 마디 물어보고 말았어요. 몇 가지 질문을 더 했더라면 저는 아마도 아버지를 변호했을지도 몰라요. 그게 변호가 될지 안 될지는 모르지만요.

미리 영정 사진을 찍어 놓지 않았던 게 문제였죠. 가족사진 안에 있던 할아버지 사진을 확대시켜 영정 사진으로 썼어요. 인자한 척 근엄한 척 입을 길게 늘이고 있던 할아버지 표정이 얼마나 끔찍했는지 아세요? 금방이라도 사진에서 뛰쳐나올 거 같았어요. 장례식 내내 그 사진이 무서워 눈물이 났어요. 먼 친척들은 제 속도 모르고 저를 안아 주고 쓰다듬어 줬지요. 집에 오자마자 저는 할아버지 사진을 모두 태워 버렸어요. 다시는 할아버지를 보고 싶지 않았어요.

아버지는 할아버지가 죽고 나자 대문부터 헐어 버렸어요. 할아버지 이름이 새겨진 문패도 뗐죠. 마당 한쪽에 주차장을 만들고 화단도 만들었어요. 모르는 사람이라도 누구나 마당에 들어올 수 있었어요. 지나다 잠시 쉬어 가는 사람도 있었죠. 가끔 쓰레기가 쌓이기도 했지만 아버지는 별로 신경 쓰지 않았어요. 아버지는 미국처럼 밖에서 안이 보여야 집이 안전하다고 말했어요. 그래야 밖에서 위험을 알고 도와줄 수 있다고 말이죠.

대문을 뜯어내고부터 아버지 집에는 아버지를 도와주는 남자들이 득실거렸어요. 정말 말 그대로 득실, 그 자체예요. 이모 집에는 여자가, 아버지 집에는 남자가. 꼭 여탕, 남탕, 그런 생각이 들었어요.

아버지 작업실인 1층에는 아버지 제자들은 물론이고 누드모델들도 있고 텔레비전에서 얼핏 봤던 아직 뜨지 않은 배우들도 자주 드나들었어요. 자고 가는 사람도 많았어요. 제가 그 집에서 자려면 아버지한테 먼저 허락을 받아야 했어요. 한번 물어본 적이 있는데 그냥 이모 집으로 가라고 하셨죠. 그 이후로는 그런 말을 꺼내지 않았어요. 사실 저도 별로 아버지 집에서는 자고 싶은 생각이 없었거든요. 할아버지 생각도 나고 해서요. 꿈에라도 나오면 너무 끔찍할 거 같았거든요. 쭈그러진 피부에 누가 파헤친 것 같은, 몇 가닥 안 되는 머리칼을 가진 할아버지의 모습은 그 자체가 공포니까요. 그래도 거절을 당하니 기분은 좋지 않았어요. 붙잡았어도 거기서 자기 싫었는데 말이죠. 괜히 말을 꺼냈다는 생각이 들어 짜증이 났어요.

아버지 집에 심부름 갔다가 아버지와 같이 작업하는 이진이라는 사람을 소개받았어요. 아버지의 일을 도우며 집에서 지내게 될 거라고 했어요. 아버지는 친구도 많고 집을 오가는 남자들도 많아서 저는 소개받은 사람들을 다 기억하지 못해요. 이진도 처음엔 그런 사람이었죠, 처음에는. 이진은 아버지의 소개가 끝나자 인사를 한답시고 제 어깨를 끌어당겨 포옹을 했어요. 볼록한 가슴이 느껴지더군요. 저는 그때까지도 문하생 누나들의 처진 가슴이나 펑퍼짐한 엉덩이만 봐 왔지 직접 접촉을 한 적은 없었거든요. 말 그대로 충격이었어요. 제 물건이 서거나 그러진 않지만 그냥 간질거리는 느낌이 드는 게, 그게 이상하더라고요.

가끔 이진이 전화를 걸어왔어요. 만나자고요. 친해지고 싶지는 않았지만 그래도 이진이 전화를 하면 만나러 나갔죠. 이상하게 땡기는 거, 그게 제 솔직한 느낌이었으니까요. 하여간, 원래 첫인상이 안 좋은 사람 있잖아요. 꽉 끼는 청바지와 쫄티도 그렇고 커피 잔을 들 때 새끼손가락을 살짝 드는 것도 그렇고 다리를 꼬고 앉는 것도 그렇고. 어디 하나 맘에 드는 구석이 없었어요. 말투도 좀 그래요. 혀가 너무 꼬부라져서 발음도 이상하고, 게다가 화장도 진했죠. 뭐 사실, 용돈도 주고 그러니까 저로선 꼭 기분 나쁜 일은 아니었어요. 그런 사람이 있구나 하고 생각하면 이해 못할 인간이 없잖아요? 조금씩 그와

친해지는 것 같았죠. 제가 뭐 그렇게 나쁜 애는 아니니까요.

사실, 이진은 조용한 사람이고 다정한 구석이 많았어요. 제게 그렇게까지 다정하게 대해 준 사람은 없었거든요. 쓸모없는 짐짝처럼 저를 버리고 떠난 엄마나, 제게 무관심하고 저를 귀찮아하는 아버지나, 풍족하게 지원해 주는 것 같지만 저를 잡초처럼 놔두는 이모나, 엄마를 닮았다고 정 한 번 주지 않았던 할아버지까지 다들 무정한 사람들이었어요.

그와 몇 번을 밖에서 따로 만났어요. 그라고 해야 하는지 그녀라고 해야 하는지, 형이 나은지 누나가 나은지, 아직도 모르겠어요. 어쨌든 그와 다니면 어디서나 사람들의 시선을 받았어요. 물론 여자로 쳐도 예쁜 편이죠. 하지만 예뻐서라기보다 입고 다니는 옷이며 화장이며 너무 튀어서 항상 사람들의 시선이 집중돼요. 무슨 가죽옷이 그렇게도 많은지. 키가 좀 작으면 골격 큰 여자로라도 보일 텐데 그는 키도 컸어요. 옆에 있는 저까지 덩달아 '그런 사람'으로 취급되고 있을지 모른다는 생각도 들었어요.

사실 전 사람들의 그런 쓸데없는 관심 속에 있고 싶지 않았어요. 관심을 받은 적이 없어서 어색해서 그런지도 모르죠. 아버지 친구 중 누군가 제게 그러더군요. 관심을 받아 본 적이 없어서 그렇게 무심한 거라고. 하여간, 그렇게 생각하고 나니까 이진이 정말 불편해졌어요.

결국 전 이진에게 말하고 말았어요. 정말 쪽팔려 죽겠어. 앞으로 전화하지 마, 하고 말이죠. 그렇게 센 단어를 쓴 것도 아닌데 그의 표정이 정말 가관이었어요. 우리 이모가 자주 쓰는 말인데 얼굴이 얼어붙었다는 거, 그날 알았어요. 그런 표정이 실제로 있다는 걸 말이죠. 왜 만화에서 보면 등장인물이 멈춰 있고 눈알이 얼굴만큼 확대돼서 눈동자에 빛이 어리는 것까지 다 보이는 거 있잖아요. 멍 때리는 표정 말이에요. 이모 만화에 자주 나오는 표정이죠. 사랑하는 남녀가 알고 봤더니 이복남매더라, 남편이 고아원에서 헤어진 친오빠더라 하는 설정에서 그 사실을 안 여자 주인공의 표정이 그렇게, 꼭 그렇게 굳어 버리거든요. 어쨌든 그다음부터 전 그가 불편하기도 하고 못마땅하기도 해서 계속 피했어요. 그렇게까지 하고 싶지는 않았지만 그렇게 되어 버렸어요. 이진을 생각할 때마다 자꾸 혀끝에 침이 고였어요. 침을 삼키고 또 삼켰죠. 수치심 같은 게 자꾸 치밀어 오르는데 저도 그 이유를 모르겠더라고요.

저희 아버지로 말할 것 같으면, 제게 어지간해서는 전화를 안 하시는 분이거든요. 제 휴대폰 번호도 모르고 있었을 걸요. 그런데 그 일이 있고 얼마 안 있어 아버지가 전화를 해왔어요. 공부를 잘해도, 성적이 곤두박질쳐도 전화 한 번 없던 아버지였는데 말이죠. 아버지는 다짜고짜 저한테 화를 내셨죠. 전화도 어지간하면 안 하시지만 화도 여간해서는 내지 않는 분이거든요. 그날 정말 오랜만에 아버지의 화난 음성을 들을 수 있었어요. 담배 피우는 걸 아셨을 때보다 더 심하게 화를 내셨어요. 무턱대고 당장 사과하라고 하더라고요.

전 좀 쪽팔렸을 뿐이라고요. 그런 기분을 나름대로 표현하면서 살면 안 되나요? 굳이 봐서 불편한 사람을 꼭 만나야 하나요? 그 사람이 원한다고? 그럴 필요는 없는 거잖아요. 전 아버지를 이해할 수 없었어요. 아버지는 전후 사정은 들어 보지도 않고 무조건 사과하라고 하셨어요. 전 그때, 울며 겨자 먹기란 말을 만든 사람이 누군지 정말 대단하다고 생각했어요. 꼭 그런 심정으로 사과했으니까요. 정말 하기 싫은데, 진짜 그러기 싫었는데, 아직은 내가 힘이 없으니까, 아직은 내가 아버지가 필요하니까, 사과를 하기로 한 거죠. 자식을 이기는 부모가 없는 게 아니라 부모를 이기는 자식이 없을 걸요. 아마도.

뭐 그때만 해도 아버지가 이상하다고는 생각하지 않았어요. 이진과 따로 만난 것은 모르고 있다고 생각했으니까요. 이진도 나름대로, 그러니까 엄마 없이 크는 저를 동정했던 건지도 모르니까. 밥도 사 주고 영화도 보여 주고 싶었을지도 몰라요. 이진이 성 정체성을 찾은 그날부터 그의 부모님은 그를 보지 않으셨대요. 이진도 저처럼 버려졌던 거죠. 하여간 그다음부터 이진과는 좀 어색하고 낯선 관계가 되어 버렸어요. 그래도 만나야 하는 관계였어요. 엄마처럼 말이죠.

제가 열일곱 살 생일을 맞은 날이었어요. 벌써 6개월도 넘었네요. 그때 아버지는 주말에 시간을 내서 안면도에 있는 펜션에 놀러 가자고 했어요. 이모와 이진도 같이요. 분명 이진이 아버지를 조종한 게 틀림없어 보였죠. 이모는 안 내켜 하면서도 짐을 꾸렸어요. 제 생일이라서 가는 거라고 못을 박기도 했어요. 이모는 장군이까지 목욕을 시켰어요. 안면도에 가 보니 아버지는 벌써 도착해 있더군요. 정말 예쁘지 않냐? 볼수록 매력적이란 말이야. 저걸 저렇게 유지하려면 호르몬을 계속 맞아야 할 텐데. 너희 아빠는 어디서 저런 앨 만났다니? 이진을 처음 본 이모가 말했어요. 호르몬 주사를 계속 맞아야 그렇게 유지가 된다니, 아마 그도 많이 힘들었을 거예요.

우리는 바다가 내다보이는 펜션에 묵었어요. 두 개의 방을 예약했는데 아버지는 저보고 이모랑 같은 방을 쓰라고 했어요. 하긴 그 상황에서 이모와 함께 잘 수 있는 사람은 저뿐이었죠. 아버지가 이모랑 자도 이상하고 이모와 이진이 자는 것도 좀 그랬죠. 아버지, 이진 그리고 제가 함께하는 것은 더더욱 이상했어요. 저는 그냥 아버지 말대로 이모와 한 방에서 자기로 했어요. 장군이가 마당에서 늑대 울음소리를 냈지만 방으로 들일 수는 없었어요. 펜션 주인이 장군이가 차에 내리자마자 개를 데려온다는 이야기를 하지 않았다고 대놓고 싫은 티를 냈거든요.

다음 날 물이 빠지자 아버지는 해변을 걷자고 하더군요. 아버지는 어깨에 카메라를 메고 나왔어요. 몇 군데 자리를 잡고 해변을 찍기도 했어요. 그리고 펜션 앞에 카메라 삼각대를 고정시키고 한 명씩 위치를 지정해 세웠어요. 연출에 따라 움직이는 게 좀 어색했지만 아버지는 꼭 그렇게 사진을 찍어야 하는 사람이니까 별 수 없는 일이었죠. 모델이 아닌 사람을 카메라에 담는 아버지 모습이 너무 낯설었어요. 몇 장은 아버지도 함께 찍었죠. 할아버지와 함께 찍은 사진이 마지막일 줄 알았는데 저는 아버지와 함께 사진을 찍고 있었죠. 아버지가 손이나 팔이라도 잡으면 어떻게 하나 살짝 걱정이 되기도 했지만 그런 일은 일어나지 않았어요. 막 오토바이에서 내린 라이더처럼 검은 가죽점퍼에 색이 짙은 선글라스를 쓴 이진과 신념처럼 개 줄을 꽉 쥐고 선 퉁퉁 부은 이모. 너무 안 어울리는 조합이었지만 배경이 배경인지라 그렇게 이상한 그림은 아니었어요. 이모는 펜션 앞에서 찍으니 멋진 가족사진같이 나왔다며 한참 동안 카메라 액정을 들여다봤어요.

목줄을 풀어 주자 장군이는 바닷가를 신나게 뛰어다녔어

요. 어찌나 팔짝거리고 뛰던지. 물이 찬데도 첨벙거리며 뛰었어요. 이모가 그 큰 몸으로 뒤뚱거리며 장군이를 잡겠다고 뛰었어요. 사실 별로 웃기지도 않은 것이었는데 다들 배를 잡고 웃었어요. 웃는데 눈물이 찔끔찔끔 나더라고요.

여행을 다녀오고 이모는 부쩍 아버지를 집에 불러들였어요. 뭐 특별히 이상할 건 없었어요. 이모는 아버지와 가끔 집에서 술을 마셨거든요. 남자들끼리 할 수 있는 질펀한 농담도 하면서 둘은 술친구인 두 남자처럼 어울렸어요. 둘 다 어디 나가서 먹는 것보다 집에서 먹는 걸 좋아하는 편이에요. 가끔 제게 주도를 가르친답시고 한 잔씩 먹이기도 해요. 술은 저랑 안 맞는 거 같아요. 냄새도 그렇고 머리도 너무 아프거든요. 안면도 여행 후부터 아버지는 항상 이진과 함께 왔어요. 안면도 펜션 팀이 구성된 거죠. 안면도결의, 이모는 늘 그렇게 이야기했어요. 여행을 같이 갈 정도로 팀워크가 생겼다고.

아버지만큼 이모도 이진을 신경 쓰고 있었어요. 이모는 워낙 남자 같으니까 취향도 참 독특하구나 하고 생각했죠. 제가 물으면 딱 잡아떼죠. 큰일 날 것처럼 말이에요. 이모가 그렇게 나올 때는 사실 좀 짜증이 났죠. 이모의 만화에 등장하는 주인공들은 하나같이 가난하지만 똑똑하고 잘난 여자들뿐인데 이모는 왜 이리 유치한지 모르겠어요. 하긴 그들 모두 아주 치명적인 결점이 있는 주인공들이긴 하죠. 또 지금 생각해 보니 이모가 이진에게 신경 쓰는 일이 당연한 일이었던 거 같네요. 이모는 엄마의 동생이니까요.

하루는 집에 돌아와 보니 이모와 이진, 그리고 아버지가 마루 카펫 위에 앉아 술을 마시고 있었어요. 이모 엉덩이 옆으로는 빈 소주병이 여러 개 놓여 있었죠. 방에 들어가려고 하니까 아버지가 잔소리를 시작했어요. 공부를 못하는 건 잘못이 아니지만 노력하지 않는 건 잘못이라고, 아버지는 저를 볼 때마다 말씀하시죠. 꼭 일등 하라는 건 아냐. 그래도 노력은 해야 하지 않겠니. 아버지는 드라마에 나오는 아버지가 된 것처럼 지극히 자상한 말투로 말했죠. 그 말인즉 일등을 하라는 거죠. 저는 일등은 해 본 적이 없거든요. 큰 노력 없이 그냥 상위권을 유지하고 있을 뿐이죠. 저는 늘 그랬던 것처럼 건성으로 대답하고 방으로 들어갔어요. 언제부터 신경을 쓰고 있었다고 잔소리를 하는 건지. 아버지가 그럴 때마다 차라리 폭주족이나 될걸 그랬다는 생각이 들기도 해요. 막 대들고 싸우고, 있는 대로 감정을 폭발시켜 버리면 제게 그렇게까지 하지는 않았을 거 아니에요. 제가 너무 참아 줬던 거죠. 당장은 참을 수밖에 없는 제 현실이 끔찍하지만 어쩌겠어요. 아직은 아버지가 주는 돈이 제겐 너무도 필요한데 말이죠.

자려고 하는데 밖에서 이모가 우는 소리가 들리잖아요. 이모가 우는 일은 그리 신경 쓸 만한 일이 아니긴 했어요. 좀 심하게 취한 날은 꼭 울거든요. 그 신세 한탄이란……. 저니까 참아 주죠. 그거 알고는 어느 누구라도 절대 장가 들려고 하지 않을 거예요. 돈 때문에 몇 번 남자가 꼬인 적이 있긴 한데 다 이모가 진상 떠는 거 보고 그만뒀거든요. 남자들도 참 웃기죠? 사랑해서 만난 것도 아니면서 그깟 거 좀 참으면 안 되는지. 하여간 그날은 좀 이상했어요. 이모의 우는 소리는 점점 더 심해지고 있었죠. 저는 조심스럽게 방문을 열었어요. 이모들을 몰래 훔쳐볼 때처럼 말이에요. 1센티도 안 열렸는데 밖의 상황이 훤히 눈에 들어왔어요. 이모는 거실 벽에 등을 대고 꺼이꺼이 소리를 내며 울고 있더군요. 여느 때처럼 헛구역질을 하면서 말이죠. 저는 잠깐 이모가 한심스러웠어요. 저렇게 매번 망가지면서 술을 왜 먹나 싶었죠.

그런데 그다음 날, 그날이 문제였죠. 그 사건은 모두에게 영향을 미쳤어요. 이모와 저, 둘 외에도 주위 사람 여럿이 뒤로 넘어갔으니까요. 할머니, 할아버지가 일찍 돌아가신 게 다행일 정도였다니까요.

그러니까 이모가 운 다음 날, 그날은 무슨 국경일이었을 거예요. 아니 개교기념일이었는지도 몰라요. 분명 일요일은 아니었어요. 평일인데도 제가 늦잠을 자도록 이모가 놔뒀으니까 그냥 그런 날인가 보다 했죠. 하여간, 아버지와 그는 아침이 되었는데도 전날 마신 술에 심하게 취해 깊은 잠에 빠져 있었어요. 저와 이모가 나가는 줄도 모르고 잤으니까. 이모는 무척이나 다급하게 저를 깨웠어요. 같이 마트에 가자고 하더군요. 이모는 잘 꾸미지는 않았지만 이상하게 남들 눈은 심하게 의식하는 편이에요. 잘나가는 만화작가라도 길에서 이모를 알아보는 사람은 거의 없는데 말이죠. 이모는 색이 짙은 선글라스에 챙이 있는 모자를 썼어요. 사실 눈이 너무 부어서 벌에 쏘인 것 같기는 했어요. 아침에 저를 흔들어 깨우는 이모를 보고 악몽을 꾸고 있나 착각을 했으니까요.

마트에 들어선 이모는 닥치는 대로 물건을 카트에 집어넣더군요. 주로 먹는 걸로 말이죠. 몇 달치를 한꺼번에 사는 것 같았어요. 저야 짐꾼이니까 다른 소리 않고 차에 싣는 것까지 맡아서 했죠. 이모는 집에 돌아올 때까지 계속 구시렁거렸어요. 저는 이모에게 말을 붙이지 않았어요. 울고 난 다음 날 그렇게 뚱해 있다는 것은 분명 울어도 풀리지 않는 일이 있다는 걸 말하는 거니까요. 그런 상태에 있는 이모에게 말을 건다는 게 얼마나 위험천만한 일인지 저는 잘 알고 있거든요.

집에 도착해 보니 장군이는 땅바닥에 배를 깔고 졸고 있었어요. 너무 평온해 보여서 망가뜨리고 싶은 생각이 들었어요. 너무 엉망인 것도 별로지만 지나치게 평온한 건 진짜 견디기 힘들거든요. 저도 모르게 장군이를 발로 걷어찰 뻔했어요. 그래도 발을 내리찍지 않은 건 잘한 일이었어요. 여전히 뚱해 있는 이모를 볼 때 모든 불똥이 저에게 튈 거란 계산이 제 머릿속을 파고들었죠. 전 잠자코 있었어요. 선생님들이 상담 일지에 쓰곤 하는 산만한 짓 같은 건 하지 않았죠. 이모는 열쇠를 제게 건네고 열어, 하고 말했어요. 그 순간만큼은 복종해야 했어요. 이모와 전 대부분 평등한 사이지만 복종을 해야 할 때가 있다는 걸 저는 잘 알고 있었어요. 저는 들고 있던 봉투를 바닥에 내려놓고 구멍에 열쇠를 넣었어요. 찰칵하고 돌아가는 소리가 경쾌하게 들렸죠. 장군이도 자고 있었고 이모도 저도 말이 없었기 때문에 열쇠 걸리는 소리가 무척이나 크게 울렸어요. 전 손잡이에 손을 올리고 평소처럼 별 생각 없이 앞으로 당겼죠. 그런데 턱하고 걸리더라고요. 가만 보니 걸쇠가 팽팽하게 걸려 있었어요. 저는 그 틈으로 집안을 들여다봤죠. 마루가 보이고 소파가 보였어요. 그 순간 보지 말아야 할 것을 보고 말았어요. 이모 만화에 등장하는 멍 때리는 주인공의 표정 있죠? 아마 제 표정이 아마 그랬을 거예요.

머리를 흔들고 다시 앞을 봤지만 그들은 여전했어요. 그 몰두한 꼴이라니. 그런데 이상하게 눈을 뗄 수가 없더군요. 눈앞에서 이런 구경을 하게 될 줄이야. 아버지는 그를 등 뒤에서 안고 가슴에 손을 얹고 있더군요. 아버지는 저랑은 목욕탕도 가지 않는 사람인데 정말 웃기더라고요. 웃음밖에 안 나왔죠.

제가 문손잡이를 잡고 멍하니 서 있자 이모가 선글라스를 벗고 저를 밀쳤어요. 제가 본 광경을 이모도 봤는지 이모는 그대로 서서 귀를 막고 소리를 지르기 시작했어요. 왜, 만화 주인공들을 보면 양 귀에 손을 대고 소리를 지르잖아요. 이모 만화의 주인공처럼 이모는 꼭, 그렇게 했어요. 그들도 그제야 이모와 내가 문밖에 있다는 사실을 알아차렸어요. 소리를 다 쏟아 냈는지 이모가 곧바로 제게 묻더군요. 너 봤니? 하고요.

아버지는 한참 만에 문을 열어 주었어요. 문이 열리자마자 이진이 뛰어나왔죠. 이진은 안면도 바닷가에서의 장군이보다도 빠르게 뛰었어요. 이모는 이진을 어떻게든 잡아보려고 엉거주춤 움직였어요. 안면도의 모습이 펼쳐졌어요. 안면도결의. 이런 거였어요. 눈물이 찔끔찔끔 나더군요. 저는 한참 동안 문 앞에 서서 웃었어요.

아버지는 별로 무안해하지 않았어요. 별 말이 없었죠. 원래 아버지는 좀 뻔뻔한 편이거든요. 너무 당당했기 때문에 저도 이모도 별 다른 말을 할 수 없었어요. 이진이 그렇게 뛰어나갔는데도 아버지는 이모가 차려 주는 밥을 다 먹고 커피까지 얻어먹고 갔으니까요. 그 정도 가지고 뭘 그리 수선이냐는 듯 행동했어요. 자신의 사랑법에 대해서 너희는 논할 가치조차 없다고 말하는 것처럼 당당했죠. 좀 화라도 낼걸 그랬단 생각도 들어요. 가끔 그 일만 생각하면 울컥하고 뭔가가 치밀어 올라요. 참을 수 없는 충동 같은 게 느껴진단 말이죠. 그런데 이상하게도 그날을 떠올리면 저는 쉽게 흥분하고 말아요. 감정이 극단으로 치미는 것과 동시에 제 손 안에 땀이 고이고 제 똘똘이도 반응을 하죠.

저는 아무 말도 하지 않고 며칠을 보냈어요. 학교도 가지 않았죠. 그냥 그래야 할 것 같았어요. 너무 무심하게 대응하는 건 예의가 아니라는 생각이 들었어요. 이모는 슬슬 제 눈치를 봤어요. 제가 무슨 말이라도 하면 그래 내가 네 맘 다 안다 다 알아, 하면서 다독이는 척까지 했어요. 사실 저는 아무런 느낌이 없었어요. 그때까지만 해도. 뭐 별일인가 싶었죠. 그럴 수 있지, 그럴 수 있어, 하면서 아버지를 이해하려고 애썼어요.

얼마 있다가 이진이 저를 찾아왔어요. 저를 이해시켜야 한다고 생각했나 봐요. 하지만 저는 오해하고 있지도, 이해하고 싶지도 않았어요. 제 눈치를 살피면서도 갈 생각을 않는 이진에게 슬슬 화가 치밀었죠. 아니 이진이 처음 방문을 열고 들어왔을 때부터 저는 주먹을 쥐고 있었어요.

이모나 아버지에게 감정을 표현하는 것보다는 그에게 하기가 좀 편했어요. 키가 컸지만 허당인 그를 제압하는 것은 그렇게 힘든 일은 아니었으니까요. 툭 치니까 그냥 저절로 나뒹

굴었으니 사실 저는 힘 하나 안 쓴 셈이었어요. 물론 저도 많이 아팠어요. 피를 흘린 이진이 더 아팠겠지만 말이죠.

이모가 뜯어 말릴 때까지도 저는 그를 때렸죠. 사실 죽이고 싶기까지 했어요. 저나 제 주변 모든 사람들이 그 때문에 자꾸 이상하게 얽히는 것 같았거든요. 제 마음을 그가 조종하는 것 같기도 했고요. 어떻게 해도 분이 풀리지 않았어요. 아무리 소리를 질러도 입속에 이끼가 낀 것처럼 기분이 더러웠어요. 그 간질이는 느낌 때문에 저는 숨이 막힐 지경이었어요.

이모는 며칠 동안 제게 말을 걸지 않았어요. 그런 일은 없었는데 말이죠. 이모가 입을 닫은 것처럼 아버지는 통장으로 보내오던 돈을 끊어 버렸어요. 좀 더 참았어야 했는데, 대학을 졸업하고 독립할 때까지는 저 인간들과 잘 맞춰서 살아야 하는데. 저는 모든 것을 제자리에 돌려놔야 했어요.

엄마에게 이메일을 보내는 건 간단했어요. 끔찍이도 표현을 잘하는 엄마는 남의 표현도 끔찍이 잘 알아들을 거라고 생각했는데, 그건 확실히 들어맞았죠.

곧 엄마가 한국에 온다는 소식을 듣게 되었어요. 원하던 바였지만 저는 며칠 잠을 설쳤어요. 막상 엄마 얼굴을 보면 아줌마란 말을 하게 될 것 같아 겁도 났어요.

드디어, 이메일과 전화 통화로만 보고 듣던 엄마가 귀국했죠. 저는 이모와 함께 공항으로 마중을 나갔어요. 사진으로 보던 엄마와는 다른 사람이 나타났어요. 엄마는 생각보다 많이 세련된 사람이었어요. 열 살이나 어린 이모가 더 늙어 보였을 정도니까. 사실 제가 자위할 때마다 머릿속에 떠올리는 사람이 있거든요. 엄마는 그 사람과 무척이나 많이 닮았더라고요. 처음엔 깜짝 놀랐죠. 제가 떠올리는 사람은 직접 본 적 없는 어떤 여자였거든요. 갑자기 이런 게 운명이 아닌가 하는 생각도 들더라고요. 엄마가 반갑다며 손을 잡는데 잠깐 멍하기까지 했어요. 그게 어떤 감정이었는지는 잘 모르겠어요. 또 가슴은 어찌나 큰지, 정말 농구공만 했어요. 공항에서 인사하고 가벼운 포옹을 하는데 제 등이 휠 정도였다니까요. 남 같아서 그런 느낌이 들었는지도 모르죠. 다른 장소에서 만났다면 제 엄마라고 상상도 하지 못했을 거예요. 운명의 여자로 생각하고 매달렸을지도 모르죠. 그냥 문득 그런 생각이 들었어요.

일요일 전까지 엄마는 이모 집에 있는 내내 술만 마셨어요. 엄마도 이모나 아버지 못지않게 술을 잘 마시더군요. 그 자리에 낀 적은 없어요. 같이 자리하는 게 불편했거든요. 처음 보다시피 한 아들에게 학교 잘 다니니? 공부는 잘하고? 정도의 말밖에 꺼내지 못하는 엄마를 상상했던 건 아니었거든요. 식상한데다가 지루하기까지 했어요. 그냥 이모랑 둘이

술만 마시기를 바랐죠. 아버지 문제만 잘 해결해 주면 되었으니까요. 어느 날 불쑥 내 삶에 끼어들어 간섭하는 일은 제발 없기를 바랐죠.

일요일이 되자 엄마는 드디어 아버지 집으로 향했어요. 출국하기 이틀 전이었어요. 생모의 입장으로 양육권을 가진 아버지가 제구실을 못하고 있다고 느낀 것 같았어요. 제가 좀 과장을 한 것도 있었지만 아버지는 정말 엄마에게 욕을 진창 얻어먹어도 싼 사람이었어요. 제 생활을 옥죄고 있었으니까요.

아버지 집 앞에 도착한 엄마는 대문도 없는 집 앞에 한참 동안 서 있었어요. 뭔가에 가로막혀 있는 사람처럼 말이에요. 숨을 고르고 있었던 거죠. 할아버지는 죽었으니 걱정 말라고, 저는 엄마에게 말했어요. 엄마 표정이 잠깐 흔들렸지만 엄마는 입술에 침을 바르는 것 외에는 다른 행동은 하지 않았어요. 단지 숨을 좀 크게 쉴 뿐이었죠. 엄마는 천천히 마당을 가로지르기 시작하다가, 갈수록 성큼성큼 뛰듯이 걸었어요. 전 무슨 일이 일어날 것을 직감했죠. 은근히 흥분되기 시작했어요. 엄마는 바로 2층으로 올라갔어요. 계단을 오르는 엄마의 숨소리는 거의 천식 환자 수준이었어요. 숨이 차오르면서 동시에 화도 차올랐나 봐요. 몇 개의 계단을 남기고서 쌕쌕거리고 있는 엄마의 모습이 조금은 실망스럽기도 했죠. 좀 더 세게 밀어붙여 주기를 바랐는데 엄마가 이렇게 허약하게 멈춰 있다니, 등을 밀어서라도 계단 위로 올려놓고 싶었어요. 그래도 엄마의 표정만은 압권이었죠. 금방이라도 터질 것처럼 화가 많이 난 표정이었어요.

엄마가 2층 현관 앞에 섰죠. 술에 취한 날보다 더 붉은 얼굴을 하고서요. 그 모습을 보니 제 속에서 이상한 떨림 같은 게 가슴을 쳐 대는 거예요.

진! 엄마가 아버지 집의 현관문을 열자마자 처음 내뱉은 말이에요. 예상치 못한 엄마의 출현으로 아버지도 놀랐지만 더 놀란 사람은 이진, 그였어요. 셋이 어떻게 서로 아는지 알 수는 없었지만 그 관계가 불편할 수밖에 없다는 것 정도는 알 수 있었죠. 현재의 파트너, 과거의 파트너가 한날 한시 한자리에 모인 거죠. 그 세 사람이 서로서로 알고 있었다면 문제가 있는 거잖아요. 아버지는 도대체 이진과 언제부터 알고 지냈던 건지 궁금했어요. 동시에 엄마가 아버지를 떠난 게 그 때문이었나 싶은 생각도 들었어요. 아니면 아버지가 그 때문에 엄마를 떠난 건지도 모르죠. 추측은 끝도 없이 머릿속을 헤집어 놓았어요. 이상한 가족사진 한 장이 또 펼쳐진 거죠.

엄마는 어느새 이진 앞에 있었어요. 멱살을 잡고 따귀를 때렸죠. 실실 웃음이 났어요. 입에 꽉 힘을 줬는데도 비실비실 웃음이 샜어요. 웃길 수 있잖아요. 지금도 그 생각만 하면 너무 웃겨요. 무슨 막장 드라마도 아니고 말이죠. 아버지의 완소남에게 엄마가 일격을 가하는 장면을 구경할 수 있는 애가 그렇게 많지는 않을 거 아니에요. 이진은 저에게 맞았던 것처럼, 꼼짝도 못하더라고요. 그런데 문제는 그 옆에 있던 아버지였어요. 볼이 퉁퉁 붓도록 맞고 있는 그를 옆으로 밀치더니 엄마를 때리기 시작하더군요. 엄마는 호주에서 고기를 많이 먹고 근력을 키워 왔는지 아버지한테 지지 않았어요. 처음엔 아버지가 밀렸어요. 엄마는 아버지의 손목을 부여잡고 버티기도 했으니까. 여걸이 따로 없었죠. 그래요, 그게 바로 제가 원한 엄마의 모습이었어요. 가슴이 큰 섹시한 여자가 아니라, 아버지와 싸워 줄 전투적인 엄마가 필요했어요. 온라인 게임 '검은 사막'에 나오는 힐러 발키리처럼요.

둘은 뒹굴면서 싸우더군요. 진이 일어나서 둘을 떼어 놓으려고 해도 쉽지가 않았죠. 저는 그냥 옆에서 엉켜 있는 그들을 바라봤죠. 코미디였어요. 정말 웃겨서 죽는 줄 알았다니까요. 계속 웃다 보니 소변이 마렵더라고요. 너무 급했죠. 저는 바닥에 엄마를 깔고 엄마 배 위에 올라 탄 아버지의 모습까지 보고 화장실로 향했어요. 더 이상은 참을 수가 없었어요. 저는 길게, 아주 길게 소변을 봤어요.

나와 보니 그들은 싸움을 잠시 쉬고 있는 상태였어요. 엄마는 소파에 다리를 꼰 채로 팔짱을 끼고 앉아 있었고 아버지와 이진은 엄마와 마주 앉아 있었죠. 서로 얼굴을 외면한 채 앉아 있더군요. 세 사람은 동시에 저를 쳐다봤죠. 다들 어떤 표정이었는지 아세요? 넌 이 자리에서 꺼져! 한마디로 그거였죠. 셋의 얼굴을 하나하나 쳐다봤어요. 왜 주먹이 불끈 쥐어졌는지 모르겠지만 전 그 자리에 더 있을 수 없었어요. 더 흉한 꼴을 보는 것도 싫었고 눈치 없는 놈이 되는 것도 싫었죠.

엄마는 왜 저를 그곳까지 데려간 걸까요? 정말 알다가도 모를 일이죠.

저는 현관 문고리를 잡고 한참을 그렇게 서 있었어요. 다시 문을 열고 악, 소리라도 지르고 갈까, 아니면 장난감 뱀이라도 던져 버리고 도망칠까, 말도 되지 않는 상상을 하면서 그렇게 서 있었던 거예요. 이대로 제가 빠지는 건 뭔가 많이 모양 빠지는 느낌이 들어서 말이죠. 뭔가를 써서라도 그들을 놀라게 하고, 화나게 하고, 참을 수 없게 만들고 싶었지만 방법이 떠오르지 않았어요.

창문에 돌이라도 찾아서 던질까 하는 생각까지 이르렀을 때였어요. 마당 주변을 돌면서 작은 돌을 줍고 있는데 이모 차가 마당 안쪽으로 들어왔어요. 뒷자리 차창 밖으로 장군이가 목을 내밀고 저를 쳐다보고 있더군요. 붉은 혀를 길게 빼고서 말이죠.

이모는 말없이 조수석 차 문을 열어 주었어요. 잠깐 동안 손 안에 돌멩이를 만지작거리며 고민했지만 그렇게 오래 시간을 보내지는 않았어요. 이모 집으로 오는 내내 장군이가 뒷목을 핥아 주었어요. 미끈하고 따뜻하고, 더러웠지만 장군이 머리를 때려 뿌리치지는 않았어요. 유일하게 자신의 붉은 속살을 제 몸에 붙여 주는 녀석이었으니까요.

며칠 후 엄마는 인사도 없이 호주로 떠났어요. 이제 엄마는 더 이상 제게 메일을 보내지 않아요. 그래도 확실히 문제는 해결되었죠. 아버지가 다시 돈을 보내 주기로 했거든요. 하지만 전처럼 이모랑 술을 먹는 중에 제게 말을 붙이거나 하는 건 하지 않아요. 그건 이진도 마찬가지였죠. 이모는 아버지가 보내온 돈과 몇 권의 책을 제게 주었어요. 제가 어디에서 살 것인지는 제 선택의 문제라는 말과 함께요.

저는 이모와 함께 사는 것을 선택했어요. 이모는 여전히 엄마와 끊어지지 않은 선을 가지고 있었고 아버지와 닿아 있는 사람이었기 때문이에요. 이모가 말하네요. 장군이 산책시키고 올래? 내 의견을 묻는 말이 아니라는 것을 잘 알기에 나는 얼른 산책 목줄을 찾아요. 이모가 펜을 들었어요. 현실보다 둥글게, 예쁘게 색을 칠하고 있어요. 마감 후에는 잠깐 투정을 부릴 수 있을 것 같아요.

림보

여자는 오른팔을 길게 뻗은 상태로 죽었다. 침대 측면에 등을 기댄 채였다. 여자가 죽은 모습 그대로 테두리만 남은 사람 모양이 침대와 방바닥에 걸쳐 그려져 있었다. 둘러쳐진 시체 보존선을 보고 있자니 키스 해링의 그림이 번득 떠올랐다. 익살맞은 낙서 같았다. 그래서인지 납작한 종이 인형이 죽은 것처럼 여자의 테두리는 대수롭지 않아 보였다. 죽음 자체도 그렇게 간단해 보였다.

주머니에서 장갑을 꺼내 오른손으로 왼쪽 장갑의 안쪽을 집어 왼손에 끼웠다. 장갑을 끼지 않은 오른손으로는 오른 다리의 무릎 위쪽 바지 부분을 당기고 몸을 구부렸다. 침대에 가까워질수록 생전 여자가 뿌렸을 향수 냄새가 코를 자극했다. 두 군데 주름이 뭉쳐진 게 눈에 들어왔다. 구겨진 침대보는 여자의 주먹 안에 최대한 모일 수 있는 한 움큼이었을 것이다.

여자의 머리가 향하고 있는 곳은 창밖이었다. 현장 감식반이 추정한 사망 시간은 오후 6시 45분에서 7시 사이. 여자가 죽은 방 창은 남서쪽으로 나 있고 추분이 지난 지 일주일밖에 지나지 않은 시점이었던 걸 감안한다면 여자는 창밖의 무언가에 정신을 놓고 있었을 수도 있다. 때늦은 더위가 기승을 부리긴 했지만 아침저녁으로 서늘해서 산책하기 딱 좋은 초가을 날씨였다. 왼쪽 바짓단을 당겨 올리고 나서 왼쪽 다리를 앞으로 뻗었다. 오른쪽 다리를 더 굽혀 자세를 낮추자 얼추 여자의 테두리만큼 낮아질 수 있었다.

여자의 위치에서 창밖을 내다봤다. 앞 동의 옥상이 보였고 그 위로 하늘이 펼쳐져 있었다. 맨 꼭대기 층답게 하늘 바로 밑에 서 있는 기분이 들었다. 어쩌면 죽기 전 여자의 눈에도 하늘만 보였을지도 모른다. 팔을 길게 뻗고 졸음에 겨운 표정으로 침대에 걸터앉아 창밖을 쳐다보는 여자의 모습이 절로 그려졌다. 여자는 하늘을 보면서 무슨 생각을 했을까. 칼끝이 장을 헤집는 동안에 여자는 눈을 뜨고 있었을까, 감고 있었을까. 잠시 눈을 감아 본다. 환영처럼 남은 빛 그림자가 어둠 속에서 살아났다.

침대가엔 증거물 번호판 4번이 놓여 있었다. 구부렸던 무릎을 펴고 몸을 일으켰다. 오른손으로 구부러졌던 부분의 바지를 힘 있게 당겨 주름을 없애고 발을 힘차게 털었다. 그 바람에 아슬아슬하게 놓여 있던 번호판이 잠시 흔들거렸다. 왼쪽 바지 무릎 뒤쪽에 주름이 남았다. 조금 거슬리긴 했지만 별 수 없는 일이었다.

여자의 테두리선 주변으로 증거물 번호판이 여러 개 흩어져 있었다. 피 위에 선명하게 찍힌 슬리퍼 바닥 문양이 증거 1번. 벽에 붙은 피 묻은 손바닥 모양이 증거 2번. 증거 3번은 지문 하나 없는 칼이었다. 번호는 방 밖으로 이어졌다.

나는 다시 죽은 여자를 바라보았다. 여자의 머리는 힘없이 옆으로 젖혀진 채였다. 흘러 내려온 머리칼이 얼굴의 반을 가리고 있었다. 억지로 목을 꺾은 것처럼 보이지 않았다. 깊은 잠에 빠진 것 같았다. 손을 뻗어 앞으로 흘러내린 머리카락을 조심스럽게 넘겨 보았다. 그제야 여자의 얼굴이 온전하게 드러났다. 도톰한 눈썹과 봉긋한 이마가 눈에 들어왔다. 미간이나 이맛살이 찌푸려지지 않은 편안한 표정이었다. 보랏빛으로 변해버린 입술은 딱 신음 소리가 샐 만큼만 벌어져 있었다.

나는 허리를 좀 더 낮추고 여자의 입술 가까이 다가갔다. 한 걸음 밖에서는 보이지 않았던 입술 주름이 눈에 들어왔다. 깊이 패여 있는 주름 때문인지 죽은 후에도 여자가 입술에 온통 힘을 주고 있는 것처럼 느껴졌다. 아내에게도 아랫입술 중간을 가르듯 깊게 패인 입술 주름이 있었다. 내가 처음 아내의 입술 주름을 만졌을 때 아내는 화들짝 놀라며 얼굴을 붉혔다. 이야기를 할 때마다 혀를 움직여 패인 곳에 침을 묻히는 버릇이 있는 아내의 얼굴이 여자의 얼굴과 겹쳐졌다. 나는 머리를 가로저어 아내의 얼굴을 쫓아냈다.

자세히 들여다보니 벌어진 입속에 뾰족하게 솟은 무언가가 보였다. 나는 서슴없이 엄지와 검지를 여자의 입술 안쪽으로 집어넣었다. 라텍스 장갑 안쪽은 땀으로 흥건했다. 내 손에 묻은 물기가 내 땀 같기도 했고 여자의 체액 같기도 했다. 등줄기를 타고 땀이 흘렀다. 여자의 가지런한 치아들이 내 손가락을 그대로 깨물어 삼킬 것만 같았지만 나는 손을 빼지 않았다.

금방 닿을 것 같았는데 내 손끝에는 아무것도 만져지지 않았다. 여자의 입속은 마치 깎아지른 비탈 같았다. 내 손가락은 어떤 것에도 닿지 못한 채 헛돌았다. 왠지 모르게 여자가 입김을 불어 낼 것만 같았다. 내 손가락 끝은 축축함을 안고 있는 한여름 지하실을 더듬는 듯했다. 처음 들어가면 갇힌 듯 답답하지만 곧 익숙하고 아늑해져 잠이 오는 공간. 여름 빗물이 오래오래 마르지 않아 겨울까지 장마철의 눅진함을 기억하게 하는 내 집의 지하실이 떠올랐다.

"그거 혀라네."

진한 박하 향을 풍기며 마 형사가 들어왔다. 그는 죽은 자들과 섞이는 걸 무난히 견디면서도 그들과는 다른 냄새를 풍겨야 한다고 믿는 사람이었다. 마 형사의 이마에는 땀이 맺혀 있었다. 뺨을 타고 흐르는 땀을 마 형사는 손등으로 닦았다. 그의 겨드랑이 양쪽이 동그랗게 젖은 게 눈에 들어왔다. 땀이 묻은 손등을 허벅지에 쓱쓱 문지르던 마 형사는 주머니마다 툭툭 쳐 보더니 안쪽 주머니에 손을 넣고는 아주 조심스럽게 수첩을 꺼냈다. 잠시 주변을 살피더니 수첩 사이에서 사진 하나를 꺼내 내 코앞에 바짝 들이밀었다.

마 형사는 사건 현장에서 나온 죽은 이들의 사진을 모았다. 그는 사람이 죽고 나면 사진도 빛이 바랜다고 말하는 사람이었다. 그의 말을 믿고 싶지 않았지만 이상하게도 그가 보여준 사진 속 주인공들은 모두 핏기를 잃은 사람들뿐이었다. 왜 굳이 현장에서 나온 그런 사진들을 모으는지 물으면 그는 허랑방탕한 이야기만 늘어놓았다. 하얗게 가라앉은 얼굴에서 평온을 찾았다고 했다가도 뒤얽혀 있는 내장 속에서 우주를 발견했다고 우겨 댔다. 명백히 개인정보보호법 위반이었지만 마 형사는 취미를 포기하지 않았다.

마 형사의 손에 들린 사진 속 주인공은 약하게 구불거리는 긴 머리를 하고 있었다. 죽어서 하얀 테두리 안에 갇힌 여자와는 다른 사람 같아 보였다. 봉긋한 이마 아래 두툼한 눈썹이 눈길을 끌었다. 여러 군데 손을 댄 게 너무 티가 나서 약간은 인조인간 같은 느낌도 들었다. 굴곡지게 드러난 빗장뼈 아래로 만들어 붙인 듯 탄력 있는 가슴이 반쯤 드러나 있었다. 나도 모르게 두 가슴 사이의 골에 시선이 갔다.

"죽어서도 못 죽는 여자군. 다 놀았으니 어서 가야지 않나."

마 형사는 수첩 사이에 사진을 넣으며 입을 씰룩거렸다. 나는 마 형사의 수첩이 다시 재킷 안쪽으로 숨어드는 걸 쳐다봤다. 몇 사람의 얼굴이 그의 품속에 숨어 있을지 갑자기 궁금해졌다. 마 형사는 처음처럼 주변을 대충 훑더니 턱짓으로 나가자는 신호를 보냈다.

방을 나가기 전에 나는 시체가 누워 있던 형체를 천천히 눈으로 좇았다. 언뜻 시체 보존선 안에서 아지랑이가 이는 것 같았다. 피곤한 탓이겠지. 나는 고개를 가로저었다. 하지만 여전히 여자의 테두리 안에서 열기가 올라오는 것 같은 착각이 들었다.

언제나처럼 우리는 나란히 걸었다. 그리고 언제나처럼 한 걸음씩 떨어져 걸었다. 마 형사는 조금 절뚝거렸고 나는 조금 천천히 걸으며 간격을 유지했다.

아이는 한 발짝만 떼면 닿을 거리에 있었다. 두 개의 검은 눈동자가 나를 향해 있다는 것을 안 순간 나는 놀라 뒷걸음질을 쳤다. 한 걸음 뒤로 물러난 것일 뿐인데도 몸이 크게 휘청거렸다. 아이는 두 무릎을 당겨 안은 채 나를 올려다보았다. 눈두덩이 발갛게 부어올라 있었지만 아이는 울지 않았다. 검지를 들어 창밖 하늘을 가리킬 뿐이었다. 그저 하늘인, 구름이 지나는 하늘을 손끝으로 콕 찍고 있었다. 나는 아이의 검지를 따라 아주 잠깐 하늘을 쳐다봤고 다시 내 책상 아래에 숨은 아이에게로 시선을 돌렸다. 두 번째 눈이 마주치자 아이는 꼴깍 소리가 나게 침을 삼켰다.

아이가 말이 늦어 노래를 늘 부르게 한다고, 아이의 노랫소리가 종종 들릴 거라고 아내가 이야기했을 때만 해도 노래를 부르는 아이를 마주치게 되는 일은 상상하지 못했던 것이다. 내 집에, 그것도 내 서재에, 내 책상 아래서 아이를 발견하게 될 것이라고는 더더욱 상상하지 못했다. 이삿짐을 풀고 인사를 할 때만 해도 지하실 여자와 아이는 두 발짝 너머의 거리에 있었다. 그 아이가 한 걸음 안쪽으로 진입해 왔다고 생각하니 뭔지 모를 두려움이 싹트기 시작했다.

늘 적막한 것이 좋다고 생각했는데 그 순간만큼은 그렇지 않았다. 지하실 아이와 나눈 몇 초간 나는 그 적막을 나 스스로 깰 수 없다는 데 절망해야만 했다. 무언가 말이라도 던져야 했지만 나는 그런 데 익숙한 사람이 아니었다. 어떤 말이라도 꺼내야 아이가 책상 밖으로 나올 텐데, 나는 그 적당한 말을 애초부터 가지고 있지 않았다.

그렇게 얼마간 우리는 서로의 얼굴을 쳐다보며 말없이 있었다. 지하실 여자의 목소리가 들려오자 아이는 무릎 안쪽에 얼굴을 묻고는 소리를 지르기 시작했다. 평소에 그런 소리를 들었다면 무척이나 성가시다는 생각을 했을 테지만 그 순간만은 그렇지 않았다. 이제 조금만 있으면 모든 게 원래대로 돌아갈 수 있을 거라는 생각에 내 숨은 조금씩 가빠졌다. 그러면서도 혹시 지하실 여자가 내 방까지 들어와서 아이를 데려가는 건 아닌가 싶어 걱정이 들었다. 내가 아내를 찾은 건 바로 그때였다.

아이를 데리러 온 지하실 여자는 문간에 서서 차마 방에는 들어오지 못한 채 내 눈치만 살폈고 아이는 여전히 갈라지는 소리를 내고 있었다. 아내가 내 얼굴을 잠시 쳐다보더니 지하실 여자를 달래기 위해 그녀의 어깨에 손을 얹었다. 전혀 아내답지 않아 보였다. 그리고 아내는 문지방을 넘어 책상 앞으로 걸어갔다. 몇 번이고 치마에 손바닥을 비벼 닦고는 마치 의식을 치르듯 아주 천천히 아이에게 손을 내밀었다. 아내의 손에 아이의 손이 걸리고 아내가 아이의 어깨에 손을 얹었다. 아이를 데리고 나온 아내는, 한 팔은 여전히 아이의 어깨에 두른 채 남은 한 팔로 지하실 여자의 두툼한 팔을 감싸 안았다.

아이가 나간 후에도 나는 책상 안쪽을 몇 번이나 확인했다. 아이가 있었던 자리 그대로 아이가 남아 있는 것 같았다. 지하실 모녀를 이끌던 낯선 아내의 모습도 머릿속을 떠나지 않았다.

지하실 현관문이 열려 있는 게 눈에 들어왔다. 오늘도 지하실 여자는 문을 열고 일을 나간 모양이었다. 문을 닫아 줘야겠다는 생각이 들었지만, 왠지 모르게 망설여졌다. 나는 그대로 서서 반쯤 열린 문 안쪽을 바라봤다. 어둑해서 어떤 게 있는지 잘 보이지 않았지만 그럴수록 안에 있는 무언가가 더욱 보고 싶어졌다.

바람이 점점 세지고 있었다. 건조대에 널린 티셔츠와 브래지어, 팬티가 날릴 듯 말듯 움직였다. 지하실 여자가 입었을 옷들을 쳐다봤다. 마당에 내걸어 말리기 쉽지 않은 화려한 속옷이 대부분이었다.

불투명 유리가 격자무늬로 붙은 지하실 현관문에서 조금씩 삐걱대는 소리가 났다. 경첩이 헐거워진 탓이었다. 나는 현관문에 손을 대고 흔들림을 줄여 보았다. 하지만 쇠 긁히는 소리는 줄어들지 않았다. 문을 잡고 서서 현관 안쪽으로 시선을 던졌다. 어둑한 가운데 지하실 여자의 살림살이가 하나씩 눈에 들어왔다. 가슴 안으로 커다란 풍선이 들어찬 것처럼 숨을 내쉬는 게 쉽지 않았다. 나는 얼른 현관문을 닫았다. 빨리 닫지 않으면 곧 내가 그곳으로 발을 내뻗게 될 것 같았기 때문이었다. 1층을 향해 걷는 내내 숨이 점점 더 가빠 왔다.

창고로 쓰던 지하실을 개조해 세를 주자고 이야기했을 때 반대했던 것은 아내였다. 처음에 아내는 내가 지하실을 비정상적으로 좋아한다고 생각했던 것 같다. 집에 있을 때에는 주로 지하실에 가서 누워 있었으니 말이다. 지하실에 가서 누워 있으면 아무 생각도 나지 않았다. 하나뿐인 창문은 터무니없이 작아 열어 놓으나 닫아 놓으나 바람 한 점 통하지 않았지만 왠지 모르게 그 창 아래 누워 있으면 슬슬 잠이 왔다. 특히 현장에서 너무 많은 것을 보고 온 날이면, 그래서 생각이 꼬리에 꼬리를 물고 이어져 숨 조절하기가 힘들어질 때면 나는 어김없이 지하실로 내려갔다. 그 안에 들어가 낡은 소파 위에 몸을 뉘이면 저절로 숨이 조절되고 잠이 왔다. 손바닥만 한 창으로 빛이 들어와 몸 가운데에 구멍을 놓는 것도 나른하고 좋기만 했다. 내가 겪고 있는 일련의 과정을 아내에게 표현한 적은 없었다. 그렇기 때문에 아마도 아내는 내가 즐기는 장소를 남에게 내주는 것을 반대했던 것 같다.

하지만 과호흡이 올 때마다 나도 모르게 지하실에 내려가고 있는 두 다리를 보면서 점점 두려워지기 시작했다. 빈번하게 지하실에 들락거리게 되면서 영영 잠에서 깨지 못하는 꿈을 여러 번 꾸게 되었다. 그러면서도 지하실 계단을 내려가는 발을 멈추거나 되돌리지 못했다. 지하실 소파 앞에 이르면 눈에 힘부터 빠졌다. 오랫동안 잠을 못 잔 사람처럼 간절히 깊은 잠에 다다르고 싶다가도, 잠에 빠져드는 게 두려워 감기는 눈에 힘을 줬다. 그러다가 결국엔 온 몸에 피가 다 빠져 손끝 하나 움직일 수 없는 사람처럼 기절하듯 잠이 들었다. 깨는 순간 소파에서 퉁기듯 몸을 뗄 때면 등은 항상 젖어 있었다. 무슨 꿈을 꾼 건지 얼마나 잠을 잔 것인지 알 수 없었지만, 그 암흑만 있던 시간 동안 나는 충분히 지쳐 버렸다. 즐거운 지침이었다. 하지만 지하실로 내려가는 횟수가 잦아지면서 점점 두려워졌다. 지하실을 떠나서는 살 수 없는 사람처럼 초조해졌다. 아예 지하실로 통하는 계단을 막아 버리지 않는 한, 두 다리를 끊어 놓지 않는 한 지하실로 향하는 걸 통제할 수 없을 것 같았다.

아내가 세를 들이는 것을 반대한 이유는 또 있었다. 나와 아내는 누구와 어울리는 것을 좀처럼 좋아하지 않았다. 그 점이 통해 우리 둘은 어색한 연애를 시작했다. 그녀가 가족들과 살지 않고 또 다른 가족인 나를 선택한 것은 다만 기존의 가족이 너무도 밝고 명랑했기 때문이었다. 지극정성인 어머니와 자상이 넘치는 아버지를 피할 방법은 결혼밖에 없다고 그녀는 명확하게 선언했다. 나는 아내의 그런 면이 좋았다. 어쩌면 오랫동안 생각해 왔던 이상형이 바로 아내였을지 모른다는 생각이 자주 들었다. 오랫동안 나와 아내는 남과 함께하는 것에 익숙하지 않은 사람이라고 믿고 있었기에, 아내가 마당을 낯선 사람들과 함께 나눠 쓰겠다고 했을 때 나는 적잖이 충격을 받았다.

하지만 결과적으로 아내가 지하실에 사람을 들이기로 한 것은 나 때문이었다. 주말 내내 지하실에 누워 밖으로 나오지 않자 아내는 나를 찾으러 지하실로 내려왔다. 잠에서 깨지 못하는 나를 몇 번이나 흔들어 깨웠다고 했다. 아내는 내가 그렇게 일어나지 못하는 걸 처음 봤다면서, 다시는 떠올리고 싶지 않은 기억이라고 평소답지 않게 말을 길게 이어 나갔다.

아내는 돈을 들여 지하실을 고쳤다. 창을 더 크게 낼 수 없었기 때문에 하얀 벽지를 바르고 천장 여러 군데에 등을 달았다. 붙박이 가구도 아이보리 색으로 해 넣었다. 장판도 최대한 밝은 베이지로 골랐다.

도배 벽지의 풀기가 마르기도 전에 여자와 아이가 이사를 왔다. 몸에 비해 얼굴이 작은 여자는 말이 많았다. 인사 한번 하는데도 여러 말들을 붙여 상황을 장황하게 부풀리는 재주가 있는 여자였다. 여자의 손에 이끌린 눈이 째진 딸아이는 나를 보자 제 어미의 항아리치마 안으로 몸을 숨기고 이상한 소리를 냈다. 나는 잠시 머쓱해했지만 아내는 인자하게 웃어 보였다. 나는 아내에게 그런 순발력이 있다는 데 더 머쓱함을 느꼈다. 아이는 제 엄마가 다그쳐도 치마 속에서 나오질 않았다. 다시 배 속에 넣어야 할까 봐요. 여자는 그런 소리를 하며 너스레를 떨었다. 아내와 나에게서는 나올 수 없는 말이었다. 모성이 있는 자들만 할 수 있는 말이었다. 그래서인지 여자의 그 말이 너무도 자극적으로 들렸다. 나는 여자의 불룩한 치마에서 시선을 뗄 수가 없었다. 치마가 터지고 아이가 몸을 내보일 것만 같았다. 아이는 내가 집 안으로 들어갈 때까지도 치마 밖으로 나오지 않았다.

안에 아무도 없는 줄 알았는데 지하실 여자가 문을 열고 나왔다. 꾸뻑 인사를 하더니 건조대에 널린 빨래를 걷기 시작했다. 나는 여자의 손이 재빠르게 속옷부터 움켜쥐는 것을 보고 안으로 들어갔다.

나는 현관에 들어가 벗은 신발을 앞코가 바깥으로 향하게 놓았다. 그래야 마음이 편해졌다. 현관 입구부터 아내가 진열해 놓은 인형들이 나를 맞이했다. 나와 아내는 아이도 없었고 애완동물도 키우지 않았다. 아내의 유일한 취미는 인형을 사 모으는 것이었다. 그리고 이제는 자신이 원하는 모습의 동물 인형을 만들기까지 하고 있다. 지금의 속도로 봐서는, 얼마 안 있어 아내는 인형을 만들어 팔 수 있을 정도에 다다를 것이다. 나와 나누지 않는 감정들을 아내는 인형에 쏟아 내고 있는지도 모른다.

나는 현관 제일 앞에 있는 코끼리로 손을 뻗었다. 코만 붙어 있을 뿐 그 아래 입은 없었다. 아내는 입이 없는 동물들만을 사고, 만들었다. 그녀는 모든 인형을 좋아하는 게 아니었다. 눈은 있지만 입은 존재하지 않는 기형적인 인형을 그녀는 집착하듯 모았다. 아내와 나는 같은 책장을 맞췄는데 나는 서재 벽면에 책장을 박아 넣고 책을 사 모았고 아내는 거실 두 면에 책장을 놓고 칸칸이 인형을 채워 나갔다. 우리 둘의 책장에는 곧 빈 칸이 없어졌다. 마치 한 칸이라도 비게 되면 인형이나 책이 아닌 다른 어떤 것이 자리를 차지하게 될까 봐 두려운 사람들처럼 우리는 칸마다 빼곡하게 인형과 책으로 자리를 메워 나갔다. 내가 심리학 관련 서적과 범죄, 추리소설을 구분해 책장을 채우면, 아내는 동물 종끼리 나눠 인형으로 책장을 채웠다. 아내의 책장은 금세 가득 찼다. 그러자 아내는 내 책장 빈 곳에 여러 마리의 동물 인형을 갖다 놓기 시작했다. 내가 생각해 놓은 배열법이 있었기에 아내의 그런 행동은 무척이나 거슬렸다. 나는 여러 번 그 인형을 거실 아무 곳에나 가져다 놓았다. 그럴 때마다 아내는 "선물"이란 단어를 쓰면서 서재에 인형을 다시 들여놓았다. 아내는 내가 읽는

피가 낭자한 내용의 책들이 만든 분위기를 희석시키는 데 인형이 아주 좋은 역할을 할 것이라고 말했다. 표지부터 섬뜩한 책들이 가득 꽂힌 서재에는 발을 들여놓고 싶은 생각도 들지 않는다는 말을 덧붙이면서.

아내의 말에도 어느 정도 일리가 있었다. 하지만 아내 때문에 내 방식을 바꿀 생각은 없었다. 우리는 몇 날 며칠을 인형을 주고받으며 이야기했다. 비록 몇 마디의 말만을 주고받았지만 길게 말을 늘어놓지 않는 사람들끼리 몇 번씩 같은 이야기를 한다는 것은 무척이나 소모적인 일이었다. 사실 그런 기싸움조차도 불필요한 것이었다. 나는 아내의 바람대로 선물을 받아들였다. 대신 인형은 내가 정한 위치에만 놓기로 했다.

코끼리 인형을 내려놓고 몇 발짝 발을 떼었을 때 익숙한 아이의 노랫소리가 들려왔다. 나는 그 순간부터 발끝을 세워 걸었다. 지하실 아이가 또 내 서재에 와 있을 수도 있다는 것을 잊고 있었다.

아이는 책상 위, 그것도 내가 네 각을 반듯이 맞춰 놓은 네 권의 책 위에 앉아 있었다. 그것만으로도 충분히 숨이 가빠왔다. 나는 얼른 아이에게 내 숨소리가 들리지 않게 손으로 입과 코를 막았다. 아이는 『애클로이드 살인 사건』 옆에 놓여 있던 기린 인형을 가지고 놀고 있었다. 당장이라도 아이를 끌어내어 혼을 내 주고 싶었지만 어떻게 말을 꺼내야 할지, 어떻게 아이를 끌어내야 할지가 더 막막했다.

아이는 책 위에 걸터앉은 채 노래를 불렀다. 가랑이 사이에 기린을 두고 두 다리를 벌려 앉아서는 리듬에 맞춰 기린의 등으로 난 봉제 선을 쓰다듬었다. 아이의 여문 손가락이 기린의 등을 스칠 때마다 기린의 갈기가 일제히 쓰러졌다 일어났다. 미간이 좁아 눈썹이 일자로 붙은 것처럼 생긴 아이는 쉬지 않고 노래를 불렀다. 정제되지 않은 목소리였다. 나는 최대한 숨을 죽이며 아이를 바라봤다. 혹여 아이가 내 숨소리라도 들을까 조바심이 나기도 했지만 나는 자리를 뜨지 않았다.

얼마나 지났을까, 나는 입에서 손을 떼고 아이를 바라봤다. 모서리가 틀어진 네 권의 책이 더 이상 신경 쓰이지 않았다. 아이의 옅은 눈썹과 째진 눈, 그리고 동글게 말렸다 펴졌다 하는 입을 보고 또 봤다. 아이의 입이 둥글게 모아질 때마다 아이의 숱이 적은 눈썹은 위로 한껏 올라갔다. 밉살스럽게 잡히는 이마 주름이 눈에 들어왔다.

나는 서재 안으로 들어가는 것을 조금 더 미뤄 보기로 했다. 아이의 노래를 끊고 싶지 않았다. 그렇다고 아이의 노랫소리가 즐겁게 느껴지는 것은 아니었다. 아이의 목소리는 아이답지 않게 탁했다. 어디서 한참 소리를 지르다 목이 쉬었는지 갈갈 가래 끓는 소리가 났다. 하지만 리듬이 있는 그 소리가 왠지 모르게 사람을 끌었다. 처음 여자 살 속에 손가락을 넣어 봤을 때처럼 소름이 돋는 느낌이 발끝부터 차올랐다. 그래서인지 마주하기 거북할 정도로 불편한 소리가 계속 터져 나오는 아이의 입에서 눈을 뗄 수가 없었다.

아이는 코를 킁킁거리며 다시 기린의 목부터 엉덩이까지 쓰다듬었다. 순간 아이의 손이 허공에서 잠시 멈췄다. 곧 기린을 제 가슴 높이로 끌어올리더니 기린의 팔과 다리를 꺾어 기린의 몸을 납작하게 만들었다. 그러고는 기린을 제 치마 속에 넣었다. 아이는 턱을 천장을 향해 들어 올리고는 침이 튀도록 입을 벌리고 웃었다. 아이의 웃음소리라고는 믿어지지 않는 음산한 기운이 느껴졌다. 나도 모르게 눈을 감아 버렸다. 머리 위 꼭지 털이 곤두서는 느낌이었다. 아이의 팬티에 전 소변 냄새가 나는 것만 같았다.

얼마나 지났을까, 아이의 웃음소리가 들리지 않았다. 나는 눈을 뜨고 아이를 찾았다. 아이는 익숙하게 움직여 전등 스위치를 내렸다. 어두운 방 안에 버려진 기린의 몸이 조금씩 발광했다. 갈색 얼룩만큼 지워진 기린의 몸을 보고 아이는 다시 실실 웃기 시작했다. 그러고는 몸을 돌려 방문을 닫고 나왔다.

아이는 내가 있는 걸 처음부터 알고 있었다는 듯 고개를 들고 빠끔한 눈으로 나를 쳐다봤다. 현관 창밖으로 노을이 지고 있었다. 불 켜지 않은 복도는 어둑했지만 붉은 빛이 가득했다. 문 앞에 비켜선 아이의 얼굴에 붉은 빛이 한가득 내려앉았다. 아이는 머리를 까딱 움직여 인사를 하고는 한 손을 올려 내게 흔들어 보였다.

"또, 놀러 오렴."

적당한 말이 생각나지 않아 한 말이었다. 왜 불쑥 그런 말이 튀어 나왔을까. 아마도 마 형사 때문일 것이다. 마 형사는 항상 현장에 출동하는 것을 놀러 간다고 표현했다. 나는 그 표현이 늘 불편했지만 그런 마음을 드러낸 적은 없었다. 번뜩 시체 보존선 안에 누워 있던, 죽은 여자가 떠올랐다.

아이는 대꾸 대신 생글생글 웃어 보였다. 아이는 몇 번이고 손을 흔들고는 지하실을 향해 뒤뚱뒤뚱 걸어 나갔다. 몸에 비해 발이 작은 아이의 걸음은 균형을 맞추기 위한 최선의 노력처럼 보였다. 맨발로 왔는지 아이는 신을 신지 않고 그대로 계단을 내려갔다.

아이는 이제 책상이 아니라 침대 아래에서 튀어나올지도 모른다. 그런 생각까지 이어지자 소름이 돋았다.

지하실 여자가 온 지 일주일이 넘었지만 아내는 지하실 여자에 대해 별 말을 하지 않았다. 얼마에 세를 놓았는지도 말하지 않았다. 돈을 버는 게 목적이 아니었기 때문에 나는 아무것도 묻지 않았다. 불필요한 대화를 일부러 꺼낼 필요는 없었다.

저녁 식사 자리에서 나는 아내에게 아이가 서재에 있었다는 이야기를 전했다. 아내는 어깨만 으쓱해 보였고 별다른 말을 붙이지 않았다. 나는 아내의 눈을 보지 않고 말했다. 아이가 더 이상 내 집으로 올라오지 않았으면 좋겠다고. 그 말에도 아내는 대답이 없었다. 아내가 낯설었다. 하지만 그 말까지는 하고 싶지 않았다. 그대로 수저를 놓고 주방을 벗어나고 싶었지만 나는 애써 그 순간을 참아 냈다.

우리는 침실 등을 끄는 순간까지도 아무 말도 하지 않았다. 여느 때와 다름없었지만 평소와 너무 다른 마음이 내 속에 꽉 차 있었다.

설핏 꿈을 꾸는가 싶었는데 나는 잠에서 깨고 말았다. 아내 때문이었다.

약속하지 않은 날 아내가 내 침대로 건너온 것은 처음이었다. 나는 어떻게 반응해야 할지를 한참이나 고민해야 했다. 내가 잠에서 깼다는 것을 아내는 분명 알았을 것이다. 하지만 나는 뒤돌아 아내를 안아 줄 수가 없었다. 어떻게 해도 뭔가 틀어질 것 같아 조바심이 났다. 아내는 내 등에 손바닥을 대고 좀 길게 나를 기다렸다. 그러다 잠에 빠져들었다. 잠에 빠진 아내의 숨소리가 귓가에 너무 가까이 맴돌았다. 규칙적인 소리였지만 나는 그 소리가 신경 쓰여 잠에 들지 못했다. 나는 내 침대에 아내를 그대로 남겨 두고 아내의 침대로 건너가 잠을 청했다.

우리는 처음에 그랬던 것처럼 여전히 말을 낮추지 않고 지내고 있었다. 관계도 약속한 날에만 가졌다. 지금까지 단 한 번도 함께한 약속을 어기거나 목소리를 높여 감정을 드러낸 적이 없었다. 그래서인지 몰라도 나는 아내와 있으면 마음이 가라앉았고 안정이 되었다. 하지만 지하실 여자를 들인 후부터는 아내에게도 나에게도 뭔가 자꾸 균열이 생기고 있었다. 어느 순간부터 살아 있는 아내는 사건 현장의 죽은 사람보다 더 파악하기 힘들었다. 불안했다.

나는 아침까지도 잠에 들지 못했다. 지하실 여자와 아이가 대문 안쪽에 발을 들여놓는 순간부터 아내와 내가 조금씩 엉키고 있다는 생각을 지울 수가 없었다.

지하실 아이는 내 바람과는 전혀 다르게 더욱 자연스레 현관을 넘어 다녔다. 어떤 날은 거실에 누워 창밖 하늘을 내다보며 노래를 하기도 했고, 어떤 날은 인형을 만드는 아내 옆에 아무렇게나 누워 낮잠을 자기도 했다. 전혀 길들여지지 않은 야생동물이 내 집을 활보하는 느낌이었다. 아이는 아무 데나 자기 장난감을 흘리고 다녔고 생각지도 못한 곳에서 발견되게 했다. 더 참을 수 없는 것은 아이가 서재에 들어와 아무렇잖게 내 물건을 만지고 논다는 사실이었다. 일상이 뒤틀린다는 것이 바로 그런 것이었다. 어디선가 불쑥불쑥 튀어나오는 어린아이를 나로서는 감당할 자신이 없었다.

아내가 내게 처음 거짓말을 한 것도 다 그 아이 때문이었다. 아내는 한사코 아이를 서재에 들이지 않았다고 했지만 나는 알 수 있었다. 모든 게 원래 자리에 놓여 있었지만 내가 놓았던 그대로는 아니었다. 확실히 아내는 내가 모르는 여자가 되어 가고 있었다.

아내는 마당에 앉아 아이의 노래를 듣고 있었다. 아이의 음감은 형편없었지만 또박또박한 발음은 제법 귀에 꽂혔다. 내가 현관으로 오르자 아내와 아이가 함께 뒤따랐다. 지하실 여자는 오늘도 빨래를 내다 널고 일을 나간 모양이었다. 커다란 여자의 팬티들이 바람에 가볍게 날렸다.

아이는 아내와 나란히 앉았고 나는 그들과 마주 앉았다. 아내는 아이가 좋아한다며 카레를 했다고 말했다. 내가 뭔가를 섞어서 먹는 것을 싫어 한다는 걸 아내는 알고 있었다. 비빔밥의 나물도 따로 하나씩 건져 먹는 나였다. 카레는 더더욱 싫어하는 것이었다. 뭉글한 채소가 씹히는 게 영 내키지 않았다. 내가 숟가락을 든 채 접시 아래로 내릴 생각을 못하고 있자 아내는 아이를 위해 카레를 했다고 다시 한 번 말했다. 나는 천천히 숟가락을 움직여 최대한 소스가 묻지 않은 밥알을 건져 먹었다. 식탁에 앉자마자 아내가 나에게 던진 말이 별스럽게 느껴지기 시작했다.

아이는 자리가 영 불편한 듯 몸을 뒤척였다. 식탁이 너무 높아 아이의 팔이 불편해 보이기도 했다. 아내는 뭔가 생각난 듯 갑자기 일어나 거실로 나갔다. 아이는 의자 위에 일어서더니 그 위에 발을 얹어 쪼그리고 앉았다. 아이의 하얀 팬티가 그대로 눈에 들어왔다. 시선을 떼 버리고 싶었지만 그렇게 하지 못했다. 아내가 소파 위에 있던 쿠션을 가지고 돌아올 때까지도 나는 아이의 팬티에 눈을 고정하고 있었다.

아내는 아이의 몸을 일으켜 쿠션을 엉덩이에 받쳐 주었다. 나는 식사를 마칠 때까지 아내 눈을 보지 않았다. 눈이 마주치면 뭔가 섬뜩한 기운을 느낄 것만 같았다. 카레에 젖은 밥알이 퍽퍽하게 느껴져 여러 번 물을 삼켜야 했다.

아이를 찾으러 온 지하실 여자는 취한 기색이 가득했다. 젖은 눈으로 나를 올려다보며 고갯짓으로 인사를 했다. 그 작은 움직임에도 그녀의 풍만한 가슴이 물결쳤다. 나도 짧게 목례를 하고 서재로 들어갔다.

아내와 지하실 여자는 문간에 서서 한참 이야기를 나누었다. 간혹 두 여자의 목소리가 섞일 때마다 숨을 제대로 쉴 수가 없었다. 아내보다 한 옥타브가 높은 여자의 목소리에 아내의 저음이 감길 때면 아내와 여자가 나란히 몸을 맞대고 있는 것 같은 상상마저 들었다. 여자의 치마 속으로 뛰어들었던 아이는 또다시 노래를 시작했다. 입을 막고 노래를 하는 것처럼 답답한 소리가 들려왔다. 소리가 어떻게 되었든 아이는 세상에서 제일 잘하는 일이 노래라도 되는 것처럼 줄기차게 불러 댔다. 말로 할 수 있는 모든 것에 그렇게 리듬을 붙여 불러 대는 것 같았다. 지하실 여자의 말소리가 점점 격해졌다. 아내의 목소리는 들리지 않고 지하실 여자 쪽이 거의 이야기를 이어 갔다. 그러다 몇 번이나 자지러지듯 웃었다. 아이의 목소리가 잦아들었다. 제 어미가 그렇게 큰 소리로 떠드는데도 치마 안에서 잠이 든 모양이었다. 아내의 목소리가 들려왔다. 아내의 목소리 톤은 지하실 여자만큼은 아니었지만 전보다 높아져 있었다. 밝은 그 목소리를 듣고 나자 왠지 모르게 맘이 편해졌다.

이번에는 내가 약속을 깨고 말았다. 나는 침대 등을 끄고 아내의 침대로 건너갔다. 예상을 안 했던 것은 아니지만 아내의 몸은 꼿꼿했다. 자신이 내 등에 손을 대었던 것처럼 나도 자신의 등에 손을 대기를 바랄 것이라고 믿었던 것인지 내게 등을 보이고 돌아누웠다.

몇 초간 우리는 그렇게 있었다. 그 숨소리도 없던 몇 초 후 나는 아내의 몸을 바로 돌려놓고 내려다보았다. 아내의 눈은 감겨 있었다. 내가 제 팔을 잡은 손에 힘을 빼지 않자 아내는 귀찮은 듯 아주 천천히 눈을 떴다. 눈꺼풀이 올라오는 걸 보고 있자니 숨이 막혀 왔다. 코끝으로 힘을 모으고 있는 나를 올려다보는 아내의 얼굴은 조금은 한심한 걸 보는 표정이었다. 나는 우악스럽게 아내의 잠옷을 끌어내렸다. 아내는 다시 눈을 감았지만 엉덩이를 들어 옷을 벗기는 것을 도와주었다.

하지만 나는 금세 아내의 몸에서 내려올 수밖에 없었다. 내 몸이 자신의 몸에서 빠져나가자 아내는 그대로 몸을 돌리고 이불을 끌어올렸다. 나는 도망치듯 방을 나왔다.

현관 계단 위에 앉아 담배에 불을 붙였다. 깜빡 잊은 것인지 지하실 여자의 빨래는 아직도 건조대 위에 널려 있었다. 속옷 몇 개가 바닥에 떨어져 있기도 했다. 건조대로 걸어가 바닥에 떨어져 있는 속옷을 집어 올려 먼지를 떨어냈다. 대부분 지하실 여자의 것이었다. 비대하게 발달한 여자의 엉덩이가 떠올랐다. 마지막 집어 든 것은 아이의 팬티였다. 하얀 면사 위에 여러 색깔의 하트 무늬가 사선으로 이어진 팬티였다. 먼지를 떨어내고 건조대 위에 얹어 놓으려다 잠시 손을 멈추었다. 손끝에 잡힌 아이의 팬티를 놓기가 싫어졌다. 나는 그대로 서서 담배를 마저 피웠다. 그리고 조금 더 망설였다. 나도 모르게 주위를 살피고 있었다. 손바닥 안에 아이의 팬티를 구겨 넣었다. 꼭 한줌이었다. 내 주먹 안에 아이의 팬티가 들어 있다고 생각하니 숨을 제대로 쉴 수가 없었다. 현관으로 향하는 가운데 지하실 여자를 만나게 되지 않을까 걱정이 되었다. 나는 발끝을 세우고 걸었다.

나는 아내가 선물한 몇 개의 야광 인형들 사이에 섰다. 사형수에 관한 논문이 모인 곳에 앉아 있는 사자는 두 눈을 동그랗게 뜨고 있었다. 김전일 시리즈 위에 놓인 도마뱀이 고개를 뻗고 나를 내려다보았다. 아이가 그랬던 것처럼 나는 책상 위에 걸터앉았다. 바지와 팬티를 같이 끌어내렸다. 오른손에 쥐고 있던 아이의 팬티를 코앞에 가져다 대었다. 이슬에 젖은 흙냄새가 났다. 크게 숨을 들이마시고 잠시 숨을 멈추었다. 나는 몇 번이고 아이의 팬티에 얼굴을 묻고 숨을 내쉬었다.

비닐 파일을 꺼내고 그 안에 정액이 묻은 아이의 팬티를 펴 넣었다. 서랍 맨 아래 칸을 열고 제일 안쪽 바닥에 팬티가 든 비닐 파일을 깔았다. 몇 개의 서류를 그 위에 얹고 서랍을 닫았다. 하품이 쏟아졌다. 눅진한 피로감이 밀려들었다. 눈을 제대로 뜰 수 없을 정도로 몸이 노곤해져 왔다.

"바로 이 집이라고. 얼른 놀러 가야지."

마 형사는 친근하게 내 어깨에 손을 얹었다. 내가 신체 접촉을 달가워하지 않는다는 걸 마 형사는 잘 알고 있었다. 내가 어깨를 빼내자 마 형사는 깜빡 잊고 있었다는 듯 제 어깨를 들어 놀란 체를 했다. 내가 몸을 빼고 앞으로 나가자 그는 머쓱한 듯 뒤통수로 손을 가져갔다.

단백질이 녹거나 삭을 때는 강하게 톡 쏘는 냄새가 났다. 농약에 장기가 타들어 가는 냄새로 코가 아플 지경이었다.

코 안으로 송곳을 밀어 넣는 것처럼 압통으로 다가오는 냄새였지만 주변의 어떤 사람도 인상을 구기지 않았다. 집 안에는 가족 네 명이 모두 음독한 채로 거실 여기저기에 쓰러져 있었다. 부부인 것으로 추정되는 남녀 한 쌍과 미취학 아동이 둘이었다.

두 아이 중 더 어린 여자아이의 사체는 깨끗했다. 엎드린 채 죽은 아이의 솟은 둔부는 유난히 희었다. 옷을 입고 죽은 아이의 입가에는 토사물이 흘러나와 있었다. 마 형사는 천천히 옆으로 걸어 와서는 죽은 남자의 다리를 툭툭 건드렸다. 감식반이 사진을 찍으려고 다가서자 그제야 옆으로 비켜섰다.

네 가족 모두 바닥에 쓰러진 모습 그대로 하얀 테두리가 둘러쳐졌다. 남편은 뼈가 앙상하게 드러날 정도로 마른 몸이었다. 엎드려 죽은 부인의 몸은 뚱뚱했다. 치마 아래 드러난 겹이 생긴 허벅지살을 보고 있자니 나도 모르게 지하실 여자의 모습이 떠올랐다. 발가벗겨진 채 죽은 여자아이는 눈썹이 희미한 지하실 아이와 닮은 듯도 했다. 치마 속으로 파고들던 아이의 모습이 머릿속에 살아났다. 터질 것처럼 부풀어 오르던 지하실 여자의 치마가 머릿속을 메우기 시작했다. 생각이 거기까지 다다르자 죽은 여자의 부푼 허벅지가 자극적으로 다가왔다. 어느 순간, 내가 여자의 살 속으로 흡수되어 버릴 것 같다는 생각마저 들었다.

나는 잠시 소파에 앉아 담배를 피웠다. 지난번 현장에서 마 형사가 보여 준 가슴골이 드러난 여자의 사진도 떠올랐다. 마지막까지 쿨럭거리며 구토를 했을 여자의 풍만한 몸이 그려졌다. 딱딱하게 굳은 몸으로 마지못해 나를 받아들이던 아내도 떠올랐다. 생각이 거기까지 미치자 점점 더 숨이 차올랐다. 다시 몸을 일으켜 세웠지만 숨을 조절하기가 힘들었다. 눈꺼풀이 너무 무거웠지만 그 소파에서는 잠들 수 없었다. 지하실 생각이 떠나지 않았다. 잠에 들고 싶었다.

집으로 돌아오는 내내 겹겹이 살로 둘러친 알 수 없는 여자의 몸이 머릿속을 헤집었다. 그 여자의 몸은 하늘을 바라보고 죽은 여자의 볼록한 가슴이 되어 엉켜들어 갔다. 금세 희고 동그란 엉덩이를 가진 아이가 되었다가 무릎을 세우고 소리 지르던 지하실 아이로 변해 갔다. 그리고 혀를 바짝 세우고 무슨 말을 하려고 하는 아내의 얼굴이 되었다. 혀가 굳은 아내는 말을 하지 못했다. 머릿속이 뒤죽박죽이 되었다. 모든 것이 블랙홀처럼 뒤섞여들어 갔다.

대문을 열고 들어갈 때까지도 가슴 속은 진정되지 않았다. 내 귀에 심장이 있는 건 아닌지 의심스러울 정도로 심장소리가 크고 빠르게 들렸다. 손이 차갑게 굳어 가는 것 같았다. 어떻게 해도 제대로 숨을 쉴 수가 없었다. 숨 쉬는 게 자꾸 의식이 되어 갑갑함이 밀려들었다.

대문을 통과하자마자 바로 지하실 계단으로 향했다. 잠시 멈춰 서서 하늘을 올려다봤다. 코가 시큰해졌다. 지하실 문은 반쯤 열려 있었다. 나는 경첩이 헐거워 삐걱거리는 지하실 문을 열고 안으로 들어갔다.

나는 구두도 벗지 않은 채로 지하실 여자의 침대에 누워 천장을 바라봤다. 벽지 때문인지 몰라도 그렇게 어둡게 느껴지지 않았다. 여자가 붙여 놓은 야광별과 달이 약하게 빛을 발하고 있었다. 초록색 빛이 번지는 걸 보며 눈을 감았다. 별과 달의 테두리가 감은 눈 속에서 길게 번졌다. 천천히 숨을 고르고 잠을 청했다. 나른함이 몰려왔다. 몸이 침대 중앙으로 스며들어 갈 것만 같았다. 내 몸 주변으로 하얀 테두리 선을 그리고 싶어졌다. 익살맞은 낙서처럼 보이겠지만 온전한 내 테두리 안에서 잠들고 싶었다. 두 손을 모아 가슴에 얹었다. 하품이 쏟아졌다. 계속해서 들숨만 이어졌다. 그런 와중에도 잠에 빠져들었다.

누군가 나를 흔들어 깨웠다. 눈을 뜨려고 해도 눈이 떠지지 않았다. 실낱같은 빛이 보였다 말았다. 어둑한 가운데 겨우 눈을 감았다 떴다. 힘을 주어 눈을 뜬 순간, 강한 빛이 쏟아졌다. 그 빛을 등지고 검은 그림자가 서 있는 것도 같았다. 나는 그게 아내였으면 좋겠다고 생각했다.

내 이름은 나나

길게 사이렌이 울렸다. 우리는 그 소리를 뚫고 내달렸다. 수완이 핸들을 좌우로 꺾을 때마다 내 머리도 같이 움직였다. 머리칼이 앞으로 뒤로 아무렇게나 나부꼈다. 치마 속으로 바람이 들어찼다. 치마가 뒤집어질 때마다 나도 모르게 웃음이 나왔다. 웃을 수 있다는 게 중요했다. 나는 홈플러스 주차장 쪽에 길게 늘어서 수완의 묘기를 감상하는 패거리를 향해 손을 흔들었다. 그리고 보란 듯이 두 다리를 길게 내뻗었다. 바람이 가랑이 사이를 훑고 지나갔다. 내 웃음소리는 내가 듣기에도 무척이나 커져 있었다. 우리는 바람을 가르고 홈플러스 대각선 공단 앞 유턴 지점까지 달렸다. 길가에 서 있던 패거리 쪽에서 휘파람 소리가 들려왔다. 엔진 끓는 소리가 아득하게 귓가를 맴돌았다.

수완은 유턴 지점을 돌아 다시 아이들 앞을 지나쳤다. 원래대로라면 주차장 안으로 들어갔어야 했지만 수완은 그렇게 하지 않았다. 핸들을 다시 당기고 대방역 사거리 이정표가 있는 곳까지 달렸다. 수완은 멈춤과 동시에 윌리를 뽑아냈다. 오토바이 앞바퀴를 들어 올리고 왕복 8차선 도로를 자유롭게 오갔다.

나는 수완이 윌리를 할 거라는 걸 알고 있었다. 핸들을 쥐고 있는 수완의 손에 단단히 힘이 들어가는 걸 봤기 때문이다. 나는 벌렸던 다리를 모아 마후라 위에 얹었다. 쿠션에서 서서히 몸을 일으켜 수완의 허리를 바짝 당겨 안았다. 수완이 핸들을 당겨 올리는 순간 수완의 엑시브는 앞발을 들어 몸을 세운 포식 동물이 되었다. 오토바이가 들린 만큼 수완과 나의 몸도 뒤로 젖혀져 도로와 수평으로 매달렸다. 그 위험천만한 느낌이 좋았다. 머리칼이 바닥으로 떨어지는 듯한 기분도 좋았다. 한 팔의 힘을 풀고 아스팔트를 향해 툭 떨어뜨렸다. 매달린 오른팔에 힘이 들어갈 때마다 웃음이 터져 나왔다. 수완이 욕지거리를 내뱉었지만 잘 들리지 않았다.

수완의 윌리는 진정한 윌리 그 자체였다. 수완은 스로틀 조작만으로 가볍게 윌리나 잭나이프를 선보였다. 핸들을 잡은 채 허공으로 점프하기도 하고 뒤돌아 가기도 했다. 사실 잭나이프니 번아웃이니 이름을 붙여 부를 필요도 없다. 어떤 것이든 수완의 몸에서 나온 것은 수완의 이름이 붙어 버리니 말이다. 뒤따라온 아이들이 우리 주변을 에워쌌다. 모두들 동그랗게 열을 만들고는 핸들을 좌우로 흔들며 각기를 선보였다. 바닥으로 엎어질 듯 말 듯 불안한 움직임이었지만 아무도 엎어지지 않았다. 금세 차선이 엉켰다.

빨간 요요가 허공을 가르며 날아올랐다. 팽팽한 줄이 수완의 머리 위를 돌았다. 나는 마른 침을 삼키며 수완의 요요를 주시했다. 수완이 다시 요요를 감아쥐었다. 실이 감길 때 들리는 뭔가가 쓸리는 소리가 오늘따라 거슬렸다. 수완이 요요를 쥔 손을 높이 쳐들자 우리 주변을 돌던 오토바이들은 네 방향으로 하나씩 갈라지기 시작했다.

아이들이 사거리로 흩어지자 수완은 힘 있게 핸들을 당겼다. 앞바퀴가 회전하며 회색 연기를 만들었다. 수완은 그대로 역주행을 시작했다. 잠깐 눈을 감았다 떴다. 마주 오는 차들을 정면으로 바라보기 위해서는 한 번쯤 각오를 다질 필요가 있기 때문이다. 수완의 등에 몸을 붙이고 천천히 오토바이 위로 올라섰다. 한 손으로 수완의 어깨를 붙들고 한 손은 최대한 길게 뻗어 허공을 찔렀다. 잔가지를 쳐낸 가로수보다 더 높이 손을 뻗은 것 같았다. 가로수들이 속도에 밀려 긴 선으로 늘어졌다. 입 안으로 찬바람이 꽉 들어찼다. 이 뿌리까지 차가웠지만 웃음을 멈출 수가 없었다. 달려오는 차들 하나하나를 비켜 달릴 때마다 오토바이 전체가 휘청거렸다. 몸이 흔들릴 때마다 내 웃음소리는 점점 더 커졌다.

수완이 멈춘 곳은 한강 둔치 화장실 앞이었다. 나는 수완의 도움 없이 오토바이에서 뛰어내렸다. 수완은 핸들을 꺾어 오토바이를 세우고는 담배를 물었다. 거기에 불을 붙여 내게 건넸다. 때가 왔다는 신호였다.

나는 수완이 건넨 담배를 최대한 맛있게 피웠다. 그리고 최대한 꽁초가 될 때까지 피웠다. 내가 담배를 입에 무는 순간부터 수완은 내 몸에 자기 몸을 붙이고 비벼 댔다. 벌써 청바지 앞이 팽팽하게 부풀어 올라 있는 게 느껴졌다. 나는 일부러 엉덩이를 더 밀착시켜 수완을 자극했다. 수완이 '미친년' 소리를 해 대며 내 엉덩이를 세게 쳤다. 내가 꽁초를 바닥에 던지고 신발 바닥으로 비벼 끄자 수완이 오토바이에서 키를 뽑았다. 곧 자신의 키를 내게 꽂을 것이란 암시였다. 수완은 단 1초도 아깝다는 듯이 재빠르게 움직여 여자 화장실 문을 열었다. 오래된 지린내가 풍겨 왔다. 콧구멍을 크게 벌려 냄새를 쫓아 보았지만 그럴수록 냄새는 더욱 강하게 코에 걸렸다. 수완이 고개를 까딱해 보였다. 나는 입에 남은 떫은 담배 맛을 게워 내기 위해 침을 뱉었다. 수완이 다시 '미친년' 소리를 해 댔다. 1초라도 더 끌었다가는 귓방망이가 날아올 가능성이 컸다. 나는 얼른 화장실 안쪽으로 들어가 치마를 뒤집어 깠다. 수완이 내 물방울 무늬 팬티를 보고 버클을 풀며 다가왔다.

홈플러스 주차장으로 돌아간 시간은 새벽 두 시가 지나서였다. 주차장 가장 안쪽 구석인 A1 구역은 집하장과 바로 연결되어 있어서 매장 입구에서는 잘 보이지 않았다. 기둥만 돌면 직원 화장실이 있어서 밤새 모여 놀기에 좋은 곳이었다. 수완은 A1 구역 노란 화살표 앞에 오토바이를 세웠다. 멋지게 핸들을 꺾어 불광을 낸 프론트 펜더를 자랑했다. 수완의 오토바이 뒷바퀴가 회전하면서 밀어낸 먼지들이 주차장 조명 아래 반짝였다. 나는 언제나처럼 수완보다 먼저 오토바이에서 뛰어내렸다. 치마가 살짝 들렸다 가라앉았다. 바닥에 앉아 팩소주를 빨던 애들의 시선이 한꺼번에 쏠렸다. 나는 보란 듯 엉덩이를 털었다. 치마가 뒤로 앞으로 아무렇게나 뒤집어졌다. 손으로 두 무릎을 짚고 엉덩이를 빼 보였다. 손안에 무릎뼈가 도드라지게 잡혔다. 밤공기에서 묻어온 서늘함이 느껴졌다. 수완의 등에 매달릴 때마다 수완의 엉덩이를 끌어안고 눌러 대던 무릎이었다. 수완이 항상 자신의 허리를 꽉 조여서 좋다고 칭찬하던 무릎이었다. 무릎 아래 종아리에는 국화꽃 모양의 화상 자국이 남아 있다. 수완이 만들어 준 것은 아니었다. 잠시 국화꽃을 손으로 가려 보았다. 꽃에서 열기가 나는 듯했다.

나는 공원 벤치에서 오토바이를 기다리며 소리 좀 지르고, 머플러에 다리 좀 데어 본 그런 여자애들과 비교되는 게 싫었다. 뭐 더 정확히 구분하자면 나는 그 애들 중에도 A급에 속하는 애였다. 우선 나는 수완의 등에 매달릴 만큼 깡이 있었다. 그리고 다른 여자애들처럼 지린내 나는 옷을 며칠씩 입고 다니거나 한강이나 지하철에서 난장을 까는 그런 애도 아니었다. 더군다나 가출한 애들끼리 모여 사는 팸에 속해 있는 것도 아니고 이랭으로 살고 있는 것도 아니었다. 그래서 늘 수완의 등에만 올라탈 수 있는 거다. 그 때문에 수완만이 나를 올라탈 수 있기도 했다. 아무도 내 이름이 뭔지 어느 학교엘 다니는지 혹은 학교를 관두고 뭘 하는지 알지 못했다. 궁금해하는 애들이 없었기 때문에 굳이 내 이름을 말할 필요도 없었다. 우리는 그저 달리는 데에만 집중했다. 다만 수완은 내가 처음 홈플러스 주차장에 왔을 때 수완의 오토바이에 반해 미친년처럼 날뛰면서 “나, 나, 나, 나!”를 외쳐 댔다는 사실만으로 나를 나나라고 불렀다. 다른 벤치 여자애들은 자기를 태워 달라는 말을 그렇게 하지 않았다. ‘꺅’ 소리를 지르거나 ‘오빠’를 외치거나 각양각색이었지만 어쨌든 수완의 선택을 받은 건 나뿐이었다. 수완의 나나가 된 이후로 모두가 나를 그렇게 불렀다. 하긴 이름이나 학교를 다니는지 하는 것들은 중요한 게 아니었다. 수완의 말대로 우리가 그런 것들부터 하나씩 벗겨 내기 시작하면 진짜 속을 알게 될 것 같지만 그럴수록 진짜 속은 모르게 되는 법이니까. 우리는 모를수록 더 빨리 달릴 수 있었다.

수완이 장갑의 찍찍이를 뜯었다. 언제 들어도 시원하게 뜯어지는 소리였다. 모두들 수완 쪽으로 고개를 돌렸다. 모두를 집중시키는 데 한 마디 말도 필요하지 않았다. 수완은 메인 시트에 앉은 채로 브레이크 페달 위에 있던 발을 바닥에 찍듯이 내려놓았다. 그리고 반대편 다리를 들어 올려서는 멋지게 각을 살려 공중을 가른 다음 먼저 내려놓은 발 옆에 갖다 붙였다. 두 다리가 먼지를 가르고 걷기 시작했다.

수완은 붙어 있는 애들을 갈라놓으며 중간으로 들어가 자리를 잡고 앉았다. 앉자마자 침을 뱉었다. 혀끝과 앞니를 붙이고 뱉는 그 자세는 그야말로 좀 있어 보였다. 얇게 날아가는 침이 좀 더러워 보이긴 해도 가오를 잡을 때는 한 번쯤 뱉어 주면 효과가 그만이다. 수완은 고갯짓으로 아이들의 얼굴을 하나씩 찍으며 확인했다.

"잘 들어. 우리는 타이어를 불태우는 게 아니야. 영혼을 불태우는 거라고."

수완의 타이어는 늘 불이 붙은 것처럼 스키드 마크를 남겼다. 다른 애들이 몇 번이고 그걸 따라해 봤지만 수완의 경지까지는 힘들었다. 핸들을 급하게 당겨도 보고 일부러 몸을 낮춰 무게 중심도 달리해 봤지만 수완이 만드는 그런 흔적 같은 것은 남기지 못했다. 그런 건 수완만이 할 수 있었다. 그래서 영혼을 불태운다고 당당히 말할 수 있는 것인지도 몰랐다.

수완이 주머니에서 요요를 꺼냈다. 줄에 감겼다 풀리는 동그란 알루미늄이 칼 같은 빛을 냈다. 알루미늄 휠에 새긴 수완의 약자 SW가 빠르게 회전하면서 뭉개져 사라졌다. 수완의 요요가 아이들의 얼굴 앞으로 던져질 때마다 다들 한 번씩 몸을 움찔거렸다. 나는 수완의 요요가 눈앞까지 날아와도 꿈쩍하지 않을 수 있었다. 수완이 내 머리칼 몇 가닥을 잘라 먹어도 상관없었다. 머리칼이야 또 자라니까 말이다. 나는 수완이 뭐라고 지껄이든지 말든지, 요요를 날리든지 말든지 문자 메시지를 보내는 데에만 집중했다. 언젠가 수완은 내 엄지를 잘라 버릴 거라고 으름장을 놓기도 했다.

"김수완!"

모두들 낮게 깔린 목소리를 찾아 시선을 돌렸다. 검은 점퍼를 입은 남자가 수완의 오토바이 헤드라이트가 뿜는 빛 속에 서 있었다. 수완이 급하게 요요를 감아쥐었다. 쓰윽, 요요가 돌다 멈추는 소리가 살을 벨 때처럼 쓰리게 들렸다. 빛을 등진 남자는 검은 그림자로밖에 보이지 않았지만 모두들 소란스럽게 움직이기 시작했다. 남자의 검은 얼굴이 빛에 드러나기도 전에 아이들은 하나둘 시동을 걸기에 정신이 없었다.

그러고는 비명 같은 꽥꽥이를 울리며 순식간에 모두 주차장을 빠져나갔다. 남자는 잠깐 멈춰 서서 주차장 입구를 쳐다보다 A1 구역 바닥의 노란 화살표가 가리키는 방향대로 걸음을 옮겼다.

말로만 듣던 김 반장이었다. 생각보다 키가 작았다. 생각보다 몸이 말랐다. 무서워할 이유는 없었지만 갑자기 들이닥친 경찰이 반가울 이유도 없었다.

"넌 어른을 보고 인사도 안 하냐, 이 새꺄."

그 말에 수완은 성의 없게 고개만 까딱해 보였다. 김 반장은 수완의 머리를 심하게 흐트러뜨리고는 어깨를 잡아 그대로 눌러 앉혔다. 나도 수완의 옆에 자리를 잡고 앉았다. 김 반장은 들고 온 박스 안에서 초코파이를 꺼내 나에게 먼저 건넸다. 배고팠던 터라 초코파이를 받자마자 비닐을 벗기고 입안으로 밀어 넣었다. 김 반장의 두 눈썹이 위로 한 번 들썩였다. 김 반장은 수완에게도 과자를 건넸지만 수완은 고개를 돌려 버렸다. 김 반장은 수완에게 주려던 과자 봉지를 내게 내밀었다. 나는 그것도 망설임 없이 받아 들었다. 초코파이가 씹고 있던 껌과 엉켜 입속에 꽉 찬 상태였기에 고맙다는 말을 할 타이밍을 놓치고 말았다. 대신 나는 과자 봉지를 든 채 입을 벌리지 않고 웃어 보였다. 김 반장도 나를 보며 찡긋 눈짓을 했다. '쭈쭈'라고 적힌 봉지 안에는 갖가지 동물 모양의 과자가 들어 있었다. 과자 하나를 집어 꺼내려는 순간 수완이 옆구리를 치며 눈을 부라렸다. 수완은 내 손에서 과자 봉지를 낚아채 김 반장이 있는 데로 던졌다. 사방으로 과자가 날렸지만 김 반장은 아랑곳하지 않았다.

"이런 게 다 미끼라는 거 몰라? 누굴 졸로 보나."

김 반장은 쪼그려 앉아 흩어진 과자를 줍기 시작했다. 몹시 부자연스러워 보였지만 김 반장은 마지막 하나까지 모두 주워 담았다.

"수완인 야생동물처럼 팔팔 뛰는 게 매력이라니까."

"아, 놔! 누구보고 동물이래."

수완이 말끝에 침을 뱉었다. 전처럼 멋지게 발사되지는 않았다. 제 옷으로 떨어진 침을 털며 쉴 새 없이 욕을 해 대고 있었지만 수완의 아래턱은 심하게 덜덜 떨리고 있었다.

"우리가 무슨 개돼지 새끼냐고!"

수완은 발악하듯 소리를 질렀다. 김 반장의 손이 그대로 멈췄다. 갑자기 나타난 경찰 앞에서도 절대 굴하지 않고 저렇게 말을 갖다 붙이다니, 수완의 등에 올라탄다는 게 자랑스럽게 느껴지기까지 했다. 수완의 숨소리가 점점 거칠어졌다. 수완이 자리를 박차고 일어났다. 수완은 두 주먹을 단단히 쥐고 서 있었지만 그렇게 다부져 보이거나 하지는 않았다. 오히려 덜덜 떨리는 아래턱 때문에 안쓰럽기까지 했다. 수완을 쏘아

보던 김 반장이 컵라면을 내려놓고 자리에서 일어났다. 수완 쪽으로 천천히 발걸음을 옮겼다. 나도 모르게 마른 침이 넘어갔다. 나는 전에 없이 풍선껌을 크게 불었다가 터뜨렸다. 풍선껌은 어느새 진한 초코향을 풍기는 검은색으로 변해 있었다.

"야생동물이라잖아, 병신아."

웃자고 한 소리였지만 내 목소리는 내가 듣기에도 웃음기가 없었다. 뜬금없는 나의 말에 수완은 짐짓 놀란 듯했지만 그래도 한쪽 눈을 치켜떠 가며 나를 노려봤다.

"누가 몰라. 멧돼지냐 이거지. 야, 너 꺼져. 다른 년 태울라니까."

수완은 순발력도 뛰어났다. 그래서 리더가 되는 거다. 수완은 김 반장 쪽을 힐끔거리면서 내게 욕을 퍼부어 댔다. 나는 잠깐 풍선껌 씹던 것을 멈추고 수완을 바라봤다. 단단히 화가 났다는 걸 알 수 있었다. 무슨 말이라도 해야 할 것 같았지만 뭘 어떻게 말해야 할지 떠오르지 않았다. 나는 마른 침을 연거푸 삼켰다. 단맛이 더 이상 느껴지지 않았다. 목구멍이 말라비틀어져 버린 것처럼 빽빽했다. 내가 입을 떼려고 하자 순식간에 수완의 손이 날아들었다. 비켜 맞은 것 같은데도 너무 아팠다. 하지만 절대 눈물은 흘리지 않기로 했다.

나는 수완 옆에서 비켜섰다. 더 이상 풍선껌 따위 불 기분이 아니었지만 풍선껌에 원래부터 자동 기능이 내장된 것처럼 내 발걸음에 맞춰 따닥따닥 풍선껌 터지는 소리가 따라 붙었다. 오히려 당황한 쪽은 김 반장인 것 같았다. 김 반장은 나를 한번 쳐다보고는 다시 자리에 앉았다. 나는 그대로 김 반장 옆으로 가 앉았다. 김 반장에게서 땀에 전 쉰내가 났다.

나는 김 반장 옆에 앉아서도 계속 풍선껌을 터뜨렸다. 연속해서 풍선이 터지자 단물 빠진 껌 냄새가 났다. 나도 모르게 들숨을 크게 마시고 있었다. 풍선이라도 불지 않으면 미쳐 버릴 것 같았다. 이 상황을 빠져나갈 뭔가가 필요하다는 걸 알고 있었지만 그게 뭔지 알 수가 없었다. 나는 더욱 크게 풍선을 만들었다. 내 숨이 모두 풍선 속으로 들어가는 기분이 들었다. 더 내쉴 숨이 없을 만큼 풍선을 키웠다가 단숨에 터뜨렸다. 입 주변에 들러붙은 껌 조각들을 혀로 끌어당겨 다시 뭉쳐 씹었다. 좀 전보다 더 세게 씹어 댔다. 풍선껌 소리가 폭죽 터지는 소리처럼 크게 들렸다. 수완에게 맞은 왼쪽 뺨이 점점 부풀어 올랐다. 쓰라렸다. 나는 뺨 위에 가만히 손을 올려놓았다. 열기가 느껴졌다. 손바닥을 동글게 모아 뺨에서 나는 열기를 가뒀다. 수완이 만들어 준 첫 번째 자국이었다.

김 반장이 가까이 몸을 붙여 왔다. 그러고는 내 허벅지 맨살 위로 김이 날 것 같이 뜨거운 손을 얹었다. 순간 살이 델지도 모른다는 착각까지 들었다. 나는 휴대폰에 붙어 있던 손 하나를 빼어 김 반장의 손을 떼어 내려고 했다. 하지만 김 반장의 손은 용접한 것처럼 내 허벅지에 단단하게 붙어 있었다. 수완이 계속 노려보는데도 김 반장은 내 허벅지에 올려놓은 손을 거두지 않았다. 손끝에 힘이 들어가 있었다. 개구리처럼 손톱 아래 살이 동그랗게 오른 손가락이 내 허벅지를 뭉근하게 눌렀다. 귀까지 피가 끓어오르는 것 같았지만 나는 김 반장에게 활짝 웃어 보였다. 김 반장이 검지를 들어 내 송곳니를 가리켰다.

"너 이제 보니, 엄청난 걸 숨겨 놨구나."

김 반장의 통통하고 짧은 손가락이 내 송곳니에 와 닿았다. 그 잠깐 사이 나는 김 반장의 머리통에 송곳니를 박아 넣는 상상을 했다. 그다지 재미있는 그림은 아니었다. 수완은 벌써 오토바이에 시동을 걸고 있었다. 수완의 뒤통수에 대고 김 반장이 말했다.

"너 원래 나오면 안 되는 거였어. 오늘만 내가 특별히 봐주는 거다. 내일 또 나오면 알지?"

"잡을 수 있으면 잡아 가든가."

하지만 수완은 김 반장이 다시 고개를 돌리기도 전에 먼지를 날리며 주차장을 빠져나갔다. 나는 노란 화살표 방향과 정반대로 멀어지는 수완의 오토바이를 멀뚱히 쳐다보고만 있었다. 화살표가 가리키는 곳에 내가 있는데도 수완은 뒤도 돌아보지 않았다. 나는 수완의 '수'자도 불러 보지 못했다. 내가 멍하니 주차장 입구를 보고 있는 사이 김 반장은 더욱 몸을 밀착해 왔다. 나는 입으로는 풍선껌을 불고 두 엄지로는 문자를 쳤다. 김 반장이 가까이 오면 올수록 또독또독 껌 터지는 소리는 빨라졌다. 그럴수록 엄지도 더욱 더 빨리 움직였다. 김 반장이 턱을 까딱하며 내게 쭈쭈 봉지를 건넸다. 바닥에 떨어졌던 것이란 걸 알고 있었지만 거역할 수가 없었다. 나는 허벅지에 휴대폰을 내려놓은 채 과자 봉지에 손을 넣었다. 제일 먼저 손에 잡힌 건 토끼였다. 이맛살을 찌푸린 토끼 얼굴을 씹어 먹었다. 곧 사자, 고양이, 양 등도 입속에서 부서졌다. 우유 맛이 진하게 났다. 모래 같은 것이 입 안에서 서걱거렸지만 뱉을 수가 없었다.

"넌 이 밤에 어따 그렇게 문자질을 해 대냐."

나는 김 반장의 말에 대답하지 않았다. 그래도 김 반장이 이야기하는 몇 초 동안은 잠시 엄지를 움직이지 않았다. 김 반장은 기지개를 켜면서도 내게서 시선을 떼지 않았다. 나는 그러거나 말거나 김 반장을 신경 쓰지 않기로 했다. 수완에게 계속 문자를 보냈지만 답이 없었다. 나중에는 욕까지 함께 보냈지만 소용없었다. 단단히 화가 난 게 틀림이 없었다. 그렇다고 여기에 나를 혼자 버리고 간 건 해도 해도 너무한 일이었다.

기둥만 돌면 화장실이 있다는 것을 몰라서였는지 아니면 안으로 들어갔다 오는 게 귀찮아서였는지 김 반장은 주차장

구석으로 가서 소변을 봤다. 김 반장이 만든 소변 줄기는 얇고 가늘었지만 멈출 줄을 몰랐다. 내가 앉은 주차 구역까지 길게 흘러내려 왔다.

나는 마지막으로 수완에게 문자를 보냈다. 짧고 강한 메시지를 남기려 했지만 자꾸 말이 길어졌다. 한 단어마다 “정말”이 붙었다. 몇 줄이나 그렇게 쓰고도 맨 마지막에 데리러 오지 않으면 “정말” 끝이라고 또 썼다. 끝이란 말도 몇 번이나 더 붙였는지 모르겠다. 전송 완료가 된 것을 확인하자마자 그렇게 보낸 게 후회되기 시작했다.

새벽 세 시 반이었다. 모두가 빠져나간 텅 빈 주차장에 나와 김 반장 둘만 남게 된 것이다. 수완은 여전히 답이 없었다. 김 반장은 무슨 생각인지 떠나지 않고 나를 지키고 있었다. 내가 시간에 맞춰 터지는 폭탄을 달고 있는 인질이라도 되는 양 딱 버티고 서서 손목시계와 나를 계속해서 확인했다.

김 반장이 박스에 있던 짐을 풀고 먹을 걸 죄다 꺼내 펼치는 동안에도 수완에게서는 연락이 오지 않았다. 택시비도 없었고 교통 카드도 없었다. 앵벌이를 해서 지하철을 타려고 하더라도 두 시간은 더 버텨야 했다. 하지만 수완이 주차장으로 돌아오지 않을 거라면 김 반장과 함께 있을 이유가 없었다. 걸어서라도 어디든 가는 게 맞았다. 나는 자리에서 일어났다. 그러자 김 반장이 따라 일어섰다.

"어딜 가? 이 새벽에, 얼마나 위험한데. 금방 데려다줄게."

주차장을 울리는 김 반장의 굵직하고 낮은 목소리가 위험하게 들렸다. 김 반장이 내 어깨를 잡고 눌렀다. 나는 섰던 자리 그대로 무릎을 세우고 앉았다. 김 반장은 내 옆에 나란히 자리를 잡고 앉아서는 어디론가 전화를 걸었다.

"지금 오면 전에 뛴 것까지 까 줄테니, 잽싸게 튀어 와. 홈플러스, 그래. 거기."

나는 다시 휴대폰 문자함을 열어 보았다. 수완에게 보낸 문자만 서른 개도 넘었다. 정말 수완은 더 이상 나를 업지 않겠다는 마음을 먹은 건지도 몰랐다. 수완의 등에 업힐 여자는 수없이 많으니 말이다. 그런 데까지 걱정이 미치자 더 이상 수완을 기다릴 필요가 없다는 생각이 들었다.

나는 수완의 전화번호를 지웠다. 그리고 하나씩 하나씩 수완의 흔적을 지워 나갔다. 사진도 동영상도 다 삭제했다. 수완이 보낸 모든 메시지를 지웠고 음성도 지웠다. 수완과 연결된 친구들의 전화번호도 모두 지워 버렸다. 수완의 '수'자라도 기억나게 할 만한 것이라면 모두 지웠다. 오늘 이후부터 수완은 내게 없는 사람이 될 것이다.

휴대폰에 남은 수완에 대한 기록을 다 지우고 고개를 들었을 때였다. 김 반장의 얇고 긴 얼굴이 코앞에 있었다. 아찔했다. 순간 나는 눈을 감았다. 언젠가 뛰어내리려고 올라갔던 아파트 옥상에서 이런 아찔함을 느낀 적이 있다. 아래를 내려다 봤을 때 화단에 핀 찔레꽃이 너무 멀어 아뜩했더랬다. 뭔가가 너무 가까이 있어도 아찔할 수 있다는 게 놀라웠다.

곧 쉰내가 내 코로 파고들었고 묽은 침이 입술에 와 닿았다. 힘이 바짝 들어간 김 반장의 혀가 내 입속을 헤집었다. 나는 어쩔 줄 몰라 휴대폰만 꽉 잡고 있던 두 손으로 김 반장의 가슴을 밀어 내고 자리에서 일어났다. 김 반장의 침으로 범벅이 된 입가를 소맷부리로 닦아 냈다. 내가 바닥에 침을 뱉자 김 반장도 침을 뱉었다. 다갈색이 엉겨 들어간 침이었다.

콧김이 새는 웃음이었지만 먼저 웃은 건 나였다. 김 반장도 같이 웃기 시작했다. 김 반장은 내게 손을 내밀어 자기 옆자리에 앉으라는 시늉을 했지만 나는 다시 자리에 앉지 않았다.

오토바이 엔진 터지는 소리가 멀리서부터 가까워져 왔다. 혹시 수완이 나를 챙기러 왔을까 기대했지만 아니었다. 아까 도망갔던 빨간 코맷이 주차장으로 들어오고 있었다. 김 반장은 자리에서 일어나 코맷을 향해 손을 들어 보였다. 그 뒤로 하나둘 도망갔던 오토바이들이 모습을 드러내기 시작했다. 제일 먼저 도착한 코맷이 김 반장 앞으로 나서자 뒤따라 들어온 아이들도 멋쩍게 김 반장에게 인사를 하며 가까이 다가왔다.

김 반장의 손이 바쁘게 움직였다. 컵라면에 물을 붓고 하나씩 아이들 앞으로 밀어 주었다. 김 반장은 바스켓이 달린 배달 오토바이가 나란히 도열해 있는 것을 건너다보며 말했다.

“저걸로 그렇게 졸라 달리다가는 결국엔 다 죽는 거야.”

김 반장은 손을 내밀고 기다리고 있는 맨 마지막 아이의 머리에 젓가락을 겨누고 사격하는 시늉을 했다.

“누가 죽어요, 죽기는.”

아이는 잠시 멍한 표정을 짓더니 곧 배시시 웃으며 젓가락을 뺏어 왔다.

“니들이 경험이 없어서 그래. 뭘 알아야 무서운 줄도 알지. 쳐 맞아야 아픈 것도 알고. 그제야 울 줄도 아는 것처럼 말이야.”

김 반장의 말에 아이들의 젓가락질이 일제히 멈췄다. 하지만 그것도 잠시 펄펄 김이 나는 면발은 다시 아이들의 입속으로 빠르게 빨려 들어갔다. 젓가락에 걸린 면발을 보고 있자니 침이 넘어갔다. 목으로 침이 넘어가는 순간 수완이 생각났다. 이런 걸 연상 작용이라고 할 수 있는지는 잘 모르겠지만 수완의 등에 매달려 달리는 내 모습이 자꾸 눈앞에 그려졌다.

김 반장은 라면에 계속 물을 부었다. 아이들은 하나를 다 먹으면 또 하나를 받아먹어야 했고 그러고 나면 또 다른 하나를 먹어야 했다. 김 반장은 나와 눈을 마주치자 마지막 남은 라면 두 개에 다 물을 부었다. 턱짓으로 나를 부르더니 손에 나무젓가락을 쥐어 줬다.

"너는 집안에 무슨 문제가 있냐."

나는 대답 대신 김 반장이 밀어 준 라면을 먹었다. 김 반장은 나를 위아래로 훑어보더니 크게 기지개를 켰다. 나는 나도 모르게 벌어진 두 다리를 모아 붙이고 무릎을 가슴으로 당겨 앉았다. 김 반장은 한 번 입맛을 다시고는 점퍼 안으로 손을 넣었다. 드디어 무언가가 나올 차례였다. 총이 나올지도 몰랐다. 아니면 몽둥이라도. 남 일에 끼어들지 말고 그냥 있을 걸 하는 생각이 들었다. 그냥 수완이 갈 때 우겨서라도 업힐 걸 그랬다는 후회도 밀려들었다.

김 반장이 꺼낸 것은 손바닥만 한 수첩이었다. 볼펜 꼭지를 마른 볼에 눌러 심을 뺀 김 반장은 아이들을 하나씩 앞으로 불러 세워 이름을 적기 시작했다. 애들 부모한테 전화해서 라면 값이라도 받을 생각인지 집 주소와 전화번호까지 모두 적어 넣었다. 앞으로 나온 아이들은 배가 불러서인지 너무나 순종적이었다. 학교, 이름, 집 주소와 전화번호까지 대면서 자기 아빠가 어떻고, 엄마가 어떻고, 친구들은 어떻다는 식의 따분한 이야기들을 늘어놓기 시작했다. 김 반장이 다음, 하고 외치면 하나씩 앞으로 나가 똑같이 자기의 신상을 읊어 댔다.

수첩 스프링 사이에 볼펜을 끼워 넣고 난 김 반장은 마지막 라면에 젓가락을 꽂아 넣었다. 몇 초도 지나지 않아 김 반장의 얼굴에 땀방울이 잔뜩 맺혔다. 콧물인지 라면 국물인지 모를 것들이 김 반장의 목을 타고 넘어갔다. 그렁그렁한 콧소리가 주변에 울려 퍼졌다. 김 반장은 국물까지 모두 먹어 치우고 나서는 만족스러운 웃음을 지어 보였다. 국물 한 방울 떨어지지 않는 빈 컵라면 용기 두 개와 라면 국물에 푹 젖어 중간까지 붉게 물든 젓가락을 내게 보이더니 한 손으로는 컵을 구기고 다른 한 손으로는 젓가락을 간단하게 부러뜨렸다. 별 게 아니라는 걸 잘 알고 있었지만 이상하게 김 반장이 대단해 보였다.

김 반장이 내 옆으로 바짝 다가와 내 어깨에 팔을 걸었다. 짧고 얇은 그의 팔이 내 어깨를 내리 눌렀다. 라면 스프 냄새와 담배 냄새, 그리고 쉰내가 진동했다. 나는 입을 꽉 다물고 김 반장을 쳐다봤다. 김 반장이 눈썹을 치켜뜨며 웃어 보였다. 얼떨결에 나도 따라 웃었다. 우리는 그렇게 한동안 웃기만 했다. 아무것도 나눈 게 없었지만 김 반장의 팔 안쪽으로 내가 들어갔다는 사실만으로 김 반장과 나 사이에 비밀이 생긴 것만 같았다.

막상 마주 서 보니 김 반장은 나보다 조금 작았다. 나는 김 반장을 잠시 내려다보았다. 김 반장도 나도 할 이야기가 있을 것 같지는 않았다. 김 반장은 머리를 긁으며 키가 꽂혀 있는 싸이카에 올라탔다. 앞에서 보니 오토바이에 비해 턱없이 몸

집이 작아 보였다. 두 다리가 페달 위에 얹힌 게 갸륵할 정도였다.

"정말, 안 타?"

내가 연달아 담배 두 대를 다 피우고 꽁초를 바닥에 비벼 끌 때까지도 김 반장은 엄지를 바짝 세워 자기 등 뒤를 가리키고 있었다. 컴컴한 가운데도 김 반장이 입고 있는 티셔츠의 늘어난 목 라인이 선명하게 눈에 들어왔다. 수완이 오지 않더라도 김 반장의 등에 올라타기는 싫었다. 김 반장은 내 스타일도 아니었다. 아무 등에나 업히지 않는 것이 내 '나나 생활'의 철칙이기도 했다. 곧 있으면 첫차가 다닐 시간이었고 한두 시간 지하철역에서 기다리는 것은 일도 아니었다. 나는 새 담배에 불을 붙였다. 그사이 김 반장의 오토바이는 경광등을 깜빡이며 사라졌다.

A1 구역의 노란 화살표 위에 서서 주차장 사방을 둘러보았다. 매장 입구 앞쪽에만 몇 대의 차가 주차되어 있었다. A1 구역 대각선에 있는 주차 관리실 뒤쪽은 좀 더 어두컴컴했다. 홈플러스 로고가 박힌 빨간 조끼를 입은 야간 직원 넷이 담배를 피우고 있었다. 가운데를 중심으로 둥그렇게 둘러서 있었지만 서로를 마주보고 있는 것 같지는 않았다. 그들은 대화도 없었다. 한 사람이 담배를 비벼 끄자 나머지도 똑같이 담배를 껐다. 맨 앞사람이 침을 뱉고 등을 보이자 모두 똑같

이 밭은 침을 뱉고 등을 돌려 매장으로 들어갔다. 이상하게도 내가 봐 왔던 밤에 일하는 사람들은 모두 저렇게 침을 뱉었다. 혀끝으로 침이 고였다. 나도 노란 화살표 위에 침을 뱉고 주차장을 빠져나왔다.

나는 다른 친구들에게 문자를 보내며 걷기 시작했다. 수완이 날 버리고 간 것과 아이들이 쪼르륵 앉아 김 반장이 주는 대로 라면을 받아먹은 것, 아직도 내 이 사이에 김 반장이 준 초코파이가 잔뜩 끼어서 떨어지지 않는다는 것도 보냈다. 그리고 홈플러스 주차장 끝에 남은 김 반장의 오줌 자국에 대한 것까지 알렸다. 김 반장이 내 입을 벌린 이야기는 하지 않았다. 그 일을 글자로 쓰며 되새기는 것도 더러웠다. 새벽녘이었지만 친구들에게서 답은 빨리 왔다. 친구들의 답장은 헐, 스벌 같은 맥락도 없는 말들뿐이었다. 아무 위로도 되지 않았지만 나는 계속해서 문자를 보냈다. 나처럼 다른 오토바이에 업혀 한없이 달리다 멈춰서는 낯설고 휑한 도로를 걷고 있을 다른 나나들의 모습이 그려졌다.

대방 사거리 횡단보도에 다다랐을 때까지도 도로는 휑하니 비어 있었다. 온통 잠들러 간 것인지 길 위에는 나만 있었다. 한참만에 정적을 깨고 구급차 한 대가 나타났다. 구급차는 내 앞을 곧장 지나쳐 신길 쪽으로 빠르게 사라져 갔다. 누군가 저 구급차 안에 길게 누워 있을 거란 상상을 하니 멀미가 나는 것 같았다. 다시 문자를 보냈다.

횡단보도 신호가 바뀌고 나는 대방역 방향으로 걷기 시작했다. 두 발짝을 떼기도 전에 야식 배달 오토바이가 내 앞을 지나갔다. 뒤에 달린 파란 통 가득 빈 그릇이 담겨 있었다. 그 통을 내려놓고 얻어 타고 싶은 생각이 간절했지만 이미 오토바이가 사라지고 난 후였다. 횡단보도 앞에 선 택시에서 양손에 휴대폰을 든 남자가 내렸다. 남자는 통화를 하며 곧장 내 쪽으로 걸어왔다. 중학교 때 담임을 닮아 있었다. 작은 잘못 하나에도 맨손바닥을 들어 엉덩이를 무자비하게 쳐 댔던 걸로 유명한 개과 종족이었다. 남자는 사방을 둘러보며 누군가를 찾고 있었다. 남자는 수화기 너머 누군가에게 벌써 다른 기사를 만나 사라진 것이냐며 화난 목소리로 따지기 시작했다. 바로 옆에서 떠드는 것처럼 남자의 목소리가 크게 들려왔다. 진짜 중학교 때 담임이었으면 인사라도 할걸 그랬나. 나는 남자가 시야에서 사라질 때까지 그 생각을 하고 또 했다.

대방역 지하도에서는 몇 명의 노숙자가 술을 먹고 있었다. 길게 누워 자고 있는 노숙자도 보였다. 나는 그 앞을 지나칠 때 몇 번이고 숨을 참았다 내쉬다 했다. 노숙자들이 무서워서 그런 것은 아니었다. 그때 한 통의 문자가 도착했다. 수완이었다. 아무리 달려도 더 빨라지지가 않더라. 낼 데리러 갈게. 어딘가를 한참 달리고 온 모양이었다. 괜히 웃음이 났다. 그렇게 전야제는 끝이 났다.

A1 구역 노란 화살표 위에 수완이 섰다. 수완은 가볍게 몸을 날려 까만 엑시브의 메인 시트에 올라타고는 손을 번쩍 들어 요요를 날렸다. 수완의 손바닥을 떠난 요요가 윙윙 소리를 냈다. 수완의 광폭 타이어가 맨바닥을 굴렀다. 금세 주변은 엔진 소리로 붕붕 들끓었다. 새로 튜닝한 오토바이가 눈에 띄었다. 수완은 자신의 엑시브보다 튀는 빨간색 코맷을 기둥 맨 바깥쪽으로 이동시켰다.

김 반장이 동영상을 찍어서 애들을 몽땅 잡아가기 시작하면서 다들 짜봉을 하지 않으려고 하는데 수완은 달랐다. 걸렸다 나와도 다시 신호봉을 잡았다. 수완은 지금도 보호관찰 중이다. 두 시까지 불시에 걸려 오는 보호관찰관의 전화를 세 번이나 받고 나온 것이다.

수완이 지령을 내렸다. 모두 쇼바를 내리고 소음기도 쓰지 말라고 말했다. 꽥꽥이 소리가 없으면 확실히 재미가 덜했지만 수완의 말을 들을 수밖에 없었다. 태극기를 목에 걸지도, 체인이나 야구 배트를 들지도 말라고 했다. 둘 이상이면 무조건 폭주로 잡힐 수 있기 때문에, 경찰이 붙으면 모두 찢어지기로 했다. 만약 잡히면 집에 가는 길이라고 깍듯하게 인사를 하면 되는 것이다. 근처를 돌며 경찰들이 어떻게 움직이는지 문자를 치기로 했다. 경찰이 철수할 무렵인 새벽 네 시부터, 딱 한 시간만 폭주를 뛰기로 했다. 수완과 나는 튜닝한 대로 220까지 달려 볼 참이다. 점 끝으로 빨려 들어가 사라지는 한이 있어도 말이다. 붕 떠서 날 듯 달리는 나 자신을 생각하는 것만으로도 오줌이 마려웠다.

“어제 짜바리한테 라면 얻어먹은 새끼들 다 나와.”

주차장 가득 맴돌던 소음기 소리가 뚝 끊겼다. 주위를 둘러보니 아무도 나갈 생각을 하지 않고 있었다. 나도 나가지 않았다. 침묵이 이어졌다.

“이러니까 짜바리들이 우리를 개돼지 취급하는 거라고. 이젠 앞카바, 뒤카바 이런 말도 다 옛말이라고, 알겠어?”

수완은 현충일 폭주에서 리더를 봤었다. 무사히 도망을 가긴 했지만 그날 경찰 카메라에 찍혔고, 먼저 잡힌 애들이 부는 바람에 출석 요구서를 받고 경찰서에 출두해야만 했다. 그런 애들이 한둘이 아니었다. 모두 벌금을 물거나 처벌을 받았다. 폭주에 사용되는 오토바이가 살인 무기라는 게 경찰이 주로 떠드는 이야기였다. 그 때문에 가볍게 훈방된 애들은 거의 없었다.

수완이 신호봉을 들어 빨간 코맷을 찍었다.

“그래, 너.”

수완의 목소리는 거역할 수 없는 힘이 실려 있었다.

"오늘은 네가 짜봉해."

수완은 신호봉을 내밀었다. 신호봉 끝이 빨간 코맷의 옆구리를 치고 들어갔다.

"내 말 씹냐. 그. 냥. 하. 라. 고."

수완은 마지막 말을 끊어 찍듯 말했다. 코맷은 얌전히 눈을 깔고 수완이 넘겨주는 신호봉을 받았다. 수완의 손에서 옮아간 열에 신호봉이 뜨끈했는지 코맷은 손바닥을 청바지에 여러 번 밀어 닦고는 다시 신호봉을 잡았다. 수완은 두 손을 뻗어 제 머리에 머리띠처럼 두르고 있던 완모를 벗어 코맷의 얼굴에 씌웠다. 눈구멍만 두 개 뚫린 자루를 뒤집어 쓴 것 같았다.

"왜, 쫄리냐?"

코맷은 완모를 다시 걷어 올렸다.

"잡히면……."

코맷은 정말로 겁이 난 것 같았다. 어제는 김 반장에게 신상이 털리고 오늘은 수완에게 이렇게 쪼일 줄은 몰랐을 것이다. 다들 카메라가 있든 제한 속도가 있든 그 제한을 넘어 달리고는 싶지만 경찰에 잡히는 것을 두려워했다. 수완은 소주를 한 컵 가득 따라 주었다.

"마셔. 겁대가리가 상실될 테니까."

수완의 말이 코맷에게 위로가 될 리 없었다. 내 머릿속에도 빨간 피가 뚝뚝 떨어지는 오토바이 금지 표지판이 들어찼다.

"병신 새끼."

코맷의 주먹이 부르르 떨리는 게 분명히 보였다. 수완은 아랑곳하지 않고 소주가 든 컵을 코맷의 입 바로 앞까지 들이밀었다. 코맷은 눈을 감고 단숨에 소주를 마셨다. 수완도 한 잔을 들이켰다. 그리고 곧바로 내게도 한 잔을 내밀었다. 나는 주저 않고 받아 마셨다. 혀끝이 말려서 그대로 타들어 가는 것 같았지만 동시에 민트 껌을 씹은 것처럼 입안이 시원해졌다. 수완은 내 입술과 송곳니를 혀로 몇 번 빨아 댔다. 그리고는 여전히 눈을 찡그리고 콧김을 내뿜고 있는 코맷의 가슴팍을 두 번 두드렸다.

코맷은 완모를 내려 썼다. 벤치에 앉아 있던 여자애들이 코맷 주변에 모여들었다. 수완은 코맷의 눈앞까지 요요를 뻗치면서 코맷을 자극했다. 나는 코맷의 목둘레에 걸쳐진 완모를 건드리고 돌아가는 요요를 뚫어져라 쳐다봤다. 수완은 언제나 그만 할 줄을 몰랐다. 기어이 끝을 보고 만다. 그만할 줄 모르기 때문에 제한 속도를 넘을 수 있는 건지도 모른다.

제일 먼저 수완이 시동을 걸었다. 나는 수완의 등에 붙어 앉았다. 주름치마가 옆으로 퍼졌다 가라앉았다. 오늘도 수완은 한강 화장실 구석에서 내 가랑이를 벌릴 것이다. 매번 더럽다고 하면서도 수완은 한강 화장실을 애용했다. 세상이 다

화장실 같다면서 말이다. 수완이 말이 맞았다. 더럽고 냄새나는 것들만 가득하다. 어금니 끝에 고인 침을 뱉었다. 거품이 부글부글 끓었다.

바람이 엉기는 게 나쁘지 않았다. 머리 끈을 풀고 바람에 머리칼이 날리도록 했다. 정수리로 바람이 들었다. 목 뒤로도 바람이 훑고 지나갔다. 수완이 만드는 속도에 맞춰 바람이 거칠어질 수 있다는 게 좋았다.

수완이 달리자 사거리 맞은편에 대기하고 있던 단속반이 같이 움직였다. 신호봉을 단 코맷을 쫓는 게 아니었다. 처음부터 경찰의 표적은 수완이었다. 경광등을 단 스타렉스가 우리를 바짝 추격했다. 수완은 보란 듯이 좌우로 비켜 가며 스타렉스를 약 올렸다. 코맷을 쫓던 오토바이들도 수완을 따라 붙었다. 골목 어귀에서 합류한 오토바이들이 하나둘 불어나기 시작했다.

"누가 너더러 새끼 까고 달리라 그랬어. 당장 멈춰."

확성기를 통해 울려 퍼지는 목소리는 김 반장의 목소리가 분명했다. 수완은 좀 더 속도를 내며 달리기 시작했다. 상가지구를 돌아 영등포 시장 앞으로 내달릴 때에는 골목 골목 숨었던 애들까지 따라 붙었다. 수완이 인도로 뛰어 들었다. 수완의 오토바이 높이만큼 과일 상자가 쌓여 있었다. 수완은 거리 양쪽으로 벽처럼 쌓인 과일 상자 사이를 뚫고 달렸다. 상인들이 우리를 향해 욕을 퍼부어 댔다. 수가 좀 불자 수완은 속도를 늦춰 도로로 내려갔다. 4차선 가장자리로 달리던 애들도 속도를 늦췄다. 뒤에서 쫓아오던 스타렉스가 앞으로 치고 들어왔다. 조수석 창이 내려가고 김 반장이 머리를 내밀었다. 그의 손에는 카메라가 들려 있었다. 카메라를 밖으로 꺼내 들자 아이들은 하나씩 흩어졌다. 수완이 다시 속도를 올렸다. 스타렉스도 속도를 내며 수완 옆으로 바짝 다가왔다. 김 반장이 차량 마이크를 들고 몸을 반쯤 창밖으로 빼 보였다. 김 반장의 스타렉스를 쫓던 기자들 차에서 플래시가 터졌다. 김 반장은 의기양양하게 소리쳤다.

"마지막 경고다. 멈춰!"

수완은 전혀 동요하지 않았다. 나는 수완의 등을 더 꽉 끌어안았다. 수완이 핸들을 감아 엔진을 가열했다. 수완의 오토바이가 속도를 내기 시작했다. 수완은 홈플러스 앞 사거리에서 대방역까지 직선으로 내달았다. 마지막 브레이크를 잡을 때에는 내 몸이 앞으로 심하게 쏠리기까지 했다. 아스팔트 바닥에 스키드 마크가 남았다. 수완의 광폭 타이어 무늬가 그대로 남았다. 도로에 수완이 남은 것이다.

수완은 유턴을 하고 전야제 날 하던 것처럼 사거리 중심으로 달리기 시작했다. 각자 나눠 달리던 오토바이들이 모여 들었다. 수완의 오토바이를 중앙에 놓고 전야제 때 놀았던 것처럼 돌기 시작했다. 몇 번을 그렇게 돌고 나서는 각기를 하던 오토바이들이 하나씩 사거리로 갈라졌다. 수완과 나만 도로 중앙에 남아 오다 가다를 반복하고 있었다.

세 번째 역주행 중에 수완의 몸에서 마지막 꽥꽥이가 울렸다. 핸들을 잡은 그대로 수완의 몸이 날아올랐다. 수완이 그렇게 자랑하던 윙이 산산조각 났다. 오토바이는 아스팔트를 긁으며 반대 차선으로 미끄러졌다. 수완은 차선 한가운데 떨어졌다. 수완의 몸이 채 땅에 닿기도 전에 달려오던 몇 대의 차가 수완을 밀고 지나갔다. 몇 번을 튕겨 나가고 뭉개지다가 수완은 바닥 한가운데 자리를 잡았다. 자동차들은 수완의 피를 묻히고 멀리멀리 달아났다. 도로는 금세 수완의 몸에서 쏟아진 피로 물들었다. 스키드 마크 대신 수완의 피가 길게 수완의 그림자를 만들었다. 아스팔트 색깔 때문인지 수완의 피는 유난히 검어 보였다. 그렇게 많은 피가 수완의 몸속을 돌고 있었다는 게 믿어지지 않았다.

수완의 목에는 요요 줄이 감겨 있었다. 알루미늄 요요 끝이 수완의 관자놀이에 박혀 있었다. 어쩌면 수완은 요요 때문에 죽었는지도 모른다. 나는 손을 뻗어 수완의 목에 감긴 요요를 풀어 주고 싶었다. 하지만 손가락 하나도 내 맘대로 움직여지지 않았다. 지금은 수완이 아득하게 멀었다.

수완의 몸이 떨어질 때 나는 반대편 인도 위로 떨어졌다.

두 발이 시멘트 속에 묻힌 것처럼 무거웠다. 이상하게 정신은 너무도 멀쩡했다. 팔 어디가 부러졌는지 내 의지와는 상관없이 두 팔은 허공을 헤매고 있었다. 각기를 돌던 오토바이들은 어디로 사라졌는지 보이지 않았다. 오늘 리더를 봤던 빨간 코맷도 보이지 않았다. 오로지 피로 물들어 가는 수완만 보일 뿐이었다. 인도에 누워 바닥에 납작 엎드린 수완을 보고 있을 수밖에 없었다.

찝찌레한 피 맛이 났다. 이 끝으로 피가 흐르고 있다는 걸 느낄 수 있었다. 내 몸은 조금씩 떨리고 있었다. 어디를 다쳤는지도 알 수 없었지만 아무것도 내 마음대로 움직일 수가 없었다. 어쩌면 잠깐 꿈을 꾸고 있는 건지도 모른다고 생각했다. 김 반장이 천천히 내 쪽으로 걸어오는 게 보였다. 김 반장은 아무렇게나 구부러진 내 다리를 바라보며 얼마간 그대로 서 있었다. 잠시 김 반장의 두 눈이 길게 늘어지더니 조금씩 움찔거렸다. 내가 몸을 일으키려 버둥거리자 김 반장이 손을 뻗어 나를 제지했다. 그 바람에 나는 살 밖으로 튀어나온 내 빗장뼈를 보고 말았다. 비명을 지르고 싶었지만 목소리가 나오지 않았다. 허공에서 버둥거리던 두 다리가 바닥으로 떨어졌다. 내 다리가 아닌 것처럼 감각이 없었다. 발끝으로 몰렸던 힘이 서서히 몸 밖으로 빠져나가는 것 같았다. 김 반장은 몸을 낮추고 내 종아리로 손을 뻗었다. 그러고는 국화꽃 모양의 흉터를 천천히 문지르기 시작했다. 정말 이상하게도 김 반장의 검지가 닿는 느낌은 생생하게 느껴졌다. 김 반장은 다시 몸을 일으키고는 내 뒤집힌 주름치마를 제대로 펴서 허벅지를 덮어 주었다. 그리고 내 얼굴 쪽으로 가까이 다가와 귀에 대고 작게 말했다.

"힘 빼."

경찰 몇이 나를 담요 위에 옮겨 놓았다. 경찰의 우악스런 손이 겨드랑이를 파고들자마자 내 입에서 비명이 터지기 시작했다. 수완의 몸은 뗄 수도 없이 바닥에 눌러붙어 버렸다. 수완의 몸을 위에서 내려다보게 되자 몸 마디마디가 끊어지는 것처럼 아프기 시작했다. 나는 한동안 울지 않았다. 우는 것도 다 경험에서 나온다고 했던 김 반장의 말이 떠올랐다. 그 말이 떠오르자 어쩌면 나는 그동안 울 만큼의 경험이 없어서 울지 못했던 건 아닐까 하는 생각이 들었다.

수완은 "엄"자를 길게 늘이며 하늘로 날아올랐다 입술을 붙였다 떼기도 전에 그대로 바닥으로 나동그라졌다. 제대로 부르지 못했지만 수완은 엄마를 불렀던 것 같다. 한 번도 엄마를 본 적 없이 할머니 손에서 큰 수완이었는데 말이다. 다시 생각해 봐도 내가 들은 것이 틀림없다는 생각이 든다. 사실 수완이 마지막으로 지른 비명이 어떤 소리였는지는 중요하지 않았다. 수완은 "윽"이든 "억"이든 비명을 지르며 도로에서 죽어 갔을 뿐이다. 오토바이를 타다 죽는 그렇고 그런 애들과 마찬가지로 말이다.

경찰들은 수완의 시체를 가리키며 도로에서 죽어 간 고양이나 고라니를 들먹였다. 수완은 먹이를 찾으러 고속도로까지 내려와 차에 치여 바닥에 뭉개진 야생동물처럼 취급되었다. 경찰 한 명이 고깔 모양의 빨간 라바콘을 수완의 몸을 따라 하나씩 내려놓았다. 좀 전까지 수완을 에워싸던 오토바이들은 모두 사라지고 이제 빨간 고깔들이 수완을 둘러싸고 있었다.

구급차가 도착했다. 몇 명이 들것을 들고 내게 뛰어왔다. 몇은 수완을 향해 뛰어갔다. 어스름하게 동이 트고 있었다. 지하 차도 너머 전철이 덜컹거리며 지나갔다. 구급대원들은 아스팔트에 갈린 수완의 몸을 떼어 내며 바닥에 밭은 침을 뱉어 댔다. 나는 두 눈에 힘을 주고 잠들지 않으려고 애썼다. 누군가 내 몸 위로도 침을 뱉을 수 있을 것 같았기 때문이다.

유한양행 건물 중간으로 해가 밀려 올라왔다. 이제껏 단 한 번도 해가 뜨는 것을 본 기억이 없는 것 같다. 수완이 허공을 날던 모습이 자꾸 떠올랐다. 오직 하나. 수완의 모습만 떠올랐다. 하늘을 나는 수완의 몸에 칭칭 감긴 요요가 그려졌다.

구급차 안에 대기하고 있던 여자 구급 대원이 내 손을 잡아 주었다. 어떤 주사를 놨는지 슬슬 잠이 오기 시작했다. 더 이상 쇠판을 가슴팍에 박아 넣는 것 같은 통증이 느껴지지 않았다. 사이렌 소리가 들렸다. 무제한의 속도로 나는 또 다시 도로 위에 서 있었다.

아오리를 먹는 오후

내가 보고 있는 게 하늘이 맞나요. 언제부터 이렇게 누워 있었던 걸까요. 몸이 너무 무거워요. 일어나고 싶어도 일어날 수가 없어요. 바닥이 등을 바짝 붙잡고서 놔주지 않아요. 그대로 하늘을 보고 말아요. 어두운 그림자 같은 구름이 흘러가요. 해가 산허리에 걸려 있네요. 해가 산을 스치는 소리가 들리는 것 같아요. 다리 그림자가 길게 늘어져 있어요.

며칠 전 담임 선생님이 한 말이 생각나요. 개와 늑대의 시간. 프랑스 사람들은 해 질 녘 길게 늘어지는 그림자를 잘 구분할 수 없었나 봐요. 나라면 단박에 알아볼 텐데 말이죠. 지금은 개의 시간도 아니고 늑대의 시간도 아닌 것 같아요. 하늘의 시간만 있어요. 오로지 하늘에만 시간이 펼쳐져 있는 것 같아요. 시간을 깨 버리고 싶지만 몸이 움직이질 않아요.

길게 소리를 지르고 싶지만 목 안에서만 맴돌 뿐 밖으로 쏟아지지 않아요. 목이 쉴 것처럼 온 힘을 다해 소리 지르고 있지만 여전히 아무 소리도 들리지 않아요.

난 왜 소리치지 못하고 있는 걸까요. 긴 잠 속에 빠져 있는 걸까요. 가위에 눌린 걸지도 몰라요. 얼른 누구라도 와서 깨워 주면 좋을 텐데요. 학교 갈 시간이라면 엄마는 어떻게라도 날 깨웠을 거예요. 아침잠이 많다고 자주 혼나거든요. 전학 오기 전까지만 해도 해 뜨는 시간에 일어나 마당을 돌아다녔는데 이상하게 이 도시에 오면서부터는 아침잠이 많아졌어요. 근처 아파트에 가려져서 햇빛을 볼 수 없어서 그런지도 몰라요. 자고 일어나면 언제나 해는 하늘 한가운데 떠올라 있죠. 내가 해 때문이라고 해도 엄마는 제대로 듣지 않아요. 다 게을러서 그런 거라고 말해요. 그런 건 꼭 아빠를 닮았다고 신세 한탄을 하기도 해요. 그런 식으로 아빠 이야기를 듣는 건 싫은데 말이죠. 그 때문인지 몰라도 이제는 엄마가 마루를 걸어오는 소리도 알아챌 수 있어요. 알람 소리는 잘 못 듣는데 말이에요. 엄마는 일요일에는 일찍 깨우지 않아요. 점심때까지 늦잠을 자도 뭐라고 하지 않아요. 그래서 일요일이면 점심때까지 자 버려요. 가야 할 곳이 없어서 그런지도 몰라요. 혹시 오늘이 일요일인가요. 학교 안 가는 날이라도 빨리 엄마가 방문을 열어 주었으면 좋겠어요. 평소처럼 욕을 해도 좋으니 말이에요.

바람이 느껴져요. 귀가 간질간질하거든요. 코도 시큰하고요. 꿈은 아닌가 봐요. 아치형의 다리도 보이고 하늘도 보여요. 해가 지고 있어요. 이건 꿈이 아닐 거예요. 여럿이 모여 나는 참새도 보이거든요. 참새들이 짹짹대는 소리도 들려요. 너무나 분명하게 보여서 더 무서워요.

나는 얼마나 이렇게 누워 있었던 걸까요. 흙냄새가 몸을 타고 올라와요. 주변에 쑥부쟁이가 가득 차 있어요. 목이 꺾인 것도 있어요. 내가 그런 걸까요.

아무도 날 데리러 오지 않아요. 내가 없어진 걸 알면 엄마는 이를 빠득빠득 갈며 욕을 할 거예요. 엄마가 더 화나기 전에 집에 들어가야 해요. 지금 들어가도 매 맞는 걸 피할 수는 없을 거예요. 엄마는 내가 조금만 늦어도 화를 내거든요. 도시로 이사 온 다음부터 엄마는 전보다 자주 신경질을 내요. 새로운 남자친구가 생겼지만 신경질 내는 것은 더 심해졌어요. 모르죠. 엄마는 내게만 화를 내는 건지도.

첫 생리가 터진 날이 기억나요. 엄마 방에 들어갔을 때 엄마는 삼촌과 있었어요. 팬티를 적신 피가 어디서 나온 것인지 알고 있었지만 너무도 무서웠어요. 누군가 두 다리를 잡고 찢어 놓은 것처럼 가랑이가 아팠어요. 걷는 것도 힘들었어요. 얼마나 후들거렸는지 몰라요. 엄마 방까지 가는데도 몇 번이나 멈춰 숨을 가다듬어야 했어요. 겨우 문고리를 잡고 문을 열었지요. 엄마와 삼촌은 옷을 다 입고 있었지만 문이 열린 것에 무척이나 놀란 얼굴이었어요. 하지만 그런 게 무슨 문제인가요. 나는 그대로 주저앉아 울기 시작했어요. 내가 울자 엄마는 엎드려 울고 있는 나를 인정사정 보지 않고 끌어냈어요. 나는 문지방에 무릎을 부딪치며 끌려 나왔지요.

엄마는 침대보에 묻은 피를 보고 이맛살을 찌푸렸어요. 엄마는 반투명 유리가 끼워진 미닫이문을 닫고 내 바지를 끌어내렸어요. 유리 바깥으로 삼촌이 지나가는 모습이 뭉개져 보였어요. 나도 모르게 몸을 움츠렸어요. 방바닥에 피가 한 방울 떨어졌어요. 뭉글한 지렁이 같은 피였어요. 엄마는 두루마리 휴지를 풀어 가랑이에 넣고 피를 닦아 냈어요. 조심성 없는 엄마의 손놀림에 나도 모르게 발끝에 힘이 들어갔어요. 상처를 칼끝으로 긁는 것처럼 아픈 느낌을 참아야 했거든요. 이상하게도 머릿속에 '참는다'는 단어가 떠오르자 눈물이 마르기 시작했어요. 단어가 마술을 걸어 내 몸을 조종하는 것 같았죠.

엄마는 엄마가 쓰던 생리대를 가져다 줬어요. 오버 나이트. 엄마가 건네준 생리대에 그렇게 쓰여 있었어요. 엄마의 생리대는 내 가랑이보다 넓었어요. 그리고 도톰했어요. 그걸 붙이고 팬티를 끌어올리니 묵직한 게 몸 전체를 받치고 있는 것 같았어요. 처음 며칠은 걸어 다니는 것도 힘들었지만, 곧 매달 며칠씩 피비린내가 나는 것에 익숙해졌어요.

엄마는 내 방문 유리에 마트에서 사온 푸우 그림 시트지를 붙여 줬어요. 나는 푸우 그림이 싫었어요. 다른 시트지도 있었는데 엄마는 아무거나 손에 잡히는 것을 사다가 유리를 가렸어요. 나는 그 시트지를 보며 내내 울었어요. 그런 나를 보고 엄마는 타이레놀을 한 알 꺼내 줬어요. 정말 참기 힘들 때는 먹어도 된다고 하면서 말이죠. 사실 나는 푸우가 티셔츠만 입고 있어서 싫었던 거예요. 너무 싫어서 울었던 거예요. 멍청하게 앉아서 먹을 것만 찾는 바보 곰탱이를 방문에 붙여 놓다니 엄마는 정말 생각이 없는 여자인지도 몰라요. 나는 푸우의 가랑이 사이에 X표를 그려 줬어요. 아무것도 걸치지 않은 푸우의 노란 몸을 뚫고 무언가 튀어나올 것만 같았어요. 바지도 입지 않은 푸우가 내 침대로 날아오르는 꿈도 꾸었어요. 엄마는 더러운 짓을 했다면서 내게 욕을 퍼부어 댔어요.

몇 시간이나 지났을까요. 시간을 알 수 없으니 하늘이 변하는 것만으로 시간을 점칠 수밖에 없어요. 시골에서는 산허리에 해가 걸리는 것만으로도 시간을 알아차렸는데 지금은 그렇게 알 수가 없어요. 지금쯤 엄마는 무척이나 화가 나 있을 거예요. 옆에서 누군가 말을 걸기만 해도 잡아먹을 듯이 싸움을 걸겠죠. 더 혼나기 전에 돌아가야 할 텐데 말이에요. 머리채를 잡히고 싶지는 않아요. 옷을 버린 걸 보면 흙구덩이에서 뒹굴고 왔느냐고 소리부터 지를 거예요. 선 채로 물바가지를 뒤집어쓰게 될지도 몰라요. 엄마는 충분히 그러고도 남을 사람이니까요. 그런데 엄마는 내가 없어진 걸 알고나 있을까요. 나를 찾고는 있을까요.

금세 하늘이 어두워졌어요. 하늘만 보고 있는데도 이렇게 금방 시간이 가네요. 밤이 이렇게 캄캄하다는 걸 처음 안 거 같아요. 별도 보이지 않아요. 달도 어디로 저물었는지 찾을 수가 없네요. 어둠이 서서히 짙어져서 어느새 새까맣게 세상을 삼키게 되는 줄 예전에는 미처 몰랐어요.

나는 얼마나 이렇게 누워 있었던 걸까요. 시간으로 헤아릴 수 있을까요. 앞으로 또 얼마나 이렇게 누워 있어야 할까요. 내일은 학교에서 모의고사를 쳐야 하는데 움직일 수가 없네요. 이번 시험에서는 정말 본때를 보여 줄 생각이었는데 말이에요. 시험을 잘 보면 엄마가 새 휴대폰을 사 준다고 했는데 말이에요.

하늘이 조금씩 밝아지고 있어요. 한밤중이라고 생각했는데 그새 아침이네요. 해가 뜨려나 봐요. 해가 질 때보다 훨씬 바람이 차가워요. 세상이 뜨거워지기 직전에 제일 차가운 기운이 남는 건가 봐요. 내 몸에 맺힌 이슬 때문에 나는 아까부터 오들오들 떨고 있어요. 얼마나 오랫동안 잠들어 있던 걸까요.

어떻게라도 몸을 움직이고 싶지만 움직일 수 없어요. 옷 속 가득 물기가 찼어요. 그래서 이렇게 무거워진 걸까요. 작은 벌레들이 맺힌 물방울을 훑으며 내 몸 위를 기어 다녀요. 콧속으로 들어오기도 해요. 귓구멍으로 들락거려요. 설설 기는 느낌이 나지만 난 참아 낼 수밖에 없어요. 아이, 간지러워. 간지러워 죽겠네. 그래도 지금은 어떤 벌레도 잡을 수가 없어요. 손이 움직여 주지 않으니까요. 아마도 손을 다쳤나 봐요. 두 다리까지 한꺼번에 다 다쳤는지도 몰라요. 꿈쩍도 할 수 없으니 말이에요. 정말 미치도록 간지러워 죽겠어요. 이걸 어쩌지……. 제발, 누구라도 좀 지나가 줬으면 좋겠어요. 얼른 학교로 나를 데려다 줬으면 좋겠는데. 이대로 시간이 지나면 나는 시험을 볼 수가 없는데 말이죠.

내 위에 우뚝 솟은 다리는 아직 다 지어지지 않았어요. 끊어진 다리 같아요. 하루 종일 어떤 차도 지나지 않아요. 저 다리도 언덕 끝까지 연결이 되어야 진짜 다리가 되는 것이겠죠. 다리가 되지 못한 상태에서는 다리라고 하면 안 되는 거겠죠. 내 다리도 끊어진 걸까요. 아래를 볼 수 없으니 답답할 뿐이에요. 내 다리도 다리가 아닌 게 되어 버린 걸까요. 갑갑해요.

이렇게 사람이 안 다니는 곳이 있었다는 게 신기해요. 나는 저 다리 위에서 떨어진 걸까요. 그 바람에 두 다리와 팔을 다 다친 걸까요. 기억을 더듬어 보지만 기억나지 않아요. 누군가 내 기억을 빨아 먹고 도망간 것처럼 말이죠.

다리가 태양을 가르고 있어요. 낮게 날던 새들도 몸을 올려 하늘로 날갯짓을 해요. 새 지저귀는 소리가 들려요. 두 개의 뾰족한 부리 사이에서 솟아난 소리겠죠. 혀를 바짝 세워 뽑아 낸, 무언가를 뚫어 본 적 있는 소리예요. 저 소리는 작은 구멍 밖으로 뭔가를 밀어내 본 소리죠. 허공을 찢고 돋아나는 소리를 내는 저 새들의 이름은 뭘까요?

내 몸 주변을 돌던 벌레들이 서서히 몸으로 파고들어요. 내 살을 떼어 먹어요. 이 벌레들은 어떤 이름을 가졌을까요?

저쪽으로라도 돌아눕고 싶지만 그럴 수 없어요. 몸이 움직여지지 않아요. 누군가 수풀을 헤치고 날 찾으러 와 줬으면 좋겠어요. 내 몸에 들러붙어 살을 갉아먹는 벌레들을 밟아 으깨고 비벼 죽이라고 말해 주고 싶은데 말이죠. 아무도 없는 건가요.

반 친구들은 모두 시험을 치르고 있겠네요. 시험이 시작되었다고 생각을 하니 오히려 마음이 편해져요. 그제까지만 해도 성적 올릴 생각밖에 없었는데 말이죠.

다리 사이로 바람이 들어요. 시원한 것 같기도 하고 서늘한 것 같기도 하고 정확히 말하기는 어렵지만 바람이 제법 세게 들이치네요. 몰려들었던 벌레들이 다리 아래로 자리를 옮겨 가요. 살을 물어뜯는 걸 잠시 중단하는 건가 봐요. 덜 간지러워졌어요. 바람이 이렇게 불어 대는데 치마가 펄럭이는 게 느껴지지 않아요. 바람에 날릴 만도 한데 말이죠.

그러고 보니 교복 치마는 벗겨져 있었네요. 교복 치마를 입고 있지도 않았다니. 치마를 어디에서 놓친 걸까요. 엄마가 알면 혼을 낼 텐데 말이에요. 전학을 오는 바람에 새로 교복을 맞추게 되었다고 엄마는 몇 번이나 교복 값에 대해 이야기했어요. 치마가 없어진 걸 엄마가 알게 되면 이번엔 진짜로 매를 맞을 지도 몰라요. 너무 많이 맞아 학교에 가지 못할지도 몰라요.

치마는 일찌감치 벗겨져 수풀 속에 던져졌어요. 그래요, 삼촌이었어요. 이제야 삼촌 몸에서 났던 냄새가 기억나요. 해초를 씹어 먹을 때 나는 향과 비슷한 삼촌의 향수 냄새는 죽어도 잊지 못할 거예요.

그날 오후에 삼촌이 날 다리까지 데리고 왔어요. 바람 쐬러 가자고 이끌었죠. 시골에서 전학 왔다고 은근히 무시당하고 있던 걸 삼촌은 알고 있었거든요. 늦게 오면 엄마가 엄청 화를 낼 거라고 말했지만 삼촌은 괜찮다고 하면서 나를 차에 태웠어요. 전화라도 하고 가야 한다고 하니까 이미 엄마도 알고 있다고 했어요. 그래도 걱정이 돼서 몇 번이나 다시 말했지만 삼촌은 내 말은 듣지도 않았죠. 전화기도 빌려주지 않았어요.

그래도 삼촌이 학교 앞에서 날 기다리고 있었다는 게 좋았어요. 삼촌 차는 좀 좋은 차였거든요. 엄마 아빠가 데리러 오는 애들이 가끔은 부러웠어요. 아니, 매일 부러웠어요. 공주처럼 뒷자리에서 내리는 애들처럼 한 번은 그렇게 차를 타고 학교에 오고 싶었어요. 하지만 엄마는 차가 없어요. 엄마는 면허도 없어요. 엄마는 욕하고 싸움하는 거 외에는 잘하는 게 없어요. 그런 엄마를 삼촌이 좋아해 주는 게 고마웠어요. 나한테도 잘해 주는 게 좋았어요. 그래도 나는 차문 앞에서 몇 번이나 망설였어요. 엄마 생각이 나서요. 왜 그렇게 몇 번이나 엄마 생각이 났는지는 모르겠어요. 그때 삼촌이 내 등에 가만히 손바닥을 가져다 댔어요. 뜨거운 손바닥이 등에 불도장을 찍는 것 같았어요. 나는 삼촌의 얼굴을 한번 올려다보고 차에 올라탔어요. 뒷자리에 타고 싶었지만 삼촌은 옆에 타라고 했어요. 할 수 없이 앞자리에 탔어요. 반 애들이 그걸 봤다면 나를 전처럼 무시하지 못할 거라고 생각했어요.

하지만 아무도 만날 수 없었어요. 나는 제일 늦게 교실을 빠져나왔고 교문 근처에는 애들이 별로 없었어요. 소문을 내 줄 만한 애들도 남아 있지 않았죠. 하필 삼촌은 내가 당번인 날, 혼자일 때 학교에 와서 챙기는 건지 그때는 조금 아쉽기도 했어요. 다른 날 찾아왔다면 더 좋았을 텐데 말이죠.

사실 삼촌이 와서 놀랐어요. 삼촌은 엄마하고만 노는 사람이라고 생각했거든요. 엄마 방에서 그렇게 많이 자고 가는데도 삼촌은 나와 놀아 주지 않았어요. 엄마도 삼촌도 내 앞에서는 낯선 사람들처럼 굴었거든요.

삼촌은 가슴이 훤히 파인 셔츠를 입고 있었어요. 판판한 가슴 근육이 보였어요. 같은 반 남자애들의 가슴과는 차원이 다른 몸이었어요. 삼촌 가슴에 잠깐 손을 대 보고 싶을 정도였어요. 하지만 삼촌 앞에서는 티내지 않으려고 노력했어요. 삼촌은 엄마의 남친이니까요.

차를 타고 오는 내내 삼촌은 내게 노래를 불러 줬어요. 어떤 노래였는지는 기억나지 않아요. 내가 알지 못하는 유행이 지난 노래 같았어요. 삼촌은 사람이 많은 자리에 나서서 용기 있게 노래하는 사람처럼 힘차게 노래했어요. 왜 그 노래 가사가 전혀 기억나지 않는 걸까요. 분명히 삼촌이 힘주어 가며 불렀던 노래인데 말이죠. 그때 나는 무슨 생각을 하고 있었을까요. 도무지 기억나지 않아요. 곧 시험이라 단어장을 들여다보고 있었을까요. 왜 전혀 기억나지 않는 걸까요.

그때 나는 핸들을 잡은 삼촌의 두 손을 봤어요. 두 손을 따라 어깨까지 이어진 팔을 봤어요. 그다지 멋지지는 않았지만 자꾸 시선이 갔어요. 핸들을 돌리는 동작이 마음에 들었어요. 그냥 그랬던 거 같아요.

삼촌의 얇고 긴 입술이 떠올라요. 나는 삼촌의 입술이 둥글게 말렸다 길게 늘어졌다 했던 건 다 기억할 수 있어요. 삼촌이 입을 크게 벌릴 때마다 삼촌의 혀가 입술 밖으로 들락날락거렸어요. 혀도 함께 장단을 맞추는 것 같았죠. 뱀이 혀를 날름거리는 게 떠올라서 몇 번이고 웃음이 났어요. 그걸 생각하니 또 웃음이 나네요. 뱀이 살고 있는 삼촌의 입. 삼촌의 입술 주름도 기억나요. 탁하게 보랏빛이 나는 삼촌 입술은 언제나 창백해요. 윗입술 가운데 깊게 팬 주름이 있어요. 삼촌이 입술에 침을 바를 때마다 그 주름에 물기가 고여 반짝였어요.

삼촌은 다리 위에 차를 세우고 사과를 꺼냈어요. 초록빛이 나는 사과였어요. 삼촌은 사과 이름을 알려 줬어요. 아오리. 아오리란 말이 너무 예쁘게 느껴져서 나는 사과를 씹으면서 계속 아오리란 말을 발음했어요. 한 입씩 베어 먹는 아오리 맛은 시큼하면서 달았어요. 삼촌은 사과를 좋아해요. 우리 집에 와서도 사과만 찾죠. 그래서 엄마는 냉장고에 사과를 항상 채워 놔요.

내가 겨우 반을 베어 먹었을 때도 삼촌은 하나를 거의 다 먹어 치웠죠. 삼촌의 입술이 길게 늘어났어요. 사과를 삼키듯이 베어 먹었어요. 삼촌은 씨방까지 잘근잘근 씹어 먹었어요. 우적대는 소리가 잠깐 거슬렸지만 괜찮았어요. 우리는 드라이브 중이었으니까요. 삼촌은 새 사과를 꺼내고는 입을 길게 벌렸어요. 혀가 윗입술에 붙었다 떨어지는 게 보였어요. 삼촌은 윗니를 세워 사과에 그대로 갖다 대고 찍었어요. 삼촌의 이가 들어간 부분부터 커다랗게 사과 살이 뜯겨져 나왔어요. 우적대며 사과를 씹어 먹는 삼촌의 입에서 사과즙이 튀었어요. 삼촌은 후루룩거리며 즙을 마셨어요. 사과 하나가 삼촌의 목구멍으로 들어가는 건 너무도 순식간이었어요. 내가 살을 베어 먹고 남은 걸 버리려고 하자 삼촌은 씨방만 남은 사과를 빼앗아 들고 어금니로 으깨 먹었어요. 그 순간 삼촌이 짐승 같았어요. 저절로 얼굴이 찡그려졌어요. 삼촌은 한 손으로 내 머리칼을 아무렇게나 뒤엉키게 하면서 웃었어요. 웃느라 입이 벌어지자 사과즙이 튀었어요. 삼촌은 침을 힘 있게 들이켰어요. 왠지 모르게 삼촌의 모습이 피가 뚝뚝 떨어지는 고기를 뜯어 먹는 것처럼 보였어요. 삼촌은 다시 입을 크게 벌리고 사과를 씹었어요. 아오리 씨가 삼촌 입 밖으로 튀어 나왔어요. 삼촌의 입에서 사과즙인지 침인지 모를 게 마구 튀었어요. 삼촌은 입만 있는 사람처럼 사과를 먹고 또 먹었어요. 자꾸 웃으니까 그런 거라고 면박을 줬지만 삼촌은 별로 신경 쓰지 않았어요. 그냥 계속 웃기만 했어요. 나중엔 나도 그렇게 웃었어요. 그때만은 엄마 생각은 나지 않았어요. 눈물이 찔끔찔끔 날 정도로 웃었는데 뭐 때문에 웃었는지는 모르겠어요. 삼촌이 웃음을 그치지 않았기 때문에 나도 따라 웃었던 거였어요. 사실 하나도 웃길 게 없었는데 말이죠.

나는 차 밖으로 나와 다리 난간에 앉았어요. 바람이 꽤 불었어요. 다리 난간에 엉덩이를 붙이고 앉아 삼촌을 바라봤어요. 삼촌은 위험하다고 손짓을 했어요. 나는 시골에 살 때 가파른 데를 잘 다녔기 때문에 괜찮다고 했어요. 바람이 너울지면서 여러 번 치마 속으로 밀려들었어요. 치마가 금세 부풀었다 꺼졌어요. 가랑이 안이 시원해졌어요. 삼촌은 계속 내 다리와 치마 안쪽을 눈으로 훑었어요. 나는 보란 듯이 두 다리를 흔들었어요. 치마 안으로 계속 바람이 차올랐어요. 눈을 감고 있자니 아찔하면서 아련해졌어요.

삼촌이 다가와 내 무릎을 자기 배에 붙였어요. 두 손으로 내 허벅지를 쓸어내렸어요. 삼촌의 손바닥은 여전히 뜨거웠어요. 삼촌은 다리 아래 오리가 산다고 했어요. 저기, 오리! 삼촌이 소리쳤어요. 나는 몸을 돌려 다리 아래를 쳐다봤어요. 잘 보이지 않았어요. 꽥꽥대는 오리 소리도 들리지 않았어요. 억새 사이로 바람이 스치는 소리만 들렸어요. 목을 좀 더 아래로 빼려고 할 때 몸이 기우뚱했어요. 삼촌은 내 어깨를 잡고 몸을 바로 세워 줬어요. 위험하다고 했잖니. 삼촌은 위험이란 단어를 말하며 두 눈썹을 위로 한껏 올려 보였어요. 삼촌의 손이 내 허벅지를 더 세게 잡았어요.

우리 옆으로 갈색 새가 비켜 날았어요. 저 새 이름이 뭔지 알아, 삼촌? 삼촌은 잠시 고개를 갸웃하더니 뻐꾸기 흉내를 냈어요. 가만 들어 보니 어디선가 뻐꾸기 소리 비슷한 게 들리는 것도 같았어요. 나는 모든 새의 이름이 알고 싶어. 모든 꽃의 이름도. 내 말을 들은 삼촌이 피식하고 바람 빠지는 웃음소리를 냈어요.

삼촌이 잠시 몸을 떼고 두 팔을 벌렸어요. 삼촌의 셔츠 안쪽으로 바람이 들었다 나갔어요. 삼촌이 다시 다가와 내 무릎을 잡고 웃었어요. 우리는 잠깐 말없이 억새밭을 내려다봤어요. 내 눈 바로 앞에 삼촌의 가슴이 보였어요. 내 손 안에 땀이 고이고 있었어요. 나는 잠시 눈을 감았어요. 삼촌은 억새, 억새, 억새 하며 소리를 냈어요. 눈 감은 채로 들으니 또 다른 노래 같기도 했어요. 삼촌은 억새를 좋아해? 내가 물었어요. 바람이 조금씩 거세지고 있었어요. 바람 소리에 내 목소리가 여러 갈래로 갈라지는 것 같았어요. 나는 사방으로 흩날리는 머리칼을 귀에 쓸어 꽂으며 날아가는 내 목소리를 들으려고 노력했어요. 삼촌은 바로 고개를 끄덕였죠. 억새밭은 고향에서 늘 봐 오던 것이었기 때문에 억새를 좋아하는 삼촌이 신기했어요. 왜? 나는 또 한번 물었어요. 바람을 타고 내 목소리가 멀리 멀리 날아갔어요. 삼촌은 웃으며 다가와 내게 귓속말을 했어요. 억세서.

삼촌은 다시 노래를 불렀어요. 보랏빛 입술을 달싹이며 우렁찬 노래를 뽑아냈죠. 내가 말했어요. 삼촌은 입만 있는 사람 같아. 삼촌이 노래를 멈췄어요. 그럼 입으로 하는 걸 해 볼까. 말끝에 삼촌은 크게 웃었어요. 나도 같이 웃었어요. 바람이 부는 게 좋았어요. 우리 내려가 보자. 삼촌의 두 손이 교복 치마 아래로 천천히 내려갔어요. 곧 두 손이 내 무릎을 감쌌어요. 삼촌의 손이 맨살에 닿는 느낌이 나쁘지 않았어요. 나는 생각했어요. 다리를 간질이는 억새 잎사귀들 속에 있는 거라고. 그 간질간질한 느낌이 좋았어요. 나는 입을 벌려 작게 노래를 불렀어요.

그때였어요. 삼촌의 입이 다가왔어요. 내 입을 막았어요. 순식간에 삼촌의 담배 향이 혀끝에 녹아들었어요. 반항할 수가 없었어요. 삼촌이 치마 안에 손을 넣고 팬티까지 끌어내렸지만 나는 그대로 몸을 맡기고 있었어요. 삼촌 손이 두 다리를 벌리고 들어올 때 아주 잠깐 엄마 생각이 났지만 곧 신경 쓰지 않게 되었어요. 삼촌의 판판한 가슴이 내 가슴에 와 닿았어요. 그러자 그대로 내 몸이 기울었어요. 내가 마지막으로 본 건 교복 치마를 잡고 멍하니 나를 내려다보고 있는 삼촌의 얼굴이었어요. 삼촌의 얼굴이 순식간에 작아졌어요. 삼촌은 내 이름을 부르지 않았어요. 그대로 나를 내려다볼 뿐이었어요.

머리가 너무 무거웠어요. 자꾸 뒤통수가 멍해지는 느낌이 들었어요. 손도 움직일 수 없었어요. 그냥 누워 있을 수밖에 없었어요. 뭔가에 맞은 것도 같았지만 뭔지는 잘 모르겠어요. 그렇게 내 몸은 점점 차가워져 갔어요.

어느새 삼촌이 다가와 내 머리를 일으켰어요. 작은 떨림이었지만 나는 알 수 있었어요. 삼촌은 떨고 있었어요. 하얗게 질린 얼굴로 나를 내려다봤어요.

삼촌은 입술을 깨물었어요. 보랏빛 입술이 검게 변해 있었어요. 삼촌은 천천히 내 다리를 어루만졌어요. 삼촌의 손이 내 가슴 위에서 멈췄어요.

교복 조끼가 더러워졌어요. 삼촌의 침이, 콧물이 내 교복 위로 떨어졌어요. 눈을 감고 싶었지만 그럴 수가 없었어요. 삼촌은 잠깐 하늘을 올려다봤어요. 나도 하늘을 쳐다봤어요. 달이 떠 있었어요. 달빛이 내 몸까지 닿았을까요. 나는 그 순간에는 정말 다리를 오므리고 싶었어요. 하지만 이미 다리는 굳어 버린 것 같았어요.

내 몸이 식어 가는 걸 보면서 삼촌은 더러운 욕을 했어요. 삼촌은 소리를 지르고 침을 뱉었어요. 나는 울고 싶었지만 울 수 없었어요. 소리 지르고 싶었지만 그것도 맘대로 되지 않았어요. 삼촌은 내 곁에 앉아 담배를 피웠어요. 두 대를 연이어 피웠죠. 내 이름을 몇 번 불렀던 것도 같아요. 어쩌면 엄마 이름을 불렀는지도 몰라요. 나는 삼촌이 하는 이야기를 가만히 듣고 있었어요. 무슨 이야기든지 말이죠. 삼촌은 울기 시작했어요. 울먹이면서 뭐라고 말도 했지만 잘 알아들을 수 없는 말들이었어요. 한참을 그렇게 앉아 울었어요. 그리고 다시 담배를 피웠어요. 삼촌은 꽁초 네 개를 손바닥에 가지런히 세우고 한참 동안 자기 손을 들여다봤어요. 그러고는 주먹을 꽉 쥐었어요. 바지 주머니에 손을 찔러 넣고 뒷모습을 보였어요. 나를 향해 뭐라고 했던 것도 같아요. 고개를 돌릴 수 없어 삼촌 차가 멀어지는 걸 볼 수는 없었지만 멀어져 가는 소리는 들을 수 있었어요. 억새 줄기가 서로 맞부딪치는 소리가 사방에 가득 찼어요.

꿈이었던 걸까요. 그래요, 꿈이었는지도 몰라요. 꿈이 너무 생생하면 우울해지곤 하니까요. 그래서 길게 꿈을 꾸고 난 후면 울고 싶어져요. 아직도 기억에서 지워지지 않은 꿈들도 있어요. 낭떠러지에서 몇 번이고 떨어지는 꿈이에요. 꿈 속에는 벽도 없고 바닥도 없고 천장도 없어요. 나는 하늘도 없고 땅도 없는 까만 공간을 달리고 있었어요. 죽을힘을 다해 달리지만 얼마만큼 달렸는지 알 수 없어요. 배경이 뒤로 사라지지 않기 때문이에요. 변하지 않는 배경 속에서 나는 달리다 지쳐버리고 말죠. 그 순간 나는 낭떠러지에 도착해 있어요. 발끝 아래 까마득한 어둠이 느껴져요. 그 깊이는 말로 표현할 수 없는 것이에요. 벽도 천장도 없는 곳이지만 이상하게 바닥이 꺼져 가는 느낌은 들어요. 그 끝에 서서 숨을 고르고 있다가 나는 떨어지고 말아요. 얼마나 길게 떨어지는지 알 수가 없어요. 나는 목이 쉬도록 소리를 지르다 깨어나요. 그럴 때마다 서럽게 울지만 꿈에서 깬 것 같지가 않아요. 정강이뼈가 갈라지는 것 같았죠. 진짜 절벽에서 떨어져 다친 것처럼 다리가 얼마나 아팠는지 몰라요. 그렇게 울면서 꿈에서 깰 때마다 엄마는 옆에 없었어요. 그래서 더 울었어요.

지금도 엄마가 없어요. 내가 이렇게 울고 싶은데 말이죠. 막막한 기분을 말로 표현할 수도 없고 소리 내어 울 수도 없는데 말이에요. 엄마는 늘 없어요. 꿈에서 깬 걸 절실하게 느끼게 되는 건 엄마가 없기 때문인 것도 같아요. 엄마, 어디 있는 거죠?

삼촌이 불렀던 노래가 뭐였는지 가물가물해요. 진짜 불러줬던 건지도 잘 모르겠어요. 어쩌면 언젠가 우리 집에 놀러온 어느 날 엄마를 보며 불렀는지도 몰라요. 나는 그걸 곁방에 앉아 들었던 건지도 몰라요.

곁방에서 듣던 삼촌의 목소리는 정말 우렁찼어요. 싸움에 나가 이기고 돌아온 사람처럼 근사했어요. 엄마가 삼촌을 타박하면서도 자주 집에 불러들이는 이유가 아마도 삼촌의 노랫소리 때문이 아닐까 생각한 적도 있어요. 삼촌은 어떤 자세로 노래를 불렀을까요? 가슴을 바짝 세우고 서서 노래를 불렀을까요. 아니면 엄마와 나란히 누워 천장을 바라보며 불렀을까요.

날이 다시 저물고 있어요. 오늘은 어제보다 노을이 더 붉어요. 빨간색이 저렇게 많은 빛으로 표현되는 건지 전에는 몰랐어요. 말로 다 표현하기 어려울 정도로 여러 가지 색으로 얽혀 있어요.

사실 난 빨간색이 싫어요. 생리를 시작하고 나서부터 그랬던 것 같아요. 몸에서 빨간 물이 흘러내리는 게 싫어요. 몸 한가운데에서 피가 흐른다고 생각하니 소름이 끼쳤어요. 누군가 내 피 냄새를 맡을 것만 같았죠. 엄마가 말한 것처럼 정말 어른이 되는 거라면 기뻐야 하는데 전혀 그런 기분이 들지 않았어요. 엄마는 내 배를 살살 문지르면서 자궁이라는 단어를 가르쳐 줬어요. 많이 들어 봤던 단어였지만 엄마의 입에서 나온 자궁이라는 말은 전혀 다르게 느껴졌어요. 너도 그 속에 있었어. 엄마는 야릇하게 입술을 비켜 웃으며 그렇게 말했어요. 엄마는 이가 열 개쯤 보이게 입을 크게 벌리고 한동안 웃었어요. 벌어진 입 속 앞니에 붉은 립스틱이 묻어 있었어요. 난 엄마에게 웃음을 가져다 준 게 내가 아니라는 것쯤은 알고 있었어요. 하지만 완전히 알지는 못했죠. 그래도 나는 엄마에게 궁금해 하는 표정을 내비치지는 않았어요. 더 이상 엄마의 웃음소리를 듣고 싶지 않았거든요.

생리를 하고 있는 동안에는 비린내 나는 생선이 되어 버린 것 같았어요. 얼음 위에 누워 파리나 날리는 걸 보고 있는 그런 생선 말이에요. 내가 물을 떠나자마자 썩어 가는 생선이 된 것 같은 기분을 느끼고 있다는 걸 엄마는 알기나 할까요. 동네 개들이 쓰레기통을 뒤져 피 묻은 생리대를 바닥에 까발려 놓았을 때, 몸 가운데를 갈라 자궁을 들어내고 싶은 생각까지 들었어요. 가끔 삼촌이 내 앞을 지날 때 길게 들숨을 쉴 때가 있어요. 피 냄새를 좇는 동네 개와 다를 것 없이 말이죠. 하지만 삼촌이니까 괜찮았어요.

지금쯤이면 친구들은 시험을 다 보고 서로 답안지를 맞추고 있을지도 모르겠네요. 내가 학교에 오지 않은 걸 알고 있을까요? 시험지를 돌리면서 내 자리가 비었다는 걸 알게 되었을 텐데 말이죠. 아직도 내가 학교에 가지 않은 걸 모르나 봐요. 아무도 날 찾으러 오지 않는 걸 보니 말이에요. 내 냄새가 바람을 타고 날아가고 있지 않을까요. 어디선가 내 냄새를 맡을 수 있지 않을까요. 동네 개라도 말이에요. 아니 산 속의 늑대라도.

한 차례 바람이 휘몰아치네요. 억새 한가운데서 바람이 일었다 퍼지는 걸 알 수 있어요. 억새가 흔들리는 소리가 요동치듯 몰아쳤다 점점 잔잔하게 퍼지고 있거든요. 바람이 내 냄새를 묻히고 날아갈까요.

손을 뻗어 억새를 잡아 꺾고 싶어요. 손에 잡히는 게 있으면 지금보다는 기분이 더 나아질 거 같은데 말이죠. 하지만 꼼짝할 수가 없어요. 이게 꿈이었으면 좋겠어요. 얼른 깨어나서 울어 버렸으면 좋겠어요. 한번 길게 울고 정강이가 저리는 것으로 끝이 났으면 좋겠어요.

가만, 억새가 꺾이는 소리가 들려요. 잘근잘근 바닥에 밟히는 소리예요. 여기저기서 억새가 꺾이고 있어요. 바람은 아닌 거 같아요. 바람이 억새 줄기를 뚝뚝 소리 나게 꺾지는 않거든요. 바스락 소리가 점점 크게 들려와요. 귀가 간지러워요.

사람들이 오고 있나 봐요. 맞아요. 이건 사람들 발걸음 소리예요. 삼촌이 다시 온 걸까요. 삼촌이었으면 좋겠어요. 그래요. 삼촌일 거예요. 삼촌을 기다렸어요. 왜 나를 이런 데 떼어 놓고 갔을까요. 삼촌을 부르지만 소리가 나질 않아요. 어디 있나요?

잘박잘박한 발걸음 소리가 억새 소리보다 더 크게 들려요. 한두 사람이 아닌 게 분명해요. 더 많은 억새가 꺾이고 있어요. 줄기를 밟히고 꺾이는 억새를 누군가는 바로 세워 줘야 할 텐데 말이에요. 억새밭이 엉망이 되어 가고 있겠네요. 다리 위에서 바라볼 때처럼 근사한 그림은 기대할 수 없게 되겠죠. 다시 삼촌과 삼촌 차를 타고 이곳에 오려면 뭘 보러 간다고 핑계를 대야 할까요. 삼촌, 나 여기 있어요, 여기요. 여러 사람의 발짝 소리가 가까워져요. 이야기를 나누는 것 같아요. 분명 낯선 사람들일 거예요. 삼촌 목소리는 들리지 않아요. 목청 좋은 삼촌 목소리가 들리면 좋을 텐데 말이죠.

누군가 길게 소리를 지르며 오고 있어요. 개 짖는 소리가 나요. 한두 마리가 아닌 것 같아요. 개들이 내 냄새를 맡은 걸까요. 혀를 빼고 침을 흘리는 개들이 그려져요. 목젖 뒤에서 넘어온 할딱거리는 숨소리가 들리는 것 같아요. 몇 마리의 개가 한꺼번에 달려드는 건 아닌지 모르겠어요. 정말 그렇게 되는 건 싫은데요.

두런두런 남자들이 이야기 나누는 소리가 점점 가까워져요. 누군가 소리를 질러요. 찾았다고 소리를 질러요. 또 다른 누군가는 호루라기를 불어요. 호루라기 소리를 얼마 만에 듣는지 모르겠어요. 공이 구르면서 내는 소리가 몸을 들뜨게 해요. 나 여기 있어요. 내가 보이지 않나요.

개를 앞세우고 잿빛 옷을 입은 남자들이 내 주변에 다가와요. 멀리 있는 사람들에게 손을 흔들어요. 이제야 나를 찾았나 봐요. 개 짖는 소리가 주변에 울려 퍼지고 있어요. 이제 집에 갈 수 있어요.

그들은 개와 늑대의 시간에 등장한 사람들이에요. 어두운 옷을 차려 입은 그들을 보고 있으니 정말로 개인지 늑대인지 알아 볼 수 없을 것 같아요. 단박에 알아볼 수 있다고 생각한 건 내 착각이었어요.

남자들 속에서 한 남자가 앞으로 튀어나와요. 남자보다 남자의 냄새가 먼저 나를 자극해요. 분명 삼촌이에요. 마스크를 쓰고 모자를 썼지만 나는 삼촌인지 한 번에 알 수 있어요. 바다 향이 나는 향수 때문이에요. 어쩌면 그건 향수가 아니었는지도 몰라요. 원래 삼촌 몸에서 나는 냄새였는지도 모르겠어요. 어쨌든 삼촌이 나를 다시 찾아왔어요. 삼촌은 나를 내려다보고 있어요. 입과 코를 가린 삼촌이 나를 보고 있어요. 삼촌을 생각하면 입이 제일 먼저 떠올랐는데 눈만 보게 되니

괜히 기분이 이상해요. 삼촌을 떠오르게 하는 건 입이나 입술이라고 생각했는데 말이죠.

삼촌의 눈이 저렇게 예쁘게 생겼는지 처음 알았어요. 삼촌이 내 옆에 무릎을 꿇네요. 삼촌 뒤로 사람들이 빙 둘러 서 있어요. 삼촌의 두 손은 묶여 있어요. 삼촌 눈에 눈물이 맺혀 있어요. 울지 말아요. 몇 번이고 말하지만 소리가 나질 않네요. 내 말을 듣기나 한 걸까요. 삼촌이 고개를 돌리고 콧물을 삼켜요.

옆에 섰던 사람들이 삼촌을 일으켜요. 삼촌은 혼자서 일어날 수도 없나 봐요. 사람들이 삼촌을 데리고 사라지려고 해요. 삼촌이 나를 돌아보네요. 여전히 울고 있어요. 바보 같아요. 사과를 우적거리며 먹던 삼촌이 아니에요. 큰 소리로 노래를 하며 신나 있던 삼촌이 아니에요.

길게 비명 소리가 들려요. 숨이 넘어갈 것 같아요. 그래도 소리만 지르다 죽을 사람처럼 쉬지 않고 소리를 질러요. 목청이 다 나가도 상관없다는 듯이 소리를 질러요. 억새가 바스러지는 소리가 들려요. 뛰어오는 소리예요. 억새를 가르고 뜀을 뛰는 소리예요. 점점 소리가 가까워지네요. 비명은 금방이라도 넘어갈 것 같은 숨소리로 바뀌어 있어요. 점점 가까워질수록 숨소리도 제대로 들리지 않아요. 엄마가 분명해요. 엄마는 길게 숨을 토해 내고 있어요. 그 소리만 들어도 엄마라는 걸 알 수 있어요. 단박에 알아차렸죠. 엄마, 나 여기 있어요.

엄마가 와요. 엄마예요. 엄마의 긴 치마가 아무렇게나 날리고 있어요. 바람이 엄마 치마 속까지 들락거리나 봐요. 엄마의 하얀 다리가 보여요. 엄마의 두 다리가 허공에 들려 있어요. 하지만 여전히 나를 향해 오고 있네요. 모의고사를 치지 못한 것 때문에 엄마는 화가 나 있을지도 몰라요. 괜스레 삼촌을 따라 나섰다가 시간을 버렸다고 머리채를 잡혀 방 안을 빙빙 돌지도 몰라요. 하지만 괜찮아요. 엄마가 나를 찾으러 왔잖아요. 엄마를 부르고 싶지만 목소리가 터져 나오지 않아요.

엄마가 나를 내려다봐요. 내 옆에 털썩 주저앉아요. 내 눈을 보네요. 나는 엄마를 보며 울어요. 왜 긴 꿈속에 갇혀 울고 있는 나를 깨우지 않았는지 묻고 싶어요. 엄마, 내 말이 들리나요.

엄마 몸이 뒤로 꺾여요. 엄마 눈에서 검은 눈동자를 찾아볼 수 없어요. 엄마는 그대로 쓰러지고 말아요. 두 팔을 잡아끌던 양 옆의 남자들이 엄마를 안아 올리지만 엄마는 뼈가 없는 사람처럼 힘없이 무너지고 말아요.

엄마, 나 여기 있어요. 엄마! 나예요. 엄마는 그대로 남자 등에 업혀 수풀을 빠져나가요. 엄마! 나를 데리고 가야지요. 나 여기 있어요.

비닐장갑을 낀 아저씨들이 내 몸을 들어 올리자 바람이

등을 훑어가요. 몸이 허공에 뜨고 있어요. 한결 가벼워진 것 같아요. 아저씨들은 내 가랑이는 가려 주지 않아요. 교복 치마도 찾아 주지 않아요. 아저씨들은 내 몸에 붙은 날벌레들과 구더기들을 솔로 털어 내요. 아저씨들도 바닥에 침을 뱉어요. 삼촌처럼 말이죠.

한 아저씨가 들것을 들고 와요. 들것 위에 날 올려놓고 긴 비닐을 씌우기 시작해요. 비닐이 발목을 지나 무릎을 건너요. 머리 쪽에 서 있던 아저씨의 손이 머리 위로 올라와요. 이마를 짚어 보고 그대로 천천히 얼굴을 쓸어내려요. 아저씨의 손이 내 눈 위에서 힘을 주고 눈꺼풀을 당겨 내려요. 이제야 눈이 감겨요. 잠이 오네요. 허공을 달리는 내가 보여요. 이제 곧 낭떠러지를 만나게 될까요.

문틈

문손잡이를 틀어 잠금 상태를 풀려고 할 때 초인종 소리가 들려왔다. 동시에 주방에서 내내 들려오던 물소리가 뚝 그쳤다. 엄마는 곧 손을 앞치마에 비벼 닦고는 인터폰을 확인하겠지. 나는 보지 않아도 엄마의 움직임을 예측할 수가 있다. 언제나 기에 눌린 그 엉거주춤한 모습을 말이다. 잠시 동안 엄마와 아빠는 별 다른 말이 없었다.

곧이어 두 번째 초인종 소리가 울렸다. 여전히 엄마와 아빠는 침묵을 삼키고 있었다. 현관 앞에 멈춰 서서 멍하니 문만 바라보고 있을 엄마를 생각하니 문고리를 잡은 내 손안에 땀이 고이기 시작했다.

며칠 동안 엄마와 아빠 그리고 나는 침묵해 왔다. 최소한의 대화도 하지 않은 채 지낸 건 처음이었다. 하루에 한두 번씩은 방문을 사이에 두고 엄마가 말을 걸어 왔는데, 지난 며칠 동안 엄마는 그마저도 하지 않았다. 나는 그것이 잘못되었다고 생각하지는 않았다. 말이 모든 것을 해결해 주는 것은 아니니까. 하지만 먹는 것은 달랐다. 엄마가 차려 놓은 밥상도 성의가 없어졌다. 매번 깍두기와 김치찌개가 전부였다. 나는 밥이 든 쟁반을 방 안으로 들이지 않았다. 이틀 정도는 견딜 수 있었지만 오래 참기는 어려웠다. 참다못해 나는 주방으로 나가 냉장고 문을 열기에 이르렀다. 내가 방 밖으로 나가 먹을 것을 찾기는 몇 년 만에 처음 있는 일이었다.

거실에 있는 소파 가죽이 밀리는 소리가 들려왔다. 소리를 듣자마자 몇 년 전 겨울, 홋카이도에 갔을 때 밟았던 눈이 떠올랐다. 눈길에 자빠지던 아빠의 모습이 그려졌다. 깔깔 웃어 대다 같이 넘어지던 엄마의 모습까지. 눈 속에 파묻힌 아빠와 엄마를 나는 그냥 지나쳐 걸었다. 눈밖에 없는 풍경을 절경이라 말하는 엄마 아빠와 함께 하기 싫었다. 모든 게 귀찮았고 피곤했다. 호텔까지 걷자고 말을 꺼낸 엄마가 미웠고 선뜻 그러자며 단체 버스에서 내려 달라고 말한 아빠를 죽이고 싶었다. 나는 내내 걸으며 상상했다. 눈 속에 반쯤 잠긴 두 사람 위에 눈을 붓고 또 붓는 나를. 두 사람 다 눈 속에 파묻혀 그대로 영영 나오지 못했으면 좋겠다고 생각하며 앞만 보고 걸었다. 몇 번 엄마가 내 이름을 부르기도 했지만 뒤돌아보지 않았다. 구해 달라고 외치는 소리처럼 다급한 목소리였지만 나는 뒤돌아보지 않았다. 같이 눈밭에서 뒹굴길 바라는 유치한 생각이 잔뜩 묻은 끈끈한 목소리였다. 나는 힘주어 발을 뻗었다. 내딛자마자 종아리 중간까지 눈 속으로 사라져 버렸다. 다시 힘을 줘 발을 빼내도 또 다시 종아리 중간까지 묻혀 버렸다. 그때는 걷는 것도 귀찮아 내 두 발도 그대로 사라졌으면 좋겠다고 생각했다. 태어나 처음 보는 엄청난 눈이었지만 하나도 신기하지 않았다. 애는 좋은 걸 좋아할 줄을 몰라. 아빠가 말했다. 처음 본 것들에 매번 엄마 아빠처럼 들떠 좋아해야 하는 건지 나는 이해할 수 없었다. 무언가를 처음 대할 때마다 극단적으로 호들갑을 떠는 엄마 아빠가 숨 막히도록 참기 어려웠다.

엄마 아빠는 나를 대신해 열광하고 있었다.

실제로 그때까지 나는 눈을 본 적이 없었다. 초등학교 이전의 기억은 거의 남아 있지 않았고, 초등학교와 중학교는 필리핀에서 나왔기 때문이었다. 눈을 피해서 그곳에 간 것은 아니었다. 비용 대비 누릴 수 있는 게 많았기 때문이라고 아빠는 말했다. 엄마 아빠는 1년에 고작 두 번 정도를 만날 뿐이었지만 사이가 좋아 보였고 심각한 이야기도 무겁지 않게 자주 나누었다. '나'라고 하는, 처리해야 할 일이 있었기 때문이었는지도 모른다.

또다시 초인종이 울렸다. 이제 방문객은 아파트 입구를 지나 현관문 바로 앞에 도착해 있을 것이었다. 아빠는 초인종 소리보다 더 크게 헛기침을 해 댔다. 내 방문을 넘어서 자기의 목소리가 전해지기를 바라는 게 분명했다. 그렇게 크게 소리를 내지 않아도 나는 집안의 모든 소리를 듣고 있는데 말이다. 냉장고 미니바가 열렸다 닫히는 소리가 들렸다. 엄마가 음료수를 꺼낸 모양이었다. 차를 내지 않는 건 반가운 손님이 아니란 뜻이었다.

찌걱찌걱. 엄마는 초조해질 때마다 바닥을 문지르듯이 걷는 버릇이 있었다. 이제 장식장에서 크리스털 컵을 꺼낼 차례일 테지. 식탁 유리와 크리스털 컵이 맞닿는 소리가 작게 들려왔다. 그 소리가 잠잠해지자 아빠의 슬리퍼 뒤축이 바닥과 맞닿았다 떨어지는 소리가 들렸다. 아빠의 커다란 몸이 현관문 앞으로 움직이고 있는 게 눈에 선했다. 나는 목이 타들어 갔다. 마른 침을 넘기려고 몇 번이나 혀뿌리에 힘을 줬지만 그것마저도 쉽지 않았다.

좀 전까지도 아빠는 소파에 앉아 겹겹이 쌓인 뱃살 위에 신문이나 처세서 같은 책을 올려놓고 줄을 따라가며 보고 있었을 것이다. 텔레비전은 우리 집에 있지도 않으니까. 처음 이 집으로 이사 올 때부터 거실은 우리 모두의 서재였다. 그건 아빠가 붙인 수식이었다. 아빠만의 서재도 있었지만 아빠는 자기가 닿을 수 있는 모든 곳을 서재처럼 만들었다. 집 곳곳마다 책장이 붙박였고 책이 차곡차곡 채워졌다.

책이 없는 유일한 곳은 내 방이었다. 아빠가 모든 지식을 책에서 얻었다면 나는 인터넷으로 정보를 찾았다. 우리 둘은 거의 대화를 나누지 않기 때문에 서로가 얼마나 많은 지식과 정보를 알고 있는지는 몰랐다. 미국 입국을 거부당하고 나서 이 집으로 이사 왔을 때, 아빠는 내 방의 두 면을 책으로 채워 놓았다. 나는 책 한 권, 한 권을 모두 찢어서 방 밖으로 내보냈다. 더 이상 내 방으로 책이 들어오지 않았다. 엄마는 찢어진 책들을 포개 담으며 눈물을 보였고 아빠는 때리지도 못할 손을 들어 나를 겁주었지만 나는 한 번도 몸을 움츠린 적이 없었다.

찌걱찌걱 대는 엄마의 슬리퍼 소리가 계속해서 들려왔다.

"당신은 방에 들어가 있어."

아빠는 배려 깊은 가장의 목소리를 뽑아냈다. 현관문 밖에서서 초인종 버튼에 검지를 대고 있을 그 사람에게 들으라는 듯 말이다.

"도대체 나는 가슴이 떨려서 말이죠."

"괜찮다니까."

"아까는 전화로 막, 욕을 하고……. 아니, 그러지 말고 송변

보고 만나서 다 해결하라고 하면 되잖아요. 다 알아서…….”

“거참, 조용히!”

아빠는 엄마를 나무랐다. 익숙한 풍경이었다. 엄마는 여전히 앞치마에 두 손을 비비고 있을 게 뻔했다. 초 단위로 깜빡이고 있을 엄마의 두 눈꺼풀이 떠올랐다. 길게 뻗은 속눈썹. 뭐든 잡히면 다 가둬 버리는, 엄마의 눈. 디오네아 무시풀라. 파리지옥이다. 디오네 여신의 눈썹. 바로 엄마의 눈이 그렇다. 덫 가장자리에 무성한 눈썹을 붙이고 세상을 보는 여자. 그 눈으로 본 것을 그대로 녹여 버리는 끈끈한 파리지옥. 주르륵 눈물을 흘리면서 깜빡이는 그 눈은 정말 파리지옥 같다.

필리핀 국제 학교에서 배운 내용 중 유일하게 기억하는 내용이다. 학생들은 모두 각자의 식충 식물을 길렀다. 나는 디오네아 무시풀라를 키웠다. 그걸 볼 때마다 엄마 생각이 났다. 엄마의 속눈썹이 없었다면 이 기억마저도 내 머릿속에 남아 있지 않았을 것이다. 그렇게 벌레를 잡아먹던 디오네아 무시풀라는 깍지벌레라는 이상한 벌레가 끼면서 말라갔다. 그리고 얼마 안 가 죽고 말았다. 잎사귀에서 미끈한 점액질이 흘렀다. 벌레의 천적인 줄로만 알았는데 무시풀라의 천적 역시 벌레였다. 결국 다 먹고 먹히는 관계였다. 파리지옥도 물 마르고 곰팡이 피면 죽고 말 식물일 뿐이었다.

엄지발가락을 방문에 대고 살짝 당겼다. 소리가 나면 어쩌나 잠시 조바심이 나기도 했지만 문 열리는 소리는 나지 않았다. 나는 엄지발가락에 힘을 주고 조금씩 틈을 넓혔다. 1센티미터가 되지 않을 정도의 얇고 긴 빛으로 된 선이 문과 문틀 사이에 생겨났다. 컴컴한 방으로 파고든 빛은 이내 굵어져 나를 다 비추고 말았다. 눈이 부셨다. 벗은 두 어깨가 오싹해 나는 원래 있던 자리로 돌아갔다. 창가 바로 앞, 커튼 봉이 있는 자리로 말이다. 나는 숨을 고르며 창가를 서성였다. 귓속까지 울리는 소리가 심장 소리라는 것을 깨닫는 데 한참이 걸렸다.

책상 위에 엉덩이를 올리니 유리의 찬 기운이 엉덩이로 옮아왔다. 팬티라도 입을까, 말까. 좀 전까지 했던 생각을 또 하고 있었다. 아무것도 걸치고 싶지 않았다. 죽으려고 생각하는 마당에 옷을 입고 벗고 하는 것이 무슨 상관일까 싶었다.

며칠 있으면 새해가 밝아 올 것이고, 나는 이제 곧 스무 살이 될 것이다. 내 시신이 발견되면 엄마는 내가 그 일로 나름 죄책감에 시달렸다고 생각할 것이다. 살 이유가 없어 죽든, 죄책감에 쩔어서 죽든, 살아남은 사람이 편한 쪽으로 생각하는 거니까. 엄마는 또 끈끈한 눈물을 흘리며 시간을 보내겠지. 그래야 자기 마음이 편해질 테니까.

손을 뻗어 커튼 봉에 걸어 둔 허리띠를 풀었다. 두 손으로 허리띠 양 끝을 잡고 매달려 보았다. 65킬로그램인 내 몸무게를 버틸 정도로 커튼 봉은 천장에 제대로 박혀 있었다.

커튼 봉에 매단 허리띠는 학교를 그만두고 얼마 안 있어 엄마가 사 준 것이었다. 양가죽이라고 하면서 말이다. 학교를 그만두고 나서 나는 단 한 번도 허리띠를 해야 하는 바지를 입어 본 적이 없었다. 방문을 닫고 밖으로 나오지 않는 내게 뜬금없이 허리띠라니. 허리띠라는 소리를 듣자마자 나는 엄마에게 욕을 해 줬다. 정확히 어떤 욕이었는지는 기억나지 않지만 엄마는 태어나 처음 욕을 듣는 사람처럼 놀랐다. 짧게 비명을 지르더니 이어 딸꾹질을 했다. 그리고 어깨를 웅크리고 두 무릎에 머리를 묻고 울기 시작했다. 엄마가 우는 모습은 정말이지 꼴 보기 싫었다. 그대로 발을 뻗어 엄마를 차 버리고 싶었지만 아빠가 나를 보고 있었다. 차마 휘두르지 못하는, 전혀 무섭지 않은 손을 위로 치켜들고 말이다.

나는 다시 허리띠를 목에 감고 버클을 걸었다. 굵직한 선이 목을 감싸자 갑갑증이 몰려왔다. 엄마는 왜 내게 허리띠를 선물한 것일까. 어쩌면 나보다 먼저 나를 알고 있었는지 모른다. 엄마는 엄마니까. 내 스스로 알아서 할 수 있게 나에게 불필요해 보이는 허리띠를 선물한 것인지도 모른다. 필요한 것이 될 수 있게. 어디서 읽었더라. 이런 걸 미필적 고의에 의한 살인이라고 하는 건가.

나는 방 안에 쌓인 쓰레기들을 찬찬히 훑었다. 2년 동안 내보내지 않은 쓰레기에서 악취가 풍겼지만 나는 그 냄새에 이미 익숙해져 있었다. 그리고 그것들은 이미 내 냄새이자 나이기도 했다.

엄마가 손수 만들어 달아 놓은 커튼도 진작 떼어 버렸다. 빛을 막아 줄 것들은 커튼 말고도 많았다. 불투명한 비닐로 빛을 막아 보자고 생각한 건 내가 생각해도 좀 똑똑한 것 같았다.

인터넷에서 뽁뽁이 한 롤을 주문했다. 다들 뽁뽁이라고 해서 그게 진짜 이름인 줄 알았는데, 그렇지 않았다. 뽁뽁이의 원래 이름은 버블랩이었다. 다른 데서는 충격 완충 에어캡이라고도 했다. 나는 가장 복잡하게 이름을 표기한 곳에서 뽁뽁이를 샀다. 특별한 이유가 있었던 것은 아니었다. 어려운 이름으로 되어 있는 곳이 제일 쌌기 때문이었다.

그 때 커튼을 떼고 창밖을 보았다. 위로 난 창문을 잠깐 열기도 했다. 신선한 바람 따위는 없었다. 서울 한복판 상층부에는 썩은 먼지바람밖에 없으니까. 나는 얼굴도 내밀 수 없는 작은 창문을 열고 그 틈으로 35층 아래를 하염없이 내려다보았다. 세상은 너무나 납작해 보였다. 손에 잡힐 듯 가까워 보였지만 영원히 닿을 수 없을 것 같기도 했다. 한강을 잇는 도로들은 장난감 레일 같았다. 몸을 던져 부서져도 아프지 않을 것 같은 만만함 같은 게 느껴졌다. 내 몸이 가벼워져 창문 틈으로 빠져나갈 수 있다면 얼마나 좋을까. 나는 창밖으로 손을 뻗고 그런 생각을 했다. 하지만 그건 어디까지나 상상일 뿐이었다. 살이 아무리 빠져도 내 어깨는 좁아지지 않았으니까. 나는 가볍게 손가락으로 구부러뜨릴 수 있을 것 같은 도로와 건물들을 한참 동안 쳐다봤다. 너무 멀고, 작아서 대수롭지 않게 느껴졌다. 왠지 모르게 거리가 주는 위안이 있었다.

나는 배달된 뽁뽁이로 창 전체를 막았다. 뽁뽁이를 통해 본 모든 것들은 둥글게 굴절되었다. 모서리가 없는 게 맘에 들었다. 뽁뽁이의 작은 버블에 굴절된 빛들은 방을 더욱 따뜻하게 만들었다. 나는 그것도 마음에 들었다.

문밖에서 현관문 열리는 소리가 들렸다. 방문자가 집 안으로 들어왔는지 부산스럽게 신발을 벗는 소리가 뒤이어 들렸다. 낯선 사람의 발이 슬리퍼를 끌고 거실을 지났다. 곧 소파 가죽이 밀리는 소리가 났다. 아빠가 앉을 때보다 소리가 덜 나는 걸 보니 아빠보다 작은 몸집의 사람인 것 같았다. 그 아이를 생각하면 그럴 수도 있을 것 같았다.

"어서 오십시오."

"죄송합니다, 밤늦게."

익숙한 목소리는 아니었지만 나는 방문객이 누군지 알 수 있었다. 내가 지금까지 학교를 다녔다면 어쩌면 한 번은 같은 반이 되었을지도 모를 뱅헤어를 하고 다니던 여자애, 새벽 외출마다 몇 번씩 제 엉덩이를 내 배에 비비고 살비듬을 묻혀

주던 그 애의 아빠일 게 뻔했다. 아빠와 마주 앉아 이야기를 하려면 당연히 그 쪽 아빠가 와야 하니까.

나는 허리띠를 커튼 봉에서 풀어 손에 걸치고 빙빙 돌려 보았다. 가죽 안쪽의 톡톡한 느낌이 손등을 훑고 지나갔다. 거친 살갗. 여자애의 하얗게 튼 살이 그랬다. 내 무릎 아래 여자애의 살비듬이 묻어났던 게 떠올랐다. 나도 모르게 눈을 감았다.

밖에서 아빠의 목소리가 들려왔다.

"아닙니다. 제가 찾아뵈어야 하는데 정말 죄송합니다."

"아이고, 말 마십시오. 여기만큼 이야기하기 좋은 곳이 있을라고요. 저희 집은 아직도 초상집입니다."

아빠의 헛기침 소리가 두 번째로 들려왔다. 좀 전처럼 울림이 있었다. 들으라고 하는 소리는 듣기 싫어지는데 이상하게 오늘은 아빠의 목소리에 신경이 쓰였다. 나는 그 어느 때보다도 거실에서 일어나는 일들에 집중하고 있었다. 지금 이 상태로 다시 상담을 받는다면 이상한 상담 결과지 같은 건 받지 않아도 될 텐데 말이다.

어릴 때부터 나는 눈앞에 있는 것에 쉽게 집중하지 못했다. 앞을 보라고 하면 옆이 보이고, 옆을 보라고 하면 자꾸 뒤돌고 싶어지고, 이야기를 들어 보라고 하면 말하고 싶어졌다. 똑바로 눈을 바라보라고 하면 눈을 감고 싶어지고 눈을 감으라고 하면 실눈을 뜨고 몰래 주위를 둘러보았다. 이상하게 다른 사람들이 하는 말과 행동이 궁금해졌다. 엄마는 여러 번 약을 바꾸기도 했지만 약이 내게 해 줄 수 있는 건 입과 눈꺼풀을 무겁게 하는 일뿐이었다. 몇 번의 전학과 상담을 거치면서 나는 점차 말이 없어졌고, 가끔은 해야 할 말이 어떤 것인지 한참을 생각해야 했다. 말을 가려 하는 것보다 아예 하지 않는 것이 더 나았다. 그래서 나는 더욱 더 말이 없어졌다. 말이 내 혀 뒤로 도망간 것처럼 나도 내 방 맨 구석으로 도망쳐 바깥으로 나오지 않았다. 불행한 것은 아직도 엄마는 나를 방 밖으로 빼낼 수 있는 약이 있다고 믿는 것이었다. 아니, 어쩌면 이미 구했는지도 모른다. 나도 모르는 새에 내 밥에 섞어 먹였는지도 모른다. 내가 외출을 시작한 것을 보면 말이다.

나는 오랫동안 내 방에서 나오지 않고 지냈다. 그건 누구의 책임도 아니었다. 내가 원했던 것이었다. 어쩌면 아빠의 말처럼 내 선택이기 때문에 내 책임이기도 했다. 필리핀에서 중학교 과정을 마치고 미국으로 학교를 옮기려고 한 적이 있었다. 시민권이 있던 고모 집에 몇 달 가 있으면서 사립학교에 등록을 하기로 한 것이었는데, 결국 나는 미국 학교에 가지 못했다. 보호자 자격으로 같이 간 할아버지가 당뇨 발작이 일어나 JFK 공항에서 죽어 버렸기 때문이다. 처음에 나는 할아버지가 입국 심사를 쉽게 통과하려고 뻥을 치고 있다고 생각했다. 영어를 한 마디도 못하는 할아버지였으니까. 할아버지는 휠체어에 실린 채로 몸이 굳어 갔고 그 채로 짐칸에 실렸다. 대형 비닐로 쌌다고 했는데 나는 그것까지는 보지 못했다. 뼈를 부수고 관에 넣었든, 휠체어 채로 비닐에 넣었든 그런 건 중요하지 않았다. 나는 그대로 회항하는 비행기를 타고 인천공항으로 돌아와야 했다. 죽은 할아버지와 함께 말이다.

영어가 능숙한 나를 할아버지와 함께 보내기로 결정한 건 엄마였다. 엄마는 아빠와 한국에 있었다. 오랜 외국 생활 때문에 우울증에 걸려서 그랬다고 했지만 엄마는 원래부터 할아버지를 좋아하지 않았었다. 사실 셋이 함께 비행기를 타는 건 내가 생각해도 별로 그림이 좋지 않기는 했다.

내가 입을 닫은 것은 그때부터였다. 이전에도 그렇게 말이 많은 편은 아니었다. 방학마다 가야 할 캠프가 있었고, 다른 지역이나 나라로 연수를 다녀와야 했다. 말할 시간이 없기는 했다. 나쁘지는 않았다. 뭐든 최고급이었으니까. 신기한 것도 많았고 볼 것도 많았다. 문제는 하나도 기억나지 않는다는 데 있었다. 캠프나 연수를 다녀오면 엄마나 아빠는 그때의 일을 나에게 물었다. 나는 지난 일들을 DVD 플레이어처럼 똑같이 재생시킬 수 없었다. 아니 조금의 이야기도 말로 표현하기 힘들었다. 나는 매일 뭘 했는지 기억해 내지 못했다. 스케줄 표를 들고 내 기억을 독촉하는 엄마와 나는 눈을 마주치지 않았다. 엄마가 알고 있는 답을 굳이 내가 맞춰 줄 이유가 없었다. 나는 조금씩 말수가 줄어들 수밖에 없었다.

인천공항에 도착했을 때, 모든 사람이 내게 할아버지와 있었던 일을 물었다. 내가 자기들과 말이 통하는 유일한 목격자였기 때문이다. 나는 할아버지가 뻥을 치는 줄 알았기 때문에 할아버지의 행동에 관심을 두지 않았다고 말했다. 옆에 있던 아빠가 내 말을 교정해 주었다. 뭐라고 듣기 좋게 바꾸었는데 그것도 나는 기억나지 않았다. 내 것이 아니었기 때문이다. 이후로 몇 번이고 어른들은 내게 할아버지와 있었던 일을 물었다. 미국 경찰에게 확실히 사건 정황을 들었던 고모도 내게 그날의 일을 다시 물었다. 불필요한 대화였다. 귀찮고 지겹고, 지루했다.

나는 입을 닫아 버리면서 방문도 걸어 잠갔다. 마음만 먹으면 언제든지 방 밖으로 나갈 수 있었지만 나는 그러지 않았다. 굳이 밖으로 나갈 이유도 없었다. 할 게 없었다. 하고 싶은 것도 없었다. 내 방에는 화장실도 딸려 있었고 내게 필요한 모든 것이 있었다. 내가 밥을 먹으러 나가지 않기 시작하면서 애가 탄 엄마는 먹을 것을 챙겨 때마다 방문 앞에 가져다 놓았다. 택배도 챙겨 주었다. 미국 갈 때 엄마가 만들어 준 통장에는 매달 1일마다 처음 잔고만큼 돈이 불어 있었기 때문에 사는 데에는 아무 문제가 없었다.

눈이 떠지는 시간이 아침이었고 눈이 감기는 시간이 밤이었다. 빛은 시간의 흐름에 따라 내 방으로 들어오고, 나갔지만 나는 그 빛과 무관하게 하루를 살았다. 그렇게 마음대로 사는데도 목적 없이 사는 것은 목적을 좇으며 사는 것만큼 힘든 것이어서 나는 자꾸 말라갔다. 새로웠던 모든 것은 어김없이 지겨워졌다. 질리지 않는 건 세상에 없는 것 같았다. 자위도 그랬다. 나는 자위할 때 발끝까지 힘을 주게 되는 것이 좋았다. 몸이 경직되는 느낌, 다른 어떤 것도 생각나지 않는 그 긴장감이 좋았다. 어떤 날은 눈을 뜨자마자부터 자위를 하기 시작해서 피곤해 기절할 때까지 한 적도 있었다. 피가 나올 것처럼 요도가 아팠지만 아픔을 느끼는 동안은 좀 덜 지겨웠다. 하지만 그것도 곧 지겨워졌다.

나는 연락하는 친구도 없었다. 내 휴대폰으로 전화를 거는 사람은 엄마, 아빠, 그리고 우리 동으로 택배 배달을 오는 사람들뿐이다. 한국에 돌아온 이후에 야구나 축구 같은 건 해 본 기억도 없었다. 뛰어놀 친구가 없는 건 이 아파트에 사는 거의 모든 애들도 마찬가지일 것이다.

나는 허리띠를 커튼 봉에 다시 걸었다. 문틈을 조금 더 벌려 놓고 일을 치를 생각이었다. 내가 방안을 분주하게 오가는 동안에도 거실에 앉은 두 남자는 말이 없었다. 아마도 서로 눈치를 보고 있는 거겠지. 아빠야 정말로 할 말이 없을 테고,

그쪽 아빠는 준비해 온 말을 하기에 쪽팔릴 수도 있을 테고.

"저, 차라리 말이죠."

침묵을 깬 건 여자애의 아빠였다. 하지만 이내 아무 말도 들리지 않았다. 뜸을 들일수록 자기가 유리하다는 걸 이미 알고 왔을 것이다. 혼자 이 집에 오려고 마음을 먹은 이상 주변에서 알려 준 수많은 방법들을 머릿속에 욱여넣고 왔을 테니까. 나는 허리띠를 그대로 두고 문 가까이 다가갔다. 발바닥에도 땀이 나기 시작했다. 방바닥에 돌아다니던 먼지들이 발바닥에 달라붙었다.

차라리. '아주 나쁜 것보다는 덜 나쁜'의 뜻으로 쓰는. 아빠의 입가에 늘 붙어 다니던 그 말.

나는 원래 쌍둥이였다. 같은 배 안에 있던 아이는 여자였다고 한다. 그 애는 태어나지 못했다. 엄마가 너무 늙어서 쌍둥이 둘을 낳을 수 없는 상황이었다고 했다. 둘 중 하나를 살려야 했는데 정작 엄마는 뱃속의 아이를 신경 쓸 만큼 몸도 정신도 온전치 않았다. 자연히 쌍둥이의 목숨을 결정하는 것은 아빠의 몫이었다. 아빠는 고민도 하지 않고 나를 선택했다고 했다.

나는 그 이야기를 수없이 들었다. 아빠가 나를 선택했다는 것을 말이다. 나는 아빠가 그 말을 할 때마다 이상하게 기분이 나빠졌다. 자기가 신이라도 된 것처럼 나를 선택했다고 말하는 것이 듣기 싫었다. 아빠가 그 선택을 후회스럽다고 말한 적은 없었다. 하지만 늘 '고민도 하지 않고'라는 말을 고민스럽게 발음했다. 나는 아빠의 글자를 그 의미 그대로 믿지 않았다. 나는 꾹 다문 아빠의 입에서 튀어나오지 못한 채 머뭇거리고 있는 그 말을 알아챌 수 있었다.

내게 거는 기대가 하나씩 사라지면서 아빠의 입은 점점 딱딱한 것을 꽉 문 것처럼 단단하게 잠기기 시작했다.

"결혼을 시키는 건 어떨까요. 어린애들도 아니고 하니."

아빠의 입에서 '허' 하는 소리가 짧게 터져 나왔다. 내 입에서도 마찬가지였다. 그 애 아빠가 가져온 답이 고작 결혼이라니. 지금 안방 문에 바짝 붙어 귀를 대고 있을 엄마의 모습이 절로 그려졌다. 힘이 풀린 두 다리가 방바닥으로 미끄러졌을 것이다. 가슴 속에서는 불기둥이 튀어나왔을 것이다. 그 애나 나나 학교를 다니지 않는 건 마찬가지였지만 엄마는 나와 그 애를 다르다고 생각하고 있을 테니까. 어쩌면 생전 없던 용기를 내어 문밖으로 발을 내뻗을지도 모른다.

"죄송하지만 아직 그것까지는 생각해 보지 못했습니다만."

아빠가 말을 잘랐다. 아빠 말이 옳았다. 좀 때렸다고 결혼까지 할 수는 없었다.

"아니, 그럼 멀쩡한 애를 저 지경으로 만들어 놓고 그냥 입 닦겠다는 겁니까? 사람을 그 지경으로 만들었으면 말이야,

응? 적어도 뭐, 도의적으로다가, 응? ……"

여자애 아빠가 목소리를 높였다. 엄마한테 전화했을 때처럼 욕을 갖다 붙이지는 않았다. 돈 좀 쥐어 주고 끝내려고 했던 아빠의 속내를 읽었다는 뜻이기도 했다.

"이렇게 여기서 끝을 보자 이겁니까? 한창인 애들을?"

어쩌면 그 애 아빠가 아빠보다 한 수 위인지도 모른다.

"저기, 순정 아버님, 아내가 심장이 안 좋습니다. 언성을 좀 낮춰 주세요."

나는 그 애의 이름이 순정이라는 것을 그제야 알게 되었다.

"아니, 지금 뭐라고 하시는 겁니까? 아내 분 심장은 걱정하시면서 심장이 펄떡펄떡 살아 있는 아이는 죽이라는 겁니까?"

순정이가 임신을 했구나. 그래, 뚱뚱하긴 했어. 그런데 그게 나와 무슨 상관이지. 나는 순정이와 만났던 날들을 되짚어 보았다.

우리는 그렇게 오래 만난 사이가 아니었다.

몇 년 만에 첫 외출을 했던 날, 그 날은 눈이 내리던 날이었다. 그날 나는 순정이를 처음 만났다. 밖이 너무 환해 빛이 쏟아지는가 보다 생각했는데 뽁뽁이를 한 줄 떼어 보니 그게 아니었다. 눈이었다. 홋카이도에 갔을 때에도 쌓인 눈만 보고 왔더랬다. 이렇게 아래로 떨어지는 눈은 본 적이 없었다. 나는 뻑뻑이 한 줄을 다 떼어 내고 하늘을 쳐다봤다. 회색빛이었지만 눈이 시렸다. 위로 향한 창문을 열고 틈으로 손을 뻗어 눈을 만져 보았다. 생각만큼 차갑지는 않았다. 손바닥 위에서 녹은 눈은 금세 물방울이 되었다. 그 순간 갑자기 밖으로 나가고 싶어졌다. 머리칼 끝으로, 손끝으로, 등으로, 온몸으로 눈을 맞고 싶어졌다. 그런 마음이 들기는 몇 년 만에 처음이었다. 아니, 태어나 처음인지도 몰랐다.

나는 아빠가 잠들기 기다렸다. 마주치는 게 싫었을 뿐이었다. 무슨 말을 시킨다면 뭐라고 대답해야 할지 모르기 때문이기도 했다. 나갈 마음을 먹고 나서부터는 배가 고프지 않았다. 나는 점심부터 쟁반만 들이고 밥은 먹지 않았다. 그대로 방바닥에 쟁반을 겹쳐 놓고 밤이 이슥해지기만을 기다렸다.

아빠가 서재로 들어가고, 엄마가 정수기 물을 떠서 안방으로 들어간 것을 확인하고 나는 점퍼를 챙겨 입었다. 양말을 신지 않은 맨발이었지만 괜찮았다. 신발장 구석에 있던 운동화도 꺼내 신었다. 발바닥 세포가 하나하나 살아나는 기분이었다.

하지만 갈 곳이 없었다. 새벽 세 시가 다 된 시간이었고 그나마 불을 밝히고 영업을 하는 곳은 편의점뿐이었다. 눈 쌓인 길을 몇 바퀴를 돌았지만 잠시라도 머무를 곳이 없었다.

그 때 순정이를 처음 보았다. 한 뺨을 계산대에 붙인 채 잠들어 있었다. 문이 열리고 문에 붙은 종이 울리자 순정이가 눈을 비비고 일어났다. 숱이 많은 앞머리 바로 아래 눈썹은 반만 남아 있었다. 잔뜩 찡그린 얼굴이었지만 낯이 익었다.

나는 주위를 둘러봤다. 온통 물건밖에 없는 편의점에 사람은 순정이와 나뿐이었다. 나는 배가 고팠다. 라면을 하나 사서 창가 의자에 앉아 국물까지 다 비웠다. 순정이는 내가 라면을 먹는 사이 문 밖으로 나가 담배를 피웠다. 피우는 중간중간 뒤를 돌아보고는 나를 향해 웃어 보였다. 미친년. 나는 그렇게 발음했다. 내 입모양이 뭘 말하는지 알아챘는지 순정이는 담배를 바닥에 퉁기듯 던져 버렸다.

"재수 없게."

문을 열고 들어오며 순정이는 그렇게 말했다. 종소리가 순정이의 말이 끝나는 동시에 멈췄다. 라면은 거의 다 먹은 상태였고 빈 용기를 치울 생각은 없었다. 그런 일은 순정이 같은 아르바이트들이 하면 되는 것이었다. 나는 좀 더 새로운 걸 하고 싶었다.

나는 계산대로 걸어가는 순정이의 뒷목을 잡아챘다. 내가 많이 마르긴 했어도 내 키보다 한참 작은 여자애 하나를 제압하는 건 어렵지 않았다. 나는 순정이를 워크인으로 끌고 들어갔다. 카메라가 있을 테지만 좀 찍히는 게 대순가 싶었다.

냉장고 뒤쪽 워크인은 정말 추웠지만 오히려 추운 것이 자극이 되었다. 나는 순정이의 몸을 앞으로 구부리게 해서 두 번이나 연거푸 사정했다. 내 몸의 모든 테두리에서 전기가 흐르는 것처럼 어지러웠다. 나는 순정이의 엉덩이를 꼬집었다. 허연 살비듬이 묻어났다.

그날 이후 우리는 종종 워크인에서 섹스를 했다. 우리는 엄마와 아빠처럼 별다른 대화를 나누지 않았다. 나와 순정이는 얼굴을 마주하지 않았다. 우리는 입술을 맞댄 적도 없었다. 만나자마자 엉덩이와 성기만 맞대고 헤어졌다. 그게 자연스러웠다. 순정인 늘 자다 깨어 나를 맞았고 나는 그런 순정이를 음료수 거치대 쪽으로 엎드리게 했다. 사정하는 데까지 걸리는 시간이 점점 길어졌고 순정이의 신음소리도 점점 어른스러워졌다. 나의 밤 외출도 점점 더 대담해지고 있었다.

문제가 된 건 며칠 전 새벽의 외출이었다. 나는 슬슬 순정이가 지겨워지고 있었다. 내 무릎에 묻어나는 살비듬에서 냄새가 나는 것 같았다. 성기에서 피고름이 나는 것 같기도 했다. 나는 소변을 볼 때마다 시원하게 다 쏟아 내지 못하는 찝찝함을 느끼고 있었다.

순정이는 여전히 계산대에 엎어져 자고 있었다. 더 이상 볼 일이 없다는 생각이 드니까 이상하게 순정이를 때리고 싶어졌다. 나는 잠결에 몸을 비트는 순정이의 얼굴에 두 차례 주먹을 날리고 평소대로 순정이를 끌고 워크인으로 들어갔다.

언제나처럼 순정이는 순순했다. 얼굴을 맞았지만 울지도 않았다. 욕만 들어도 우는 엄마와는 차원이 다른 아이였다.

내가 문제였다. 그날따라 워크인은 너무 추웠고 그것 때문인지 발기가 제대로 되지 않았다. 나는 하얗게 살비듬이 돋은 순정이의 엉덩이를 몇 차례나 때렸다. 워크인 불빛 아래 순정이의 살비듬이 폴폴 날아다녔다. 나는 음료수 거치대 몇 개를 부러뜨리면서까지 돌진했지만 끝내 실패하고 말았다. 제 허리를 토닥이며 몸을 일으키던 순정이가 말했다. '입으로 해 줘?' 나는 순정이의 뺨을 올려붙였다. 순정이는 입술을 손등으로 닦더니 제 바지를 당겨 올렸다. 비웃고 있었다. 나도 모르게 '너무 추워서 그런 거야.' 라고 말할 뻔했다. 나는 입술을 비켜 웃는 순정이의 얼굴에 주먹을 한 대 더 날리고 쌓인 눈을 밟으며 집으로 돌아왔다.

그 날 처음 나는 나가기 전보다 더 불쾌해져서 돌아왔다. 운동화 밑창 무늬엔 눈이 박혀 바닥에 대고 떨어내도 빠지지 않았다. 저절로 녹아 흐를 때까지 기다리기엔 이상하게 약이 오르고 조바심이 났다. 아파트 현관 앞에서 발을 털던 나는 그대로 신발을 벗어 한 짝은 놀이터 쪽으로, 다른 짝은 지하 주차장 입구 쪽으로 던져 버렸다. 내가 걸어온 길도 모두 지우고 싶었다. 내 발도 잘라 던져 버리고 싶을 만큼 후회스러웠다.

현관문을 열고 놀란 건 나뿐만이 아니었다. 문을 열고 고개를 내밀자 소파에 앉아 팔짱을 끼고 앉아 있던 아빠가 벌떡 자리에서 일어나 나를 쏘아봤다. 나는 맨발이었고 발바닥은 흙탕물 범벅이었다. 나는 현관 입구 러그에 발바닥을 비벼 닦았다.

"이 밤에 어딜 갔다 오는 거니?"

첫 외출이었다고, 별일 없었다고 거짓말이라도 할까 했지만 그마저도 귀찮았다. 그걸 설명하는 게 번거롭게 느껴졌다. 어차피 내 이야기는 아빠가 듣고 싶어 하는 이야기가 아닐 테니까. 나는 아빠를 물끄러미 쳐다보았다.

그때였다. 아빠 손에 들린 무언가가 내 가슴으로 날아들었다. 허리띠였다. 아픔은 새로운 느낌이었다. 나는 반항하지 않았다. 그리고 아직은 나보다 한 뼘이나 더 큰 아빠를 올려다보았다. 아빠는 끔찍한 걸 마주 대하는 표정이었다. 나는 아빠의 손에서 허리띠를 간단히 빼앗았다. 아빠는 울고 싶은 표정이 되어 소파에 그대로 주저앉아 버렸다.

나는 다시 방문을 걸어 잠갔다. 아무도 방문을 두드리지 않았고 그렇게 하루가 지나갔다.

어쩌면 잘 된 일인지도 몰랐다. 엄마와 아빠만 있는 집이라면 내 방안에서 무슨 일이 벌어지든 상관하지 않았을 테니까. 내가 버둥거리는 소리를 듣고 놀랄 사람이 있다는 데 조금은 안도가 되었다.

나는 지금 엄마가 선물한 양가죽으로 만든 목걸이를 목에 걸 생각이다. 이제 허리띠는 내 목에 감겼다. 죽지 못하고 깨어난다면 나는 순정이의 아이를 키우게 될지도 모르겠다. 어쩌면 다시 필리핀에 보내질지도 모른다. 그것도 아니면 매일 한 알씩 약을 먹고 혀를 들어 삼켰는지 검사를 받아야 하는 낯선 산속의 병원으로 보내질지도 모르겠다.

엄마와 아빠는 모르고 있었을 테지만 한동안 나는 방문을 잠그지 않았다. 문을 잠그지 않았는데도 아무도 들어오지 않았다. 내가 여전히 문을 잠그고 있을 것이라고 생각한 것이다. 아무래도 좋았다. 나는 오늘 방문을 열고 문틈을 만들었다. 그 문틈은 밖에서도 방문이 열린 것을 확인할 수 있을 정도의 틈이었다. 어쩌면 내 방의 냄새가 밖으로 풍겨 나갈 수도 있을 것이다. 내 버둥거림을 들을 수도 있을 것이다. 나는 엄마가 사 준 양가죽 허리띠로 만든 목걸이를 조이기 시작했다. 그 때 거실에 있던 아빠가 말했다.

"지우시죠. 크면 재처럼 악마가 될 겁니다."

아빠의 목소리는 분명하고 차분했다. 나는 아빠의 말 때문에 하마터면 발밑의 의자를 진짜로 차 버릴 뻔했다. 그러지 않은 것은 다행이었다.

맨발바닥에 달라붙은 먼지를 떨어내고 방안을 다시 둘러보았다. 내가 아닌 게 없는 방이었지만 나인 것도 없는 방이었다. 쓰레기나 악취 정도로 악마가 될 수는 없었다. 나는 가죽 목걸이를 걸지 않기로 했다.

갑자기 내게 없던 목적이 생겨났다. 나는 서랍장을 열고 팬티를 꺼내 입었다. 2년 전에 엄마가 다려 넣어 준 면바지를 꺼냈다. 허리띠를 두르고 버클을 채웠다. 흰색 셔츠와 조끼도 겹쳐 입었다. 뽁뽁이가 들어 있던 하얗고 큰 비닐을 벌려 나뒹굴던 방안의 쓰레기를 담기 시작했다. 쓰레기를 보고 있자니 잊고 있었던 일들이 자물자물 머릿속을 파고들었다. 언제고 엄마한테 했던 욕도 떠올랐다. 파리지옥 같은 게. 엄마는 자기한테 지옥이라는 말을 했다고 딸꾹질을 하며 울었다.

지옥에 사는 악마. 디오네아 무시풀라와 깍지벌레처럼 우리는 같은 세계에 사는 사람들이었다. 누구나, 누구에게, 언제나 천적이 될 수 있는 세계에.

나는 천천히 방문 앞으로 걸어가 문을 열었다. 무척이나 배가 고팠다.

절대온도

팸을 만들자고 글을 올린 사람은 미미였다. 미미가 올린 글에는 서른 개가 넘는 댓글이 달렸다. 그중에 미미는 자기 맘에 드는 댓글을 단 다섯 명에게만 쪽지를 보냈다. 미미가 보낸 몇 가지 질문에 만족스러운 대답을 한 사람들에게만. 그다지 대단한 질문은 아니었다. 서로에게 터치 안 하고, 청소를 분담하는 것 등에 동의하느냐는 물음이었다. 그리고 마지막에 이렇게 덧붙였다. 가장 최근에 울어 본 적은? 있다면 언제? 없다면 패스. 쪽지를 읽고 나서 나는 한참을 웃었다. 울어본 적이 언젠지 정말 기억나지 않았다. 내가 적은 대답은 '태어날 때'였다.

쪽지를 보낸 지 몇 분이 안 되어 카톡이 왔다. 나 외에 네 명이 함께 만날 거라는 내용이었다. 나는 미미 전화번호는 물론 나머지 네 명의 전화번호를 저장했다. 카톡 친구 추가 메뉴가 떴다.

만나기로 한 장소는 신림 사거리 순대 타운 앞이었다. 미미가 정한 시간은 밤 열두 시였다. 팸에 들어가면 좁은 고시원에서 벗어날 수 있다는 생각에 나는 서둘러 신림동으로 향했다.

미미와 미미가 말했던 네 명 모두 도착해 있었다. 미미가 차례대로 소개를 했다. 강철이, 재수, 쥬리, 나나, 그리고 나까지. 까만 스냅백을 쓴 강철이는 하나하나 힙합 악수를 하고 어깨를 맞부딪쳤다.

미미는 카톡 프사에서 본 모습과는 많이 달랐다. 프사에 올라와 있는 미미는 탐스러운 뺨을 가졌더랬다. 실제 미미는 얼굴도 홀쭉했고 입술도 작았다. 눈이 크고 얼굴이 하얗기는 했지만 키도 작았고 모인 애들 중에 제일 뚱뚱했다. 걷는 것도 아장아장 걸었다. 또 미미는 허리까지 오는 가발을 쓰고 있었는데 누가 봐도 푸석해 보이는 그런 질 나쁜 가발이었다. 게다가 반코트 안에 입은 너풀거리는 치마는 계절을 너무 앞서간 느낌이었다. 나이는 알 수 없었다. 여자애들은 얼굴에 선 하나만 그어도 나이를 알아볼 수가 없었다.

키가 큰 나나는 스무 살이라고 해도 믿을 것처럼 생겼다. 단발머리를 한 쥬리는 해골이 그려진 검은 마스크를 쓰고 있었는데, 나나의 딸이라고 해도 믿을 만큼 어린 티가 줄줄 흘렀다. 우리 중에 강철이가 제일 나이가 들어 보였다. 비록 잔수염이었지만 콧수염이 나 있었고 구레나룻도 붙어 있었다. 재수와 나는 누가 봐도 꼬질꼬질한 중딩이었다.

"근데 넌 왜 만두야?"

나나가 물었다.

"속 터진다고."

내 대답에 한바탕 웃음이 터졌다.

아빠가 매일 눈을 부라리며 한 말이었다. 좀 서두르라고 하면 될 것을 화부터 내니까 내 행동이 자꾸 느려질 수밖에. 나는 질끈 눈을 감고 내 얼굴에 향해 있는 아빠의 검지를 지워 버렸다.

눈을 뜨니 미미가 손을 내밀고 있었다. 나는 미미의 손을 잡았다. 한겨울이라 그런지 미미의 손은 너무 차가웠다.

"자, 이제 2차 검증을 해야지."

우리는 미미가 이끄는 대로 순대 타운 뒤 개천가로 내려갔다. 시궁창 냄새가 좀 나긴 했지만 못 참을 정도는 아니었다.

우리 다섯을 걸러 낸 것이 1차 검증이라면 2차 검증이란 함께 팸을 해도 좋은지 터놓고 이야기를 하는 것을 뜻했다. 2차 검증을 제대로 않고 팸을 결성했다가 낭패를 본 이야기들은 팸 카페에 많이 올라와 있었다.

우리는 한참 동안 시시껄렁한 이야기들을 주고받았다. 미미는 학교 다닐 때 선생에게 대들었던 일을 이야기했다. 자기가 먼저 욕을 하긴 했지만 선생이 뺨을 때릴 일은 아니었다고 했다.

"미친년이, 그래서 나도 그년 따귀를 때렸잖아. 제대로 한판 떴지 뭐."

미미는 피식 웃으며 자기 뺨을 살살 문질렀다.

다른 아이들도 미미와 마찬가지로 대단치 않은 이야기들을 대단한 것인 양 늘어놓았다. 수업 시간에 의자를 박차고 나왔던 일부터 술 취한 아저씨를 부축하는 척하며 지갑을 빼내 달아난 일까지 모두 하나씩 자기 고백을 했다. 나는 빈집털이를 하다 도망친 이야기를 했다. 주인이 쫓아오는 상황에서 겨우 담장을 뛰어넘어 달아났다고 말하자 아이들은 대견하다는 듯 박수를 쳐 줬다. 검증은 이런 식이었다. 이름과 나이, 학교와 살던 곳을 밝히는 게 아니라 자기가 드러날 수 있는 사건을 고백하는 것. 진짜인지 가짜인지도 모를, 그런 이야기들을 뻔뻔하게 할 수만 있으면 됐다. 말을 하는 순간부터 우리는 그런 일들을 해낸 애들이 됐고, 할 수 있는 애들이 되는 것이니까.

"그럼 됐어, 여기까지."

미미가 상황을 정리했다.

"우리 그냥 팸 카페 아이디를 그대로 쓰기로 하자."

나나가 고개를 끄덕이며 미미의 의견에 지지를 보냈다. 더 이상 토를 다는 사람은 없었다. 우리는 이름도, 집을 나온 각자의 이유도 있을 테지만 서로에 대해 묻지 않기로 합의했다. 많이 알고 있을 때 더 많은 의심을 하게 된다고 나나가 어른처럼 이야기했다. 모두 나나를 따라 고개를 끄덕였다. 그렇게 해서 우리의 첫 번째 규칙이 만들어졌다.

아무도 오가지 않던 다리 아래로 술 취한 아저씨와 아줌마가 팔짱을 끼고 내려오는 게 보였다. 그냥 지나가겠지 싶었는데 갑자기 멈춰 서서 싸우기 시작했다. 우리가 있는 것을 모르는 모양이었다. 아저씨가 먼저 큰 소리로 윽박질렀다. 아줌마의 입에서는 욕이 튀어나왔다. 아저씨의 주먹이 아줌마의 얼굴로 날아갔다. 우리 이야기는 그 순간부터 끊겼다.

아저씨는 쉬지 않고 주먹질을 했다. 아줌마가 바닥에 고개를 처박고 쓰러졌는데도 아저씨는 주먹질을 멈추지 않았다. 허공으로, 아줌마의 얼굴로 아무렇게나 주먹을 갈겨 댔다. 여자애들은 깔깔 소리가 나게 웃었다. 나도 실실 웃음을 흘리고 있었다. 우리의 웃음소리를 들었는지 아저씨가 비틀거리며 왔던 길을 되돌아 나갔다. 강철이랑 재수는 도망가고 있던 아저씨를 쫓아갔다. 강철이의 왼발이 아저씨의 등에 내리꽂혔다.

뒤에 섰던 재수도 헛발질을 하며 아저씨를 위협했다. 둘 다 무슨 정의감이 솟구쳐서 그런 행동을 한 게 아니었다. 우리한테 그런 게 있을 리가 없었다.

강철이가 날린 발길질에 맞은 아저씨는 뛰면서도 계속 우리 쪽을 돌아봤다. 그러더니 갑자기 몸의 균형을 잃고 개천 속으로 빠지고 말았다. 첨벙, 첨벙 하는 소리가 한밤 정적 속에 울렸다. 이후로도 아저씨는 누군가에게 머리끄덩이가 잡힌 사람처럼 제대로 앞으로 나가지 못했다. 시궁창 냄새가 나는 물을 컥컥 소리를 내며 마시기도 했다. 아저씨의 두 팔은 물장구를 치는 것처럼 허우적댔다. 겨우 무릎 깊이의 개천이었다. 나는 그런 아저씨를 보면서 왜 앞이 급한 사람은 자꾸 뒤를 돌아볼까 생각했다. 앞만 보고 냅다 뛰면 구정물을 마시지 않아도 됐을 텐데 말이다.

첨벙 소리가 날 때마다 여자애들의 웃음소리가 더 크게 터져 나왔다. 곧이어 강철이의 야유가 따랐다. 아줌마는 정신을 못 차리고 있었다. 아줌마는 과학 시간에 해부했던 개구리처럼 바닥에 팔다리를 쭉 뻗고 엎어져 있었다.

학교 다닐 때 배웠던 건 거의 잊었는데 그래도 몇 가지는 잊지 않았다. 특히 과학 시간. 물론 모든 과학 시간을 다 좋아했던 건 아니었다. 건전지를 분해하거나 숯으로 전지를 만드는 것 등은 그다지 흥미롭지 않았다. 나는 소 눈알이나 개구리 같은 살아 있거나 살아 있던 것들을 해부하는 시간을 좋아했다. 다들 징그럽다고 얼굴을 찡그렸고 더러 우는 여자애들도 있었지만 나는 정말 아무렇지도 않았다. 동물 해부 시간이면 아이들은 나를 조장으로 내세웠다. 그 시간만큼은 나를 무시하는 애들이 없었다.

마취가 된 개구리는 배를 가르는 줄도 모르고 입을 벌리고 누워 있었다. 배를 가르고 심장을 떼어 내 슬라이드 위에 올려놓았는데도 심장이 벌떡거렸다. 아무것도 연결된 것이 없었는데도 혼자서 한참을 뛰었다. 과학 선생님이 방실결절이 뭐가 어땠고 전기가 통해서 어땠고 하는 소리를 했었는데 그런 건 잘 기억나지 않았다. 그나마 방실결절이란 단어를 기억하는 것은 방실이라는 말 때문이었다. 해부 시간이면 조금 우쭐해졌던 터라 나는 평소와 다르게 애들에게 농담을 던지기도 했다. 그날은 애들한테 '방실방실' 하면서 배가 갈린 개구리를 흔들어 댔다. 눈물이 터진 여자애들도 있었지만 대부분 함께 웃어 주었다.

나나가 천천히 아줌마 가까이 걸어갔다. 나나는 아줌마의 주머니를 뒤졌다. 곧이어 가방을 뒤집어 쏟았다. 아줌마는 전혀 움직이지 못했다. 정말 마취가 된 사람같이 온몸에 힘이 빠져 있었다. 나는 해부된 개구리처럼 눈을 뜬 후에 벌어진 자기 배를 내려다보는 아줌마를 상상했다. 생각만으로 비식 웃음이 새어 나왔다.

쥬리도 아줌마 옆에 자리를 잡았다. 언제 벗었는지 마스크가 벗겨진 상태였다. 쥬리는 아줌마의 가방을 뒤져 휴대폰을 꺼내고는 엎어진 아줌마의 머리채를 잡아 올렸다. 여전히 눈을 감고 있는 아줌마의 얼굴을 자기 얼굴 옆에 붙였다. 쥬리는 자기 볼을 빵빵하게 부풀려 입술을 똥꼬처럼 모으고 셀카를 찍었다. 미미는 쥬리의 손에서 벗어난 아줌마의 머리를 깔고 앉았다. 한 손으로 V자를 만들어 위로 높이 치켜들었다. 쥬리는 그 모습도 휴대폰 카메라에 담았다.

여자애들에게 아줌마를 넘겨받은 것은 강철이었다. 강철이는 아줌마의 치마를 까뒤집고 팬티를 벗겨 냈다. 그리고 내 손에 쥐여 주었다. 나는 팬티를 개천으로 던져 버렸다.

우리 모두 아줌마로 인해 한참 동안 웃었다. 그것 때문인지 우리는 한결 가까워진 것 같았다. 주변엔 아무도 없었고 밤은 어두웠다. 우리 귀에는 우리 웃음소리만 들렸다.

웃음소리가 멈춘 건 재수 때문이었다. 재수는 아줌마의 엉덩이에 두 손을 갖다 댔다. 깔깔대며 배를 잡고 웃던 미미가 그만하라고 소리를 질렀다. 곧바로 강철이가 뛰어가 재수를 떼어 냈다.

"그만 뜨자."

강철이 말이 맞았다. 더 있다가는 순찰 도는 경찰에 걸릴 수도 있었다. 재수가 없으면 또다시 소년원에 잡혀 들어갈 수도 있었다. 모르긴 몰라도 그건 다른 애들도 마찬가지였을 것이다.

웃음을 멈추자 다시 추위가 느껴지기 시작했다. 나는 얇은 가을 야상을 입고 있었다. 집을 나올 때는 가을이었다. 겨울옷을 챙기기 위해 다시 집을 찾았을 때 우리 집은 없었다. 우리 가족이 살았던 방 두 칸짜리 다세대 주택에는 낯선 남자가 살고 있었다. 뭔가를 물어볼 새도 없이 남자는 문을 닫고 들어갔다. 오후였지만 남자는 잠에 덜 깬 얼굴이었고 아버지의 몸에서 나던 간장 졸인 냄새 같은 게 풍겼다. 오랫동안 술만 먹은 사람들은 간이 녹아서 그런 냄새가 난다고 엄마는 말했더랬다. 그 냄새는 시체 썩는 냄새보다 참기 힘들다면서.

우리가 자리를 옮긴 곳은 재수가 일하는 주유소였다. 개천을 따라 계속 걸어가다 보면 나오는 첫 번째 주유소였다. 재수는 주유소 2층에 있는 숙소에서 살고 있었다. 주유소는 영업이 끝난 상태였고 2층에 남아 있는 사람도 없다고 했다. 그리고 그곳은 우리가 모두 함께 잘 수 있는 곳이라고 했다.

별 말이 없던 재수가 말이 많아진 건 주유소에 가서 자기로 결정한 다음이었다. 재수는 자기는 주유소를 지키는 개나 마찬가지라고 지껄여 댔다. 모두 재수의 말에는 신경 쓰지 않는 듯했다.

"아까 그 아줌마, 내일 아침 뉴스에 나오면 존나 웃길 거 같지 않냐."

재수는 미친놈처럼 키득댔다. 재수의 입에서 담배 연기 같은 입김이 새어 나왔다. 재수 말고는 아무도 입을 열지 않았다. 아무도 자기 말에 반응을 보이지 않자 재수는 목소리를 한층 더 돋웠다. 하지만 누구도 재수의 말에 대거리를 하지 않았다. 말을 하면서 걷기에는 너무 추운 날씨였다.

주유소에 있을 수 있는 시간은 딱 세 시간뿐이었다. 주유소 사장한테 충성하는 총무가 출근하는 다섯 시 반 전에 우리는 모두 주유소를 떠나야 했다.

숙소의 방은 두 개였지만 모두 한방에서 잠을 자기로 했다. 우리는 재수가 추천하는 대로 길가로 창이 난 방으로 들어갔다. 한 면의 반이 창으로 된 방이었다. 초록색과 파랑색, 주황색이 뒤섞인 간판 불빛이 고스란히 넘어 들어왔다. 방 불을 모두 껐지만 그렇게 어둡지 않았다.

문 앞에 강철이가 앉자 그 옆에 나나가 따라 앉았다. 그리고 미미, 재수, 쥬리, 그리고 나까지 모두 다리를 펴고 누웠다. 덮을 이불도, 베개도 없었다. 하지만 방바닥은 따뜻했다. 모두언 얼굴을 펴고 잠 잘 준비를 했다.

미미는 개털 같은 가발을 벗어 한 손에 들고 빗질을 했다.

자기가 라푼젤이라도 되는 양 노래까지 흥얼거렸다. 가발 속에 숨어 있던 미미의 원래 머리는 언뜻 보기에도 엉망이었다. 가위로 막 자른 것처럼 길이가 달랐고 군데군데 하얗게 머리 가죽이 드러나 있기도 했다. 불에 덴 자국처럼 보이기도 했다.

나는 쥬리 옆으로 바짝 다가갔다. 쥬리는 마른 몸에 비해 큰 가슴을 가지고 있었다. 나는 쥬리의 가슴 위에 손을 얹었다. 쥬리는 옆으로 돌아눕고는 셔츠 단추를 풀어 내 손을 안으로 당겨 넣었다. 잠이 올 정도로 따뜻했다.

금세 쥬리는 며칠 동안 잠을 못 잔 애처럼 입까지 벌리고 곯아 떨어졌다. 벌어진 입 때문에 앞니가 없다는 걸 알게 되었다. 키스를 해 볼까 싶어 더 가까이 다가갔다. 열린 구멍으로 역한 입 냄새가 풍겼다. 혀를 집어넣고 싶은 마음이 싹 달아났다. 그래도 가슴에 둔 손은 빼지 않았다.

강철이는 나나를 올라탔다. 나나는 생각보다 크게 신음소리를 냈다. 나는 천장만 바라보고 있었고 재수는 옆으로 누워 휴대폰 게임을 했다. 우리를 등지고 누운 미미가 가끔씩 방귀를 뀌고서 미안하다고 했고 재수와 나는 동시에 괜찮다는 말을 건넸다.

재수가 일어날 시간이 되었다고 깨울 때까지 우리는 모두 잠에 빠져 있었다. 언제나 잠에서 깨어나는 게 제일 힘들었다. 나는 모두가 나간 방 안에 잠시 혼자 앉아 있었다. 머리를 몇 번이나 흔들었지만 좀처럼 잠이 달아나지 않았다. 강철이가 나를 데리러 왔을 때에야 겨우 눈곱을 떼고 주유소를 빠져나왔다.

처음 팸을 모집할 때 미미는 우리가 함께 모여 살기에 좋은 집이 있다고 했다. 굳이 팸 카페 게시판에서 정보를 얻지 않아도 된다고 말이다. 우리는 미미가 이끄는 대로 어제 처음 만났던 신림 사거리 순대 타운 맞은편으로 건너갔다. 마침 독산동으로 가는 5616번 버스가 왔고 그 버스에 올랐다.

미미가 안내한 집은 얼마 전 살인 사건이 났던 집이었다. 큰길에서 좀 떨어진 곳이었고 막다른 골목 끝에 있는 오래된 3층짜리 다세대 주택이었다. 3층 집은 2층 건물 옥상 위에 대충 만들어 얹은 것처럼 허술하게 세워져 있었다.

"추석 때 아래층에 살던 남자가 위층 사람들을 죽였어. 자그마치 세 명이나."

그 이야기를 전하는 미미의 눈이 반짝였다. 미미는 덧붙여 2층, 3층 가족 모두 이사를 갔다고 했다. 1층에는 주인 할머니와 손녀만 살고 있다면서 보증금 60만 원에 월세 60만 원만 내면 3층 전체를 빌려서 쓸 수 있다고 했다.

"너는 그걸 어떻게 알았어?"

"다 아는 수가 있지."

미미는 모두에게 20만 원씩 걷었다. 보증금과 한 달 치의 방세를 미리 내기로 한 것은 처음 메시지를 받았을 때 확인했던 일이었다. 방세를 내고 나니 이제 진짜 오고 갈 때 쓸 차비 정도밖에 남지 않았다. 그래도 두 달 동안 있을 곳이 있으니 마음이 그렇게 초조하지는 않았다.

미미는 돈을 가방에 넣고 문설주에 붙은 초인종을 눌렀다.

"할머니, 어제 전화했던 사람이에요."

딱, 소리와 함께 대문이 열렸다. 우리는 천천히 대문을 밀고 안으로 들어갔다. 좁은 마당에 할머니와 다섯 살 정도 되어 보이는 얼굴이 까만 여자애가 서 있었다. 미미는 고개를 꾸뻑 숙여 인사를 하더니 할머니 앞으로 나서서 말을 붙였다. 할머니는 머리가 하얗게 세어 있었지만 허리가 꼿꼿했고 눈동자에서는 힘이 느껴졌다. 할머니는 우리를 하나하나 훑어보았다. 하지만 별 다른 말을 하지는 않았다.

할머니는 우리를 데리고 3층으로 올라갔다. 계단을 오르면서 할머니는 위 틀니를 입에 넣었다 뺐다를 반복했다. 덜거덕 소리 후에 스읍, 하고 침 삼키는 소리가 났다. 할머니 치맛자락을 붙잡고 선 여자아이가 알아들을 수 없는 소리를 계속 질러 댔다. 그 소리가 귓속을 찌르듯 파고들었다. 하지만 누구도 조용히 하라고 말을 꺼내는 사람이 없었다. 아무도 관심을 보이지 않자 아이의 목소리는 점점 더 커졌다. 급기야 목이 쉴 것처럼 소리를 질렀다.

집은 생각보다 깨끗했다. 거실에는 낡은 소파와 텔레비전도 있었다. 냉장고는 없었지만 주방에는 그런대로 쓸 수 있는 그릇과 냄비들이 남아 있었다. 당장 덮고 잘 이불과 베개도 충분했다.

우리가 방을 다 둘러보고 나올 때까지도 아이는 소리를 멈추지 않고 있었다. 미미의 손에서 할머니의 손으로 돈이 옮겨지자 아이는 조용해졌다. 할머니는 엄지와 검지에 침을 밸다시피 묻히고는 만 원짜리 120장을 세고 또 세었다. 할머니의 입속에서 틀니가 덜걱거리는 소리가 났다. 나나와 쥬리가 문자를 치는 소리가 뒤섞여 들렸다. 잊을 만하면 미미가 뽀오오옹, 하고 한참 참았다 빠지는 소리로 방구를 뀌어 댔다.

몇 번이고 돈을 세는 할머니에게 재수가 참지 못하고 한마디 했다.

"우리가 뭐 가짜 돈이라도 줬을까 봐 그래?"

할머니는 재수의 말을 들은 척도 안 했다.

"알고 왔지? 월세 날짜 못 맞추면 바로 비워야 해."

할머니는 미미에게 두 개의 키를 넘겨주며 말했다. 말 중간에 위 틀니가 옆으로 흔들렸고 발음이 샜다. 미미가 고개를 끄덕였다.

"매달 1층으로 직접 갖다 주라고. 알겠지?"

할머니는 몇 번이나 같은 말을 되풀이했다. 강철이가 현관에 선 할머니와 아이를 밀어 버리고 문을 닫자 덜걱거리는 틀니 소리는 더 이상 들리지 않았다.

어쨌든 그렇게 해서 집은 해결되었다. 팸 카페에 팸을 구한다는 글이 올라온 지 이틀 만의 일이었다. 나는 할머니가 난간을 잡고 1층으로 내려가는 것을 창가에 서서 지켜봤다. 할머니는 이제 2층 세입자만 구하면 되었다. 2층이 비어 있다고 생각하니 공짜로 그곳마저 얻은 것처럼 느껴졌다.

집을 둘러본 강철이가 우리를 거실로 불러 모았다. 신림동 개천에서 다 정하지 못한 규칙들을 정해야 했다. 매달 공동 생활비를 똑같이 걷는 것에는 모두 찬성했다. 추운 고시원에서 40만 원이나 주고 살았던 걸 생각하면 월세 10만 원과 생활비 10만 원은 그렇게 어려운 일도 아니었다.

미미가 리더를 뽑자고 제안했다. 팸을 모았기 때문에 당연히 자기가 리더를 맡아야 한다고 덧붙였다. 하지만 강철이가 반대하고 나섰다.

"팸을 모았다고 해서 리더로서 자격이 생기는 건 아니지."

강철이가 말했다.

강철이는 돌아가면서 맡는 것이 제일 좋은 방법인 것 같다고 말했다. 모두들 '돌아가면서' 라는 말에 고개를 끄덕였다.

강철이는 뭔가 큰 배려를 하는 사람처럼 우선 첫 달은 자기가 리더를 맡겠다고 했다. 매달 1일 생활비를 걷는 날, 리더를 다시 정하자는 강철의 말에 다들 별다른 말을 하지 않았다. 미미도 크게 실망하는 것 같지는 않았다. 강철이가 리더를 계속해도 나는 상관없었다. 끌어 주는 사람이 있을 때나 없을 때나 크게 달라지는 것은 없었다.

리더가 정해지자 그다음 규칙들은 빠르게 만들어졌다. 강철이는 각자 잘 방을 정해 줬다. 방은 세 개, 사람은 여섯이었다. 강철이는 재수와 나나, 나와 미미, 그리고 쥬리와 자기를 파트너로 엮었다. 그리고 한 달에 한 번씩 파트너를 바꾸자고 했다. 그 말은 한 달 동안은 다른 파트너를 넘보면 안 된다는 것이었다. 나는 쥬리와 한방을 쓰고 싶었지만 강철이가 정한 대로 따르기로 한 이상 문제를 일으키고 싶지는 않았다. 다음 달이든, 그다음 달이든 곧 쥬리를 안고 자게 될 테니 시간을 보내기만 하면 되었다.

파트너를 정한 후에 강철이는 방도 배정해 줬다. 제일 큰 안방은 강철이와 쥬리가 차지했다. 그 맞은편 작은 방은 나와 미미에게 주어졌다. 주방 옆에 붙은 방은 재수와 나나가 쓰기로 했다.

우리는 가져온 짐을 풀고 목욕을 했다. 텔레비전을 보면서 휴대폰 게임을 했다. 강철이는 모두에게 2만 원씩을 걷었고 쥬리와 동네 마트에 가서 라면과 휴지 같은 당장 필요한 것들을 사 왔다. 나나는 친구네 집에 맡겨 둔 짐을 찾으러 간다며 나갔다 한밤에야 들어왔다. 재수도 주유소 사은품이라도 털어오겠다며 나갔지만 빈손으로 돌아왔다.

나는 미미와 내내 방에 있었다. 방바닥이 점점 따뜻해지고 있었지만 여전히 추웠다. 나는 이불을 뚤뚤 말고서 누워 있었다. 미미는 가발을 벗어 전날처럼 빗질을 시작했다. 이상하게 그 가발은 빗질을 하면 할수록 더욱 엉키는 것 같았다. 몇 번 빗질을 하던 미미도 끝이 뭉치는 걸 풀 수가 없었는지 빗질을 포기했다. 들고 온 검은 가방 속에 쑤셔 넣고는 내가 덮고 있는 이불 속으로 들어왔다.

나는 몸에 감았던 이불을 풀어 미미를 덮어 주었다. 가만 보니 누운 채로 봐도 미미의 배는 너무 불룩 솟아 있었다. 나는 몸을 발딱 일으키고 물었다.

"너 혹시?"

미미는 몸을 모로 세워서 팔꿈치로 바닥을 짚고 일어났다.

"설마 그래서 머리 깎인 거야? 언제 나오는데?"

군데군데 흰 머리 가죽을 드러낸 미미가 내 얼굴을 보며 말했다.

"아마, 이제 곧? 언제라도 나오면 그냥 버릴 거야. 내 친구도 애 가진 줄 몰랐다가 거의 낳기 직전에 알았대. 근데, 정말 똥 싸는 것처럼 미끈하게 뭐가 빠져나가더니 애가 나오더래.

그래서 박스에 싸서 버렸다고 하더라."

미미는 담담하게 말을 이었다.

"내가 그렇게 말하니까 우리 엄마는 미친년이라고 그러면서 내 머리통을 이렇게 만들었어. 지 배 속의 애를 그런 식으로 말한다고. 뭔가 배 속에 살아 있는 게 있다고 생각하니까 너무 끔찍해."

말끝에 미미는 왼쪽 엉덩이를 들고 비명처럼 길게 이어지는 방귀를 뀌었다.

"괜찮아, 냄새 안 나. 배가 불러 오는 만큼 방귀 소리가 클 뿐 그 이상도 이하도 아니야."

"너 원래부터 그렇게 말을 잘했어?"

내가 물었다. 미미가 자기 배를 살살 문지르며 대답했다.

"아니, 이상하게 배가 자꾸 무거워지니까 생각이 많아져. 뭔가 의미심장한 말이 많이 나오는 거야. 알지? 방언 터지는 거. 내가 알고 하는 게 아닌데, 말하고 보면 꽤 들어맞고. 그런 거 말이야."

미미는 입을 죽 늘이며 웃어 보였다. 미미는 다시 옆으로 몸을 세웠다가 바닥에 등을 대고 누웠다. 누워 있는 미미의 배가 살짝 출렁이는 것도 같았다. 말을 잘하는 여자의 거기가 궁금했다.

내가 물었다.

"그럼, 지금 할 수는 있어?"

미미는 옆으로 몸을 돌려 다시 몸을 일으켰다. 그러고는 두 손으로 바닥을 짚어 엎드리고 엉덩이를 내 앞에 바짝 갖다 대주었다.

"너 왜 이렇게 차갑냐."

나는 미미의 엉덩이에 붙인 손을 떼고 물었다.

"원래 차."

미미는 대수롭지 않게 대답했다.

"원래 애 가지면 좀 뜨거워진다고 그러는데 나는 정반대야. 애가 내 몸의 온기를 다 빨아먹나 봐."

미미는 엉덩이를 움직이며 말했다. 미미의 목소리는 조금 들떠 있었는데 흥분한 목소리는 차츰 괴성에 가깝게 높아졌고 빽빽 울어 대던 다섯 살 난 아이의 목소리처럼 변했다.

그렇게 두 번째 날 밤이 지나갔다.

다음 날 아침은 라면으로 때웠다. 식사 당번은 나나였다. 나나는 담배를 입에 꼬나물고 거품이 끓어오르는 냄비에 젓가락을 넣었다 뺐다. 젓가락이 끓는 물에 들어갔다 나올 때마다 '재수 없어'라는 말을 되풀이했다. 길게 타들어 가는 담배를 물고도 재를 흘리지 않는 나나의 포스에 나는 바짝 긴장하고 말았다. 주방에 붙여 놓은 종이 위에 적힌 대로라면

식사 도우미 당번은 재수였지만 재수는 보이지 않았다. 나는 물티슈를 한 장 뽑아 식탁을 닦았다. 쥬리는 덜어 먹을 그릇을 옮겼다.

미미가 젓가락을 다 놓고 재수를 부르러 갔지만 재수는 방에서 나오지 않았다. 강철이가 재수의 귀를 잡아끌고 나올 때까지 아무도 라면을 먹지 못했다. 강철이가 의자에 앉자 다들 젓가락을 들고 라면을 먹기 시작했다.

나나는 짧은 치마를 입은 채 다리를 벌리고 앉았다. 시커먼 털이 다 보였다. 보지 않으려고 해도 나도 모르게 눈이 그쪽으로 쏠렸다.

"꼴리냐, 새꺄?"

나나는 자기 젓가락을 내 눈 가까이 들이밀었다. 역시나 말끝에는 '재수 없어'가 붙었다. 나나는 다리를 꼬아 몸을 틀어 앉고는 미미에게 귓속말을 했다. 재수가 방문을 닫고 들어간 건 바로 그다음이었다.

"저 새끼, 아직 털도 안 났어."

나나의 말에 강철이는 입에 있던 라면을 뿜었다.

"아 놔, 저런 소년범도 안 되는 새끼가 다 있나."

강철이가 말했다. 강철이 말대로라면 재수는 아직 열네 살도 안 된 애였다.

방문을 열고 나온 재수는 그대로 집을 떠났다.

"잘 봐 둬. 한 번 나간 새끼는 절대로 다시 받아 주지 않는다. 알겠지?"

강철이가 자기가 뱉었던 라면을 후루룩 소리가 나게 건져 먹으며 말했다. 3일 만에 우리는 다섯이 되었다.

이틀은 아무 일도 않고 모두 집 안에만 있었다. 사다 놓은 라면으로 끼니를 때울 수 있었다. 다들 전기 콘센트에 충전기를 꽂아 놓고 하루 종일 휴대폰만 들여다봤다. 여분의 돈은 이미 바닥이 났고 우리는 돈을 벌어야 했다. 일을 제안한 건 미미였다.

"제대로 한 건만 하고 좀 쉬자."

미미는 뒤뚱뒤뚱 움직여 소파에 자리를 잡았다. 포샵한 자기 사진을 소개팅 어플 프사로 올리고 미끼가 걸리기를 기다렸다. 쥬리와 나나의 휴대폰에도 조건 만남을 올릴 수 있는 소개팅 어플이 깔려 있었다. 쥬리와 나나도 조건 만남 메시지를 계속 올렸다. 몇 분 되지 않아 카톡 아이디와 전화번호가 수도 없이 도착했다. 강철이와 나는 메시지를 보낸 번호들을 구글링했다.

호구 잡힌 남자는 나나의 채팅 상대였다. 나나는 호구를 인천 연안 부두로 오라고 했다. 바닷가 바로 앞에 애플 모텔에서 만나자고. 거기는 오가는 사람들도 별로 없고 뒷문이 여러 개 나 있어서 딱 맞춤이라고 나나가 말했다.

작전은 간단했다. 나나가 호구를 만나서 모텔에 들어가면 바로 우리가 급습해서 돈을 털어 나오는 것이었다. 정말 호구처럼 생겼으면 경찰에 신고한다고 하고 더 뜯어낼 수도 있었다.

화장을 하고 긴 코트를 입은 나나는 정말 어른 같아 보였다. 모텔 앞에 선 나나 옆으로 검은 그랜저 한 대가 멈춰 섰다. 선탠이 너무 짙어서 안을 잘 볼 수는 없었지만 운전석 한 자리만 사람이 타고 있는 것은 분명했다. 나나가 그랜저 가까이 가지 않고 미미에게 문자를 보내왔다.

에이 시팔, 존나 끈대잖아.

나나가 휴대폰을 놓지 않고 움직이지도 않자 남자가 차에서 내렸다. 앉아 있을 때보다 훨씬 키가 큰 남자 어른이었다. 170센티미터가 훌쩍 넘는 나나가 아담해 보였을 정도였다. 남자는 나나에게 뭐라고 말을 건넸다. 나나는 대답은 않고 우리 쪽을 여러 번 쳐다봤다. 남자가 갑자기 나나의 한 팔을 잡고 차에 태웠다. 나나가 비명을 질렀지만 아무도 달려 나가지 않았다. 나나를 구해 줄 수 있는 사람은 없었다.

검은 그랜저는 그대로 우리 앞에서 사라졌다. 나나도 그렇게 떠나갔다. 쥬리가 몇 번이고 나나에게 전화를 걸었지만 나나의 휴대폰은 꺼져 있었다.

우리는 모두 한동안 말이 없었다. 돈도 없었고 날은 추웠다.

제물포역까지 가는 버스 안에서 강철이가 우리를 불러 모았다.

"야, 이것 봐. 대박."

몇 사람 타고 있지는 않았지만 다들 강철이가 앉은 맨 뒷자리를 돌아봤다. 그러거나 말거나 강철이는 자기 휴대폰을 내게 내밀어 보였다. 신림동 개천에서 죽은 여자에 대한 기사였다. 성폭행이니 뭐니 막 써 있었는데, 신문 기사는 역시 재미가 없었다. 길기만 하지 뭘 이야기하는 건지 도대체 알 수가 없었다.

"잡히면 어떻게 해."

쥬리가 말했다.

"뭘?"

내가 물었다.

"그거 강철이가 먼저 시작한 거잖아."

쥬리의 그 말이 채 끝나기도 전에 강철이의 주먹이 쥬리의 입으로 날아갔다. 입술이 터져 피가 흘렀다. 나는 못 본 체 고개를 돌렸다. 파트너끼리의 문제였다. 미미는 쥬리의 일에는 아랑곳 않고 버스에 탈 때부터 조건 만남 메시지를 추가하는 데에 열을 올리고 있었다. 버스에 탄 두세 사람이 시끄럽다는 듯 잠깐 뒤를 돌아봤을 뿐 별다른 관심을 보이지 않았다.

집에 도착해서 우리는 또 라면을 먹었다. 마지막 라면이었다.

"그냥 전에 잤던 아저씨들한테 전화 한번 해 볼까 봐."

미미가 말했다.

"그러든지."

강철이는 은근히 그렇게 해서 미미가 돈을 벌어오길 바라는 투로 말했다.

"그런데 그런 새끼들은 사람을 졸라 힘들게 한단 말이야. 그냥 쿨하게 끝나는 법이 없어. 본전 생각을 너무 해. 할 짓이 아니라니까."

미미가 담배에 불을 붙이며 말했다.

"나 이러다 또 잡히면 완전히 잡혀 들어가는데 말이야."

미미의 말 속에서 피로감이 확 느껴졌다.

"쥬리야, 네가 나갈래?"

미미가 나나를 꼬드길 때처럼 쥬리를 꼬드기려는 게 눈에 빤히 보였다.

"안 돼. 이년은 내 거야."

강철이가 못을 박았다. 강철이는 쥬리의 얼굴을 보더니 혀를 찼다.

"하긴 이건 얼굴이 예쁘면 뭐하냐고, 이게 삐꾼데. 너 솔직히 말해 봐. 아직 앞니가 안 난 거지?"

강철이 쥬리의 뺨을 살살 치며 말했다. 쥬리는 강철이의 얼굴을 한 번 흘겨보고는 다시 보고 있던 휴대폰으로 눈을 돌렸다.

"넌, 뭐 할 줄 아는 거 없냐?"

화살은 가만히 있던 내게 날아왔다. 강철이가 빈집을 다시 털라고 할까 겁이 났다. 아무 준비도 없이 빈집을 털 수는 없었다.

강철이는 또다시 규칙을 세웠다. 강철이의 말에 무조건 복종한다, 였다. 나는 너무 피곤했고 지친 상태였기 때문에 강철이가 규칙을 세우든 말든 그저 귀찮기만 했다.

"만두, 너 몇 살이야?"

강철이가 물었다. 나는 기어들어 가는 목소리로 대답했다.

"열일곱."

물론 아니었다. 혹시나 해서 한 살을 올려 말했다.

"그래도 나한테 형이라고 해, 앞으로. 미미랑 쥬리도 나한테 오빠라고 하고."

강철이가 눈을 부라리며 미미와 쥬리를 쳐다봤다.

"그래도 먼저 그런 거 없이 말 트자고 하고 닉네임으로 부르자고 했잖아. 규칙."

쥬리가 강철이에게 대들었다. 나는 쥬리 입만 바라봤다. 빠진 앞니 사이로 빨간 혀가 붙었다 떨어졌다.

"그러니까, 이제부터 그렇게 하라고. 내가 이제 규칙이야, 알겠어?"

말을 뱉으며 강철이는 쥬리의 입에 또 주먹을 갖다 꽂았다. 금세 입가로 빨간 피가 흘렀다. 쥬리가 미친 듯이 웃기 시작한 건 그때부터였다.

"웃어? 내가 말하는데 웃어?"

강철이 목소리가 째지기 시작했다.

나와 미미는 우리 방으로 건너왔다. 살면서 한 번도 남 일에 신경 쓴 적이 없었던 거 같은데 자꾸 쥬리가 신경 쓰였다. 강철이가 자는 방 쪽 벽에 귀를 붙여 보았지만 전날에는 맡지 못했던 곰팡이 냄새가 피어날 뿐 아무 소리도 들리지 않았다.

이불 위에 몸을 뉘었지만 마음이 편하지 않았다. 미미가 가발과 옷을 다 벗고 이불 속으로 들어왔다. 내가 달달 떨고 있는데도 미미는 바지 안으로 손을 집어넣어 잠자는 내 고추를 몇 번 흔들더니 그대로 자기 손가락으로 그러쥐었다. 미미의 손은 너무 차가웠다.

"왜 이렇게 손이 차. 너는 안 추워?"

나는 미미의 손을 떼어 내며 물었다. 미미는 묻는 말에는 대답하지 않고 묻지도 않은 이야기를 시작했다.

"난 발도 차갑고. 머리도 차갑고. 가슴도 차갑고……."

그러면서 자기 몸에 붙은 이름 있는 것들에 다 차갑다는 말을 붙였다.

"눈깔도 차갑고, 발톱도 차갑고, 배꼽도 차갑고, 배꼽에 달린 애기도 차갑고……."

끝도 없이 이어지는 이야기를 나는 한참 동안이나 들어야 했다. 미미는 덮고 있는 이불을 걷어 내고는 배를 내보이며 말을 끝냈다. 미미의 이야기의 끝은, 차가워서 춥지 않아, 였다. 같은 말을 반복하는 것 같았지만 왠지 알 듯 말 듯한 이야기였다.

몸이 춥다는 것을 느낄 때는 몰랐는데 차갑다는 말을 계속해서 듣고 있다 보니 문득 과학 시간에 들었던 말이 떠올랐다. 나는 미미에게 말했다.

"절대온도라는 게 있대."

"그게 뭔데?"

미미가 반듯하게 누워서 물었다.

"영하 273도. 절대로 변하지 않는 온도. 그 온도 이하로는 절대로 내려가지 않는대. 그러니까 차가운 것도 정도가 있는 거지. 아무리 추워도 너도 딱 거기까지만 차가워질 거야."

나도 모르게 그런 말이 나왔다. 절대 상상할 수 없는 온도였지만 배가 부풀어 오르면서 생각이 깊어진 미미와 보냈기 때문인지 내가 듣기에도 나는 꽤 유식한 말을 하고 있었다.

"절대온도? 그게 얼마나 차가운 건데? 이만큼?"

미미가 다시 내 고추를 쥐고 물었다. 나도 잘 모르는 말을 지껄인 터라 미미의 질문에는 더 이상 대답을 할 수가 없었다.

"근데 너무 시시하지 않아? 273도면. 태양은 몇 천 도나 된다던데. 그럼 절대 따뜻한 온도 같은 건 없어? 더 이상 뜨거워질 수 없는 거 말이야."

한 번도 생각해 본 적 없는 이야기였다.

"글쎄, 따뜻한 건 따뜻할수록 좋은 거 아닐까?"

나는 생각나는 대로 마구 지껄이고 있었다. 절대온도도 내가 제대로 알고 있는 게 아니었다. 어쩌다 수업 중에 들은 말 중 하나를 기억하는 것이었다. 내가 추위를 많이 타니까 그 말이 귀에 들어왔던 것이다. 더 이상 차가워질 수 없는 온도까지만 추우면 되는 거니까. 경험해 보지 못한 온도지만 그런 게 있다고 머릿속에 떠올리기만 해도 더 추워지지 않을 것 같았다. 나는 추울 때마다 그 말을 자꾸 곱씹었다.

"어우야, 얘 또 이러네."

미미가 자기 배를 까 보였다. 파란 혈관이 하얀 살 밖으로 그대로 내비치는 미미의 둥근 배를 보고 있으니 파랗고 시린 뱀이 떠올랐다.

엄마, 아빠랑 살 때, 아주 잠깐 집이 평화로울 때가 있었다. 그때 가족이 모두 함께 처음으로 캄보디아로 여행을 갔더랬다. 온종일 더운 데를 다니면서 3일 내내 돌무더기만 보는데 지겨워 죽는 줄 알았다. 그러던 중에 관광객을 따라오며 구걸하던 꼬마가 내 목에 2미터도 넘는 구렁이를 걸어 주었다. 너무 순식간의 일이어서 나는 뱀을 목에서 빼낼 생각도 못했다. 미미 배를 보고 있으니까 갑자기 그때가 생각났다.

꼬마가 뱀이 든 자루를 열기도 전에 물비린내 같은 게 확 끼쳤다. 내게 묻지도 않고 목에 뱀을 걸고 나서 꼬마는 손바닥을 내보였다. 원 달라, 천 원! 엄마 아빠가 지갑을 열지 않아서 한참 그렇게 뱀을 걸고 있었다. 제발, 고작 1달러만 쓰면 되는데, 천 원이면 되는데, 목이 아파 죽겠는데, 냄새가 나서 죽을 것 같은데, 목이 얼어서 그대로 떨어져 버릴 것 같은데. 엄마 아빠는 신경도 쓰지 않았다. 집을 뛰쳐나왔을 때 뒤도 돌아보지 않았던 건 목이 너무 서늘했기 때문인지도 모른다.

나는 집을 나와 처음으로 엄마, 아빠 이야기를 했다. 미미는 어느새 잠에 들어 있었다.

아침에 나를 흔들어 깨운 건 미미의 손이 아니었다. 강철이의 손바닥이었다.

"이 새끼야, 일어나라고, 만두 이 새끼야. 나 속 터지는 꼴 보고 싶어?"

강철이는 쉬지 않고 욕을 뱉었다. 내가 눈을 번쩍 떴는데도 강철이는 내 뺨을 몇 차례 더 갈겼다. 깼다고 몇 번이나 말을 했지만 강철이는 멈추지 않았다. 몇 대 더 맞고 나니 나도 모르게 두 손을 모아 빌고 있었다. 아무것도 걸치지 않은 채여서 더 그랬는지도 모른다. 그런 상태에서 빰을 맞고 있자니 세상에 이렇게 수치스러운 게 또 있을까 싶었다. 쪽팔리고 죽고 싶고 뭐 그런 감정이 한꺼번에 몰려들었다. 팬티라도 걸치고 있었다면 좀 덜 창피했을지도 모른다.

나는 옷도 걸치지 못한 채 강철이 손에 목덜미가 들렸다. 그대로 강철이가 자던 방으로 질질 끌려갔다. 재수가 라면을 안 먹겠다고 버티다 귀를 잡혀 끌려 나왔을 때와는 비교할 수도 없을 만큼 굴욕적이었다.

방 가운데 불룩하게 솟은 이불을 가리키며 강철이가 말했다.

"애가 안 움직여."

그제야 강철이는 내 목덜미를 내려놓았다. 맨살이 뜯겨나간 것처럼 목 뒤쪽이 뜨겁고 쓰라렸다. 나는 강철이가 가리킨 이불을 향해 무릎걸음으로 기어갔다. 조심스럽게 이불 한쪽을 들어 안을 들여다봤다. 이불 안에는 쥬리가 벌거벗은 채 몸을 동그랗게 말고 누워 있었다. 두 팔로 머리를 감싸고 있는 게 성교육 비디오에서 봤던 태아 모습 같기도 했다.

이불 안은 너무도 서늘했다. 나도 모르게 세웠던 무릎이 무너졌다. 이가 닥닥 부딪칠 정도로 몸이 떨렸다. 그렇게 추운 건 처음 있는 일이었다.

"자꾸 웃잖아. 웃지 말라는데도 이년이 미쳤는지 계속 실실 쪼개기만 하잖아!"

강철이는 방 벽을 따라 정신없이 오가면서 비명을 지르는 것처럼 말을 되풀이했다. 나는 쥬리의 몸을 덮고 있는 이불을 잡아당겼다. 이불 속에서는 자세히 보이지 않던 쥬리의 얼굴이 드러났다. 순간, 문간에 서 있던 미미가 악, 하고 소리를 질렀다. 그 바람에 나도 또 놀라고 말았다.

미미가 놀랐던 것은 쥬리의 눈 때문이었다. 쥬리의 눈은 깊은 그림자를 안고서 푹 꺼져 있었다. 입 주위도 얼마나 맞았는지 원래보다 이가 몇 개는 더 나가 있었다. 입 가장자리로 흐른 핏물 때문에 꼭 웃고 있는 것처럼 보였다. 나는 쥬리를 계속 쳐다볼 수가 없었다.

강철이는 여전히 알아들을 수 없는 욕을 하며 방을 뱅뱅 돌았다. 나는 다시 이불을 끌어 올려 쥬리의 몸을 덮어 주었다. 내 몸이나 쥬리의 몸이나 맨몸이긴 마찬가지였지만 왠지 모르게 쥬리의 몸이 더 추울 것 같아서였다.

내가 강철이에게 물었다.

"왜 그랬어?"

"나라고 정말 죽이려고 했겠냐? 그냥 하도 웃길래."

"어떻게 할 건데."

"그냥 2층에 버려두고 튈까."

"할머니한테 준 돈은 어쩌고?"

"할머니 집 털고 나갈까?"

강철이가 담배에 불을 붙이며 말했다. 나만큼이나 턱이 덜덜 떨리고 있었다.

오후가 되자 강철이는 알아볼 게 있다면서 그대로 집을 나갔다. 몇 번이나 주위를 둘러보고 계단을 내려갔다. 그러고는 미미가 예상한 대로 돌아오지 않았다.

나는 쥬리를 안방 화장실 욕조에 옮겨 놓고 문을 닫았다. 박스 테이프로 틈새를 모두 막았지만 시체 냄새가 퍼지는 걸 막는 것은 어려웠다. 다행히 겨울이라 창문을 열어 두지 않아서 밖으로 냄새가 확 퍼져 나가거나 하지는 않았다.

쥬리 가방에서 두 개의 휴대폰이 나왔다. 하나는 쥬리가 쓰던 것이었고 나머지 하나는 개천에서 죽은 아줌마의 것이었다. 휴대폰 바탕 화면에 자기 얼굴에 주먹을 냅다 꽂은 남자와 다정하게 찍은 사진이 있었다. 잠금은 되어 있지 않았다. 나는 이것저것 눌러 보았다. 통화 버튼을 누르자 아줌마가 죽기 전에 마지막으로 통화했을 누군가에게 전화가 걸렸다. 아직 해지를 하지 않은 모양이었다. 몇 번의 벨소리를 듣고 나는 통화 종료 버튼을 눌렀다. 옆에서 보고 있던 미미가 소리를 질렀다.

"그걸 켜면 어떻게 해."

아줌마 휴대폰을 찾는 사람이 있을 텐데 전원을 켜면 여기 위치가 그대로 노출된다는 것이었다. 미미는 거친 숨을 내쉬고 있었다. 며칠 새 미미는 움직이는 것도 힘들어졌다. 저러다 갑자기 애를 낳아 버리면 어떻게 하나 걱정이 될 정도였다.

"몰랐어. 지금 끄지 뭐."

나는 전원을 끄고 그대로 쥬리의 가방 안에 휴대폰을 밀어 넣었다.

"안 되겠어. 만두야, 우리 여기서 뜨자."

미미가 말했다.

"어디로?"

"우선 팸 카페 뒤져 보면 며칠 있을 만한 데가 있을 거야. 우선 여기 떠서 찾아 보자고. 시체 썩는 곳에서 애를 낳을 수는 없잖아."

"언제는 박스에 싸서 버린다며."

"우선 낳아야 버리든지 말든지 할 거 아냐. 낳다가 내가 병이라도 옮으면 어떻게 해."

미미가 당연한 걸 물었다는 듯 쏘아붙였다.

"진작 처리했어야지."

"진작, 진짜 진작 그러려고 그랬는데, 수술비가 더럽게 비싸기도 했고. 암튼 타이밍을 놓쳤어."

"그럼 쥬리는?"

"설마 쥬리도 데려가자는 말은 아니겠지?"

나는 대답하지 못했다. 그냥 버리기에도, 데려가기에도 뭔가 애매한 게 있었다.

"그냥 등지고 나가면 되는 거야. 뭐가 어려워. 할머니가 우리 알지도 못할 텐데. 우선 뜨자니까."

미미의 말이 나를 등지고 떠난 엄마 아빠를 끄집어냈다.

그랬다. 제일 먼저 집을 나간 건 아빠였다. 그날부터 엄마는 자정 전에 집에 돌아온 적이 없었다. 귀가 시간이 점점 늦어졌고 하루를 넘겨 들어온 날도 많았다. 아빠가 돌아오자 이번엔 엄마가 집을 나갔다. 아빠는 온종일 방 안에서 시간을 보냈다. 대부분 누워 있었고 그나마 앉아 있을 때는 술병을 들고 있었다. 안방에서는 간장이 타는 냄새와 쉰내가 섞인 이상한 냄새가 났다. 머지않아 아빠도 아예 집을 나가 버렸다. 나는 지금까지도 예전 번호를 쓰고 있었지만 둘 중 어느 누구도 내게 전화를 걸어 온 적이 없었다. 메시지도 없었다. 죽었거나 그들 속에 있던 나를 죽였거나. 둘 중 하나일 거라고 나는 생각했다.

"그래, 뜨자."

앞이 급한 사람은 뒤를 돌아볼 필요가 없었다.

미미는 위험하게 솟은 배를 두 손으로 받치고 계단을 내려갔다. 나도 미미의 뒤를 따라 집을 나섰다. 일주일도 안 돼 우리 팸은 둘, 아니 셋이 되었다.

오! 해피

대문 닫히는 소리와 발소리를 들은 해피가 곧 나를 반길 것이다. 하지만 끈적거리는 침이 흥건한 해피의 혀가 주둥이를 들락거리는, 반가움 넘치는 거친 숨소리는 들리지 않는다. 나는 어두운 마당을 기웃거린다. 해피는 현관으로 오르는 계단 앞에 엎드려 있다. 앞다리를 세워 몸을 일으키려 하지만 금방 미끄러지고 만다. 그 바람에 각이 잘 잡힌 삼각형 모양의 두 귀가 살짝 들렸다 꺼진다. 두 눈에도 무게가 실려 있다. 선글라스를 끼고 있는 듯 눈가 얼룩점이 너구리를 연상케 한다. 능청맞고 뻔뻔스러운 이미지다. 긴 숨이 해피의 코끝에서 흘러나온다. 길게 돌출되어 있는 주둥이가 바닥으로 늘어진다. 골목에서 넘어온 보안등 불빛에 해피의 하얀 주둥이가 검

붉게 물든 것처럼 보인다. 무언가를 식탐한 붉은 주둥이 언저리를 긴 혀가 느리게 훑고 지나간다. 해피의 풍성한 꼬리가 조금씩 움직인다. 가까이 다가가니 시큼한 막걸리 냄새가 끼쳐 온다. 해피는 많이 취한 것 같았다.

벌써 몇 년째 엄마는 명절마다 팥죽과 막걸리로 온 집안을 적셔 놓고 있다. 엄마 덕에 해피는 집에 온 날부터 지금까지 매년 명절 날이면 이렇게 막걸리에 취하고 만다. 이제는 일어날 기운도 없는지 아예 턱을 바닥에 대고 눕는다. 운동화 끝으로 해피의 배를 살짝 건드려 본다. 해피는 여전히 몸을 추스르지 못한다. 해피의 나른한 눈에서 행복이 느껴진다. 해피가 가장 해피하게 보이는 순간이다. 해피에게 묻는다.

"행복해?"

해피는 반응하지 않는다.

현관문을 열자 확 열기가 끼친다. 엄마는 붉은 고무장갑을 끼고 식탁에 앉아 턱을 괴고 있다가 화들짝 놀란다.

"어딜 그렇게 다녀. 정월 초하룻날부터."

엄마는 뭔가를 더 이야기하려고 입을 떼다가 그만둔다. 그러고는 몸을 일으켜 귀퉁이가 떨어져 나간 개수대에 배를 대고 설거지를 시작한다. 알 수 없는 중얼거림이 그릇에 잘박하게 부딪치는 물소리와 섞인다. 물소리에 묻힐 듯 말 듯한 말들이 주방에 가득 찬다. 듣지 않으려고 하는 순간, 그것들은 암호화되는 것 같다. 엄마의 중얼거림이 작은 기호가 되어 공중에 떠다니는 느낌이다. 해독할 수가 없다.

내가 아무 대꾸 없이 방으로 들어오자 엄마는 갑갑증이 난 사람처럼 나를 따라 방까지 들어온다.

"독한 년."

음절 하나하나에 힘이 들어가 있다. 엄마의 손에 들린 거품이 묻은 국자가 부르르 떨리는 것이 보인다. 방바닥으로 눈물이 한 방울 뚝, 떨어진다. 엄마는 눈물을 닦지 않는다. 나는 엄마의 얼굴을 외면한다. 내가 엄마에게 상처를 주는 것은 엄마를 너무도 깊이 이해하고 있기 때문이라고 믿고 싶다.

아버지는 너무 갑자기 돌아가셨다. 작은 공장을 운영했던 아버지는 대금으로 받은 어음이 부도나자 힘 한번 써 보지 못하고 망하고 말았다. 직원들은 벌 떼같이 찾아와 밀린 임금을 달라고 독촉해 댔다. 임금이 수개월 째 밀려 있었기 때문에 그들을 탓할 수도 없었다. 직원 하나는 차라리 죽겠다며 몸에 휘발유를 뿌리고 아버지를 회사 옥상으로 끌고 올라가 기자들을 불러 모았다. 아버지는 그의 옆에 물 먹은 종이처럼 힘없이 처져 있었다. 그는 불을 붙이지 않았다. 휘발유에 축축이 젖은 몸을 떨며 한없이 소리를 질러 댔다고 한다. 그가 그렇게 회견 아닌 회견에 열중하고 있을 때 아버지의 몸은 젖어 들었고 금세 타들어 갔다. 남자의 떨리는 목소리를 넘어설 만큼 큰 소리로 아버지는 말했다고 한다. 미안합니다, 라고. 나는 아버지의 시신을 확인할 자신이 없었다. 불에 타 그을음으로 뒤덮인 시신을 도저히 볼 수 없었다. 당신이 앓고 있던 우울증보다 더 우울하게 변해 버린 아버지의 얼굴을 확인하고 싶지 않았다. 내내 기억될 아버지를 그런 모습으로 남기고 싶지 않았다.

시체를 확인하고 돌아온 엄마는 한동안 멍한 눈으로 같은 말만 되풀이했다. 새까맣게, 새까맣게……. 그 말을 듣고 있는 것만으로도 아버지에 대한 내 기억이 지워지는 것 같았다. 눈을 감고 귀를 막고 엄마의 얼굴을 피하는 것으로 아버지의 얼굴을 조금이라도 더 붙잡아 두려고 애썼지만 그럴수록 아버지의 얼굴은 점점 더 새까맣게 잊혀 갔다. 아버지라는 단어를 떠올릴 때마다 얼굴이 새까맣게 지워진 낯선 남자의 형상이 떠올랐다. 나는 더 이상 아버지를 기억할 수가 없었다. 차라리 새까맣게 변한 아버지를 내가 보았더라면 나는 아버지를 더 오래 기억할 수 있었을까.

다행히 엄마 앞으로 명의를 옮겨 놓았던 집은 무사했다. 아버지의 공장은 직원들 몫으로 넘어갔다. 직원 몇이 모여 새로 사장을 뽑고 회사의 이름을 바꾸었다. 아버지의 존재는 불에 타던 그 순간에만 강렬했을 뿐 죽은 뒤부터는 불에 타고 난 재처럼, 연기처럼 하잘것없이 공기 중으로 날아가 버렸다.

엄마는 뭔가에 골몰한 얼굴로 식탁에 앉아 있다.

"쥐가 있어, 쥐가."

"쥐?"

어깨를 으쓱하며 내가 반문한다.

우리는 어느새 원래의 모녀 간으로 돌아와 있다.

"팥죽이랑 막걸리를 뿌리며 계단을 오르내리고 있는데 해피가 갑자기 내 앞으로 튀어 나가지 뭐야. 놀라서 얼른 쫓아 갔더니 장독대 앞에서 쥐를 물고 있더라고. 분명 새카맣고 팔뚝만 한 쥐였어."

엄마의 입 가장자리가 무겁게 처진다. 엄마는 두 손을 입으로 가져가 손톱 근처 각질을 잘근잘근 씹는다.

"먹을 걸 계단에 뿌리니까 그런 게 자꾸 늘어 가잖아."

나는 시큰둥하게 말한다.

"아무래도 쥐약을 놔야겠어."

엄마는 아주 큰 결단을 내린 사람처럼 말한다.

사실, 나는 쥐를 여러 번 봤다. 지하실에서도 봤고 옥상에서도 봤다. 마당에 있는 나무를 자르는 날에도 봤다. 구석구석에서 쥐를 봤다. 쥐가 눈앞에 보이는 게 이상한 게 아니라 엄마가 그렇게까지 놀라는 게 이상한 일이다.

"쥐약이 여기 어디 있을 텐데."

엄마는 어느새 신발장 서랍을 뒤적인다. 엄마의 손놀림이 엉성하다. 그때 세탁기가 다 돌았는지 종료 알람 소리를 낸다. 엄마는 검지로 머리를 긁적이며 느리게 움직인다. 욕실 문을 여는 것조차도 한없이 지체된다. 그러더니 금세 세탁기 뚜껑을 연 엄마의 손이 분주하게 세탁물을 바구니에 옮겨 담는다. 바구니에 담긴 엄마의 속옷이 눈에 들어온다. 아기의 기저귓감이 잔뜩 말려 있는 것처럼, 하얗고 큰 팬티들이 가득하다. 나는 가운데 부분이 노랗게 물든 커다란 팬티가 떠올라 인상을 찡그리고 만다. 엄마는 눈물만큼, 배뇨에 대해서도 자신의 의지대로 움직이지 못하고 있는 것이다.

문을 열고 보니, 현관 앞에 해피가 웅크리고 있다. 언제 가져갔는지 녀석의 입에는 내 운동화가 물려 있다. 앞발로 암팡지게 운동화의 앞부분을 누르고서 뒤축을 물어뜯고 있다. 주둥이가 움직일 때마다 해피의 두 귀가 흔들린다. 나는 바닥이 울리도록 뛰어 해피를 걷어찬다. 해피의 입에서 깨갱 하는 파열음이 튀어나온다. 씩씩거리고 있는데 엄마가 소리 나게 등을 친다. 손이 닿지 않아 얼얼한 등을 감싸지 못하고 서 있는 내게 엄마는 욕을 퍼부어 댄다.

"해피가 아들이라도 돼!"

나는 엄마를 흘겨보며 대든다. 해피는 나를 조롱이라도 하듯 대문간 사이를 왔다 갔다 한다. 해피의 이빨 자국이 선명한 운동화를 주워 엄마 앞에 대고 흔든다. 엄마는 일없다는 듯 몸을 돌린다.

"왜 이게 열려 있지?"

엄마는 고개를 갸우뚱하며 서랍을 밀어 넣는다. 운동화를 발끝으로 끌어다 뒤축을 꺾어 신는다. 해피가 물었던 뾰족한 송곳니의 흔적이 발뒤꿈치에 전해진다. 올이 풀려 버린 운동화 뒤축의 가칠한 느낌이 시원하게 와 박힌다.

나는 몇 걸음 서성이며 마당을 둘러보다 몸통이 잘려 나간 나무 밑동 위에 앉는다. 집을 올려다본다. 금 간 벽들이 간신히 지붕을 떠받들고 있는 게 을씨년스럽다. 대문 위 화단에서 자라던 국화와 치자나무는 뿌리가 뽑힌 채로 바싹 말라 비틀어져 아무렇게나 놓여 있다. 붉은 벽돌 사이사이에 꽃처럼, 하얀 이끼가 일어나 있다. 김장 비닐로 막아 놓은 거실 창은 비닐하우스를 연상시킨다. 이런 집에 쥐가 없다면 그게 이상한 일일 것이다.

누군가 대문 밖에서 안쪽을 기웃거리고 있다. 낯선 남자다. 나는 몸을 일으켜 천천히 대문 쪽으로 걸어간다. 대문 건너에 내가 있는 것을 알아챈 남자는 헛기침을 한다. 남자는 알아들을 수 없는 말들을 나직하게 중얼거리며 초인종을 누른다. 엄마가 대문을 활짝 열어 남자를 맞는다. 엄마는 자주 웃는 사람처럼 입초리가 자연스럽게 양 뺨으로 당겨 올라가 있다.

자신을 설비업자라고 소개한 남자는 대문 안으로 들어온다. 낯선 수컷의 냄새를 맡은 해피가 짖어 대기 시작한다. 코를 높이 쳐들고 송곳니를 드러내 보인다. 해피는 자신의 영역에 등장한 새로운 침입자를 유심히 쳐다본다. 설비업자는 개 짖는 소리만 듣지 못하는 귀를 가진 사람처럼 아무렇지도 않게 집 곳곳을 뒤지듯 살핀다. 설비업자가 움직이는 내내 그의 안전화 뒤축이 바닥에 끌리는 소리가 신경을 건드린다.

설비업자가 내 뒤를 따라 집 안으로 들어온다. 설비업자는 황토가 잔뜩 묻은 안전화를 아무렇게나 벗어 던진다. 하얀 발가락 양말을 신은 그의 발이 눈에 확 들어온다. 그는 나의 시선은 아랑곳하지 않고 발가락을 꼬물대며 집 곳곳을 잘도 옮겨 다닌다. 배관이 고장 나서 창고로 사용하고 있는 안방도 들여다본다. 열린 문으로 냉기가 흘러나온다.

"습기 차고 얼었던 곳이 녹으면 결로라는 게 생기는데 말입니다. 사모님, 그렇게 되면 아마도 군데군데서 물이 샐 게 뻔합죠. 온통 집 안에 물이 차는 거란 말입니다. 주변 집들은 모두 층을 올리고 두 집, 세 집을 묶어 빌라와 상가를 짓는데 말입니다. 다들 세를 받아 돈을 버니 그게 최고죠. 이걸 어떻게 수리합니까. 배보다 배꼽이 커지는 격입죠."

훈련 잘 된 약장수처럼 설비업자의 말에는 틈이 없다. 설비업자는 단층인 집은 여기뿐이라고 과하게 강조한다. 엄마는 고개를 끄덕이며 그의 말을 경청한다. 설비업자는 소문으로라도 알고 있을 터였다. 갑자기 세상을 떠난 아버지와 보험금에 대한 이야기를.

사실, 그의 말대로 집에는 문제가 많았다. 장마 때마다 비가 샜다. 벽지는 습기가 차 해가 다르게 부풀어 올랐다. 눅눅한 곰팡내가 가시지 않았다. 벽과 천장은 검고 푸른 균사들로 뒤덮여 갔다. 매일이 다르게 곳곳에 녹이 슬고 곰팡이가 퍼졌다. 검고 푸른 균사들이 내뿜는 균들이 몸 안에 자꾸자꾸 쌓이는 것 같았다. 기분 탓인지 몰라도 집 안에 있으면 나는 한없이 가라앉는 무게감을 떨칠 수 없었다. 마당의 흙조차도 윤기가 없었다. 어떤 것 하나도 생생하게 살아 있지 못한 느낌이었다. 아버지만 없어진 것일 뿐인데 집은 점점 죽은 공간이 되어 가고 있었다.

설비업자는 집에 대한 이야기를 하면서 계속 엄마를 눈여겨본다. 각질이 손가락 마디마다 잡혀 있고 시멘트에 긁힌 것 같이 허옇게 튼 손이 은근히 움직인다. 설명하면서 엄마의 손을 잡았다 놓는 것이 자연스럽다. 뻔한 남자의 행동에 엄마는 무방비로 자신을 내맡기고 있다. 설비업자의 오른손이 자신의 볼살처럼 처져 있을 고환을 한 번 들었다 놓는다. 동시에 나를 힐끔 쳐다본다. 순간 나는 멈칫했지만, 무심한 척 시선을 텔레비전에 둔다. 설비업자는 엄마를 따라 나가면서도 연신 주변을 기웃거린다.

문밖에서 엄마와 설비업자가 이야기 나누는 소리가 두런두런 들린다. 엄마는 쥐가 있다는 이야기를 하면서 무언가를 부탁한다. 곧 끼익하고 대문 닫히는 소리가 들린다. 나는 밖으로 나가 엄마 곁에 바짝 붙는다.

"정말 집을 새로 짓고 싶은 거야?"

내가 묻는 말에는 관심도 없는지 엄마는 장독대 근처를 유심히 살핀다. 어디선가 불쑥 쥐가 튀어나올까 봐 긴장한 눈빛이다. 그동안 엄마는 쥐를 보지 못했던 것일까. 집 안에서 전화벨이 울린다. 엄마는 다급히 몸을 움직여 집으로 들어간다. 기대하던 상대가 아니었는지 얼굴을 찡그리고 나와 내게 수화기를 건넨다.

찬주였다. 찬주는 간단한 아르바이트를 구했다고 말했다. 집에서 조금 떨어진 곳이긴 했지만 단순 업무라는 것이 마음에 들어 흔쾌히 하기로 했다. 그 정도는 괜찮겠지 하는 생각이 들었다.

나는 직업을 가져 본 적이 없었다. 그렇다고 전문적인 기술이 있는 것도 아니었다. 오랫동안 무엇을 하기에 나는 너무 약한 체질을 타고났기 때문이다. 어릴 적부터 나는 곧잘 기절을 했다. 뇌에는 이상이 없다고 하는데 그렇게 가끔 정신을 놓고 말았다. 결혼 전, 남편은 나의 그런 모습에 피할 수 없는 운명을 느꼈다고 했다. 하지만 세탁기에 빨래를 넣다가도, 건조대에 빨래를 널다가도 나는 정신을 놓고 말았다. 밥상을 든 채 기절하기도 했다. 이마가 까지고 혹이 생겼다. 상처가 늘어가는 나를 보는 남편의 표정이 점점 징그러운 것을 마주한 것처럼 변해 갔다. 나는 섹스를 하는 와중에도 졸도를 했다. 쉽게 깨어나지 않아서 그랬다며 남편은 멍든 얼굴을 어루만져 줬다. 계속 이렇게 지내야 한다는 난감함을 느낄 때마다 점점 더 무기력해졌다. 헤어질 수밖에 없었다. 아이까지 낳았다면 더한 불행을 느끼면서 살고 있었을 것이다.

내가 이런저런 생각을 하며 걷는 사이에도 찬주는 화장 고치기에 여념이 없다.

"저기야, 저기."

찬주가 길 건너를 가리킨다. 빨갛게 매니큐어 칠이 된 찬주의 검지 끝에 모델 하우스가 찍혀 있다. 모델 하우스 앞에서 노란 안전모를 쓴 인부 몇이 쓰레기를 줍고 있다.

나와 찬주는 그들을 지나쳐 모델 하우스로 들어간다. 문을 열고 들어가자마자 독특한 냄새가 코끝에 걸린다. 모델 하우스의 냄새. 새집의 냄새. 구수하면서도 비릿하다. 입구에 놓인 실내화를 신고 안을 살핀다. 양복을 입은 젊은 남자가 컴퓨터

게임을 하고 있다.

"두 시까지 오라고 했는데."

찬주가 시계를 들여다보며 말한다. 찬주의 말이 끝나기도 전에 문이 열리고 긴 얼굴에 광대뼈가 심하게 튀어나온 남자가 들어온다. 그는 찬주에게 손을 까딱해 보인다. 입구의 남자는 그에게 인사를 하며 순식간에 컴퓨터를 끈다. 그제야 젊은 남자가 우리에게 눈인사를 한다.

나와 찬주는 소파에 앉아 모델 하우스 소장의 이야기를 듣는다. 소장은 감색 점퍼를 벗고 소파에 몸을 푹 담그고 말한다. 소장은 바짝 위로 올라간 찬주의 치마와 다리에 둔 시선을 거두지 못한다. 가끔 찬주의 두 다리가 벌어지기도 한다. 소장은 헛기침을 몇 번 하더니 다음 날부터 어떻게 일해야 하는지를 설명한다. 하루에 세 시간, 오전에만 일하면 된다고 말한다. 하필 늙은 여자를 뽑게 되었는가에 대해서 장황하게 말한다. 덧붙여 그는 이 단기 아르바이트가 책임감과 신중함, 그리고 넉살이 필요한 일이라고 말한다. 먼저 모델 하우스를 잘 알아야 한다며 전체를 둘러보라는 말도 잊지 않는다. 찬주는 그가 아는 누구의, 친구의, 아는 사람쯤 되는 관계라고 귓속말을 하며 쿡, 하고 웃는다.

"아, 잠깐."

소장이 손바닥이 보이게 손을 들어 일어서는 나를 잡아

세운다.

"이거 이력이 너무 짧아. 여기 컴퓨터 있으니까 금방 다시 써요. 본사에 내야 하니까."

듣기로도 내가 해야 할 일들은 그다지 이력이 필요한 일이 아니었다. 모델 하우스를 보러 온 손님들에게 차를 대접하거나 실내화를 정리하는 단순한 일이었다. 그나마도 두 달이면 끝날 일이었다. 잠시 막막한 표정을 짓고 있으니 소장이 귀찮은 표정을 얼굴 가득 담고 있다가 이내 이력서를 다시 빼앗아 간다.

1층에는 84평형 세대가 하나 있고 2층에는 73평형과 74평형이 있다. 다 같은 것이라고 하면서 소장은 84평형으로 우리를 데리고 간다. 현관문이 활짝 열려 있다. 나는 현관문과 입구에 붙은 홈오토를 한참 동안 바라본다. 아귀가 맞지 않는 엉성한 대문이 떠오른다. 나도 모르게 콧김이 세게 나온다. 입구에 놓인 신발장을 열어 보니 구두가 가득하다. 여름용 샌들도 있고 정장 구두도 있다. 그중 유독 하나가 눈에 띈다. 비즈가 촘촘히 박힌 가는 선 두 개만으로 장식된 여름용 샌들이다. 빨간 가죽과 스틸 굽은 묘하게 어울리며 강하면서도 야한, 그런 느낌을 준다. 해피의 날카로운 송곳니에도 긁히지 않을 것 같다. 소장이 다가와 지체할 새가 없다는 식으로 신발장 문을 닫는다. 그는 따라오라는 손짓을 하면서 설치된 것이 얼마나 첨단인가에 대해서 설명한다. 이미 디스플레이를 끝낸 상태라 그런지 평수가 무색할 정도로 좁게 느껴진다. 가구와 집기, 그림 등으로 벽과 바닥까지 꽉 차 있다. 엄마가 짓고 싶어 하는 집이 이런 집일까. 빈틈없이 꽉 찬 그런 집을 엄마는 원하는 것일까. 쥐구멍이 나지 않는 그런 튼튼한 집을. 찬주는 벌써 안으로 들어가 자기 집인 양 소파에 다리를 꼬고 앉아 리모컨을 들고 프로젝터와 홈시어터를 켜는 시늉을 하고 있다. 안으로 들어가면서 거실 벽의 마감재로 쓰인 패브릭을 쓰다듬는다. 손바닥에 남는 오돌토돌한 느낌이 좋다. 안내를 마친 소장이 열쇠 하나를 건넨다. 작은 구두 주걱 같은 모양이다. 끝에는 동그란 쇠붙이가 붙어 있다.

"이걸로 열고 들어오면 돼. 내일은 먼저 나와서 여기 정리를 좀 하고. 그럼 내일 보자고."

언제부턴지 모르게 소장은 반말을 하고 있다.

"정장을 입도록, 정장을."

소장은 나와 찬주를 번갈아 보면서 다시 한 번 말한다. 그 나이에 변변한 정장 하나 정도는 있겠지, 하는 얼굴을 하고서.

깨갱대는 소리가 들려 현관문을 열어 보니 설비업자가 해피에게 발길질을 하고 있다. 문설주에 묶인 해피는 꼬리를 내린 채 붉은 잇몸과 날카로운 송곳니를 드러내고 으르렁거린다. 배를 낮게 깔고 있는 게 금방이라도 달려들어 물 기세다.

설비업자도 만만치가 않다. 발을 세워 들고 밟아 누르기 직전의 자세로 해피를 위협하고 있다.

“지금 뭐하는 거예요. 남의 개한테.”

“장군이 이 녀석, 헤헤.”

그는 멋쩍은 듯 뒤통수를 긁적인다.

“안에 사모님 계시죠?”

그는 계단에 선 나를 지나쳐 현관 문고리를 잡는다. 여전히 해피는 설비업자를 향해 낮게 으르렁댄다. 나는 해피를 당겨 안아 머리를 쓰다듬는다. 해피의 콧구멍에서 나온 더운 김이 손등에 닿는다.

설비업자는 매일 아침마다 엄마를 찾아오고 있다. 부술 집이라 그런 건지 엄마는 설비업자에게 대문 열쇠까지 넘겼다. 이제 그는 초인종을 누르는 행동 따위는 하지 않는다. 대문을 따고 들어와 곧바로 현관문을 두드리며 엄마를 찾는다.

집에 들어가 보니, 설비업자는 들고 온 서류 봉투에서 설계도를 꺼내 엄마에게 내보이고 있다. 그는 분주하게 움직이며 새로 지을 집에 대해 설명한다.

“여기까지가 안방입죠.”

그가 발을 빠르게 움직여 주방과 거실을 엮는다. 그는 엄마의 손을 잡고 팔을 벌려 방의 크기를 설명한다. 역시나 엄마는 저항이 없다. 그와 이야기를 나누는 엄마의 얼굴에 '행복'이란 글자가 적혀 있는 듯하다. 나는 설비업자와 엄마를 지나쳐 방으로 들어간다.

밖에서 들려오던 목소리가 점점 가까워진다. 아무 신호 없이 방문이 열리고 설비업자의 머리가 불쑥 들어온다.

"의자 좀 쓰죠."

설비업자가 어눌하게 말한다. 나는 고개를 돌린 채 의자를 밀어 준다. 의자에 올라간 설비업자가 불룩하게 부풀어 있는 천장 벽지를 누른다. 창으로 들어온 빛을 받아 먼지와 함께 그의 손에서 떨어져 나온 퍼슬퍼슬한 각질이 날리는 게 보인다. 나는 미간에 힘을 주고 반짝이는 먼지와 먼지보다 더 굵은 설비업자의 죽어 버린 살점들을 유심히 본다. 그리고 설비업자의 손을 올려다본다. 그의 손에 천장의 검푸른 곰팡이가 묻어난다. 천장에 퍼져 있던 균사에 손바닥 무늬가 남는다. 설비업자는 칼을 꺼내 네모로 눌러진 몰딩 바로 아래를 긋는다. 북, 소리가 난다. 이미 울고 있던 벽지는 금방 벽과 분리되어 너덜거린다. 설비업자는 천장 벽지도 칼로 긋는다. 그 바람에 부스러기가 떨어진다. 눈을 감는다. 어유, 하는 설비업자의 목소리가 들린다. 다시 눈을 떠 본다. 설비업자의 손이 천장 안을 살피고 있다. 그대로 지붕을 뚫고 하늘이 보일 것 같다. 나른한 기분이 든다. 어릴 적, 마당에 있는 나무 그늘 아래 아버지가 만들어 준 평상에 누워 있던 내가 떠오른다.

갑자기 엄마가 외마디 비명을 지른다. 설비업자가 들춰 보던 천장에서 어린아이 팔뚝 만한 쥐가 떨어진 것이다. 엄마는 놀라 발을 동동 구른다. 발을 뗄 새도 없이 쥐는 막힌 방 안을 빠르게 옮겨 다닌다. 내 다리 사이를 지나 책상 아래로 도망간다. 순간 몸이, 나도 모르게 움찔한다. 몸이 뻣뻣해진 느낌이다. 소름이 돋는다. 하지만 난 소리 지르지 못한다. 의자에서 내려온 설비업자가 엉거주춤하면서 쥐를 잡겠다고 허둥댄다. 그의 뒤에 어린아이처럼 숨은 엄마는 눈을 찡그리고 있다. 엄마는 계속 헉헉대며 쉰 소리를 낸다. 엄마에게 든든한 보호자가 필요해 보인다. 아버지를 잃고 나서 점점 더 어려지고 있다. 방금 한 일도 금세 잊어버리고 사소한 다툼에도 눈물을 흘리고 만다. 개일 뿐인 해피를 수컷이라는 이유로 감싸기만 한다. 엄마는 어느새 자궁으로 다시 들어가야 할 미숙아가 되어 버린 것인지도 모르겠다. 보호 받기를 너무도 간절히 원하는 저 눈빛에 내 눈이, 코끝이 시큰해진다.

설비업자는 책상은 물론 다른 가구까지 옮기며 쥐를 잡으려고 했지만 결국 실패하고 말았다. 그는 어딘가 쥐구멍이 있을 거라는 말만 꺼내 놓고 쥐구멍을 찾아내지 못한 채 진이 빠져서 돌아갔다. 엄마는 쥐가 열지도 못하는 방문 손잡이를 잡고서 또 다시 전전긍긍한다. 크게 소리를 지르지도 못하고 헉헉거리며 숨을 토해 낸다. 찾아내지 못한 구멍을 통해서 쥐가 쏟아져 나오는 상상에 숨통이 조여 오는지. 아니, 엄마가 아니라 내가 그런 상상에 숨통이 조여 오는 것 같다. 천장이, 천장이 빠르게 움직인다. 발끝으로 온 힘이 빠져나가는 느낌이다.

한동안 그러지 않았는데 나는 또 정신을 잃고 말았다.

"쥐 때문에 놀랐나 봐."

엄마가 말한다. 나는 몸을 일으키고 방문 손잡이를 잡는다.

"안 돼, 열지 마!"

엄마가 가늘게 떨리는 목소리로 소리친다.

"나가야 하잖아, 나."

내 말에도 엄마는 아랑곳하지 않는다. 벌떡 몸을 일으켜 내 손목을 붙들고 말린다. 나는 엄마를 재우고 나가는 방법을 선택한다.

모델 하우스 개장 날이라 아침부터 사람들이 많이 몰렸다. 하나같이 턱살에 '여유'라고 적혀 있는 듯 돈 냄새가 나는 사람들이다. 주차장은 몰려드는 외제 차들로 자리가 부족할 지경이었다. 방문객들은 자신이 벗어 놓은 신발에는 신경 쓰지 않았다. 나는 방문객들이 벗어 놓고 간 구찌와 페라가모를 가지런히 정리한다. 앞코가 반짝반짝 윤이 나는 발리 로퍼를 신발장에 올려놓는다. 방금 산 것 같은, 바닥이 미끈한 소가죽으로 된 가벼운 프라다 클리퍼를 몇 켤레나 들었다 놨는지 기억조차 할 수가 없다. 나와 찬주는 사람이 오고 갈 때마다 신발을 정리하고 실내화를 바깥쪽 방향으로 돌려놓는 것만으로도 지쳐 갔다.

사람들이 잦아들 즈음 본사 여직원들이 도착했다. 소장은 나와 찬주에게 입구에 서서 들어오는 사람들에게 전단을 나누어 줄 것을 명령한다. 그의 단호한 말투에 우리는 조금 당황해하면서 입구 쪽으로 나와야 했다.

몸이 떨려 왔다. 다리를 엇갈리게 붙여 보지만 별 소용이 없다. 스타킹을 신은 다리가 얼얼하다. 마주치는 느낌이 둔하기만 하다. 찬주 역시 전단을 안고서 발만 구른다. 툭 하고 전단 뭉치가 떨어지는 소리가 들린다.

"나 안 해, 사무직이라고 하더니, 나쁜 새끼."

몇 걸음 걷던 찬주가 나를 향해 열쇠를 던진다. 어느새 찬주가 멀어지고 있다. 그녀가 던져 놓은 전단이 한 장씩 낮게 바람을 탄다. 어떤 것은 가로수를 지나 도로까지 날아가기도 한다. 찬주는 이미 보이지 않는다.

다음 날 설비업자는 좀 더 이른 시간에 초인종을 눌렀다. 그는 대문을 철거할 거라고 이야기한다. 짐을 빼기 위해서는 먼저 대문을 철거해야 한다는 게 그 이유였다.

갈라지는 목소리로 해피가 짖어 댄다. 왈왈, 하던 힘찬 목소리가 컹컹, 하는 약해 빠진 소리가 되어 있다. 현관문 열리는 소리가 나고 엄마가 해피를 나무라는 소리가 들린다. 잠시 해피가 낮게 으르렁댄다.

"똘똘이 이놈, 착하지."

설비업자가 차분한 목소리로 해피를 부른다. 설비업자는 한 번도 해피를 해피라고 부르지 않는다. 설비업자는 아무 것이나 떠오르는 대로 해피의 이름 자리에 갖다 붙인다. 사실, 그에게 털이 풍성하고 눈 주위에 까맣게 털이 난, 너구리를 닮은 해피라는 개는 아무 의미가 없을 것이다. 그에게는 해피는 그저 성가신 개일 뿐이니 말이다.

엄마가 현관문을 닫고 들어서자 설비업자는 그제야 과일이 든 비닐 봉투를 식탁에 내려놓는다. 그러고는 내 얼굴을 힐끗 쳐다보며 전날 잡지 못한 쥐에 대해 먼저 묻는다. 어쩔 도리 없이 방문을 닫아 놓고 모녀가 거실에서 지낸다고 엄마는 한숨을 쉬며 그에게 하소연한다.

"어이구, 저런. 사모님 걱정 마십시오. 이거 곧 부술 집 아닙니까. 조금만 참으세요. 그깟 쥐새끼들 확."

그는 확, 이란 단어를 힘주어 말한다. 그가 팔을 들어 역동적으로 뭔가를 끌어당기는 시늉을 해 보이자 엄마는 눈살을 찡그리고 그를 본다. 설비업자는 아주 익숙하게 엄마의 어깨에 손을 올리며 등을 쓰다듬는다. 일주일 후면 모든 준비가 다 되어 공사를 시작할 수 있다고 한다. 그는 짐을 맡길 보관소의 전화번호와 잠시 머물 집에 대해서도 친절하게 말해 준다.

"요 앞 원룸에 이야기해 놓았습니다. 거기서 한두 달 정도만 지내시면 될 겁니다. 중요한 소지품이랑 옷 몇 벌만 챙겨서 우선 짐을 나르시지요."

그렇게 말하면서 그는 다시 한 번 엄마의 어깨와 손목에 손을 댄다. 엄마는 그의 말을 고분고분 듣고만 있다. 쥐 때문인지, 집 때문인지 아니면 혼자된 것 때문인지 엄마는 나날이 무기력해지고 있다. 그가 어떤 최면을 걸어 놓은 것처럼 보인다. 그는 사과를 깎고 있는 나를 다시 한 번 힐끔 쳐다본다. 내가 마주친 눈을 피하지 않고 버티자 곧 헛기침을 하며 시선을 피한다.

밖으로 나와 보니 이미 대문이 몇 등분으로 나뉘어 있다. 대문이 뜯겨 나간 설주에는 대문이 붙어 있던 흔적이 고스란히 남아 있다. 녹물이 흘러내린 자국은 핏자국처럼 두드러져 보인다. 설비업자는 몰고 온 트럭 위로 대문 잔해를 빠짐없이 챙겨 올린다. 나는 대문이 빠진 문설주 사이에 서서 설비업자의 움직임을 살핀다. 설비업자가 남은 고철 하나하나를 허리 숙여 주워 담을 때까지도 해피는 짖는 것을 멈추지 않는다.

엄마는 설비업자가 몸을 일으키자 기다렸다는 듯이 식혜를 가져다 준다. 식혜를 한숨에 마신 설비업자는 나를 건너보며 입을 닦는다. 그러고는 보란 듯 양옆으로 입술을 길게 늘이고 크으, 하는 소리를 낸다. 설비업자가 내게 손 인사를 건넨다. 그 손을 보자마자 나는 등을 돌려 걷기 시작한다. 이제 엄마와 설비업자가 마주 선 것이 낯설지가 않다.

다음 날도 설비업자는 아침 일찍 현관문을 두드렸다. 얼마 안 가 현관문 키를 들고 문을 따고 들어올 것 같다. 거리낌 없이 자고 있는 엄마를 깨워 일으킬 것만 같다. 그가 집 안 곳곳을 휘젓고 다녀도 이제 아무렇지도 않다.

이사는 간단히 끝났다. 새집과 어울리지 않을 거라며 엄마는 장식장과 안방 장롱을 과감히 버렸다. 엄마가 아꼈던 물건들인지, 아버지의 유품인지, 추억이 얼마만큼 깃들었는지 기억나지 않는다. 보관소에서 나온 직원들이 남은 가구들과 큰 짐들을 날라 차에 싣고 떠났다. 원룸으로 갈 짐들은 설비업자가 옮겨 주었다. 짐이 빠져나오는 것을 보고 해피는 계속 종종거렸다. 바닥 여기저기에 붉은 설사를 뚝뚝 흘려 놓았다. 뒷다리에 바짝 힘을 주다가도 설비업자를 보면 으르렁댔다. 설비업자는 그런 해피를 향해 가볍게 침을 뱉었다. 늘 그렇게 바닥에 습관적으로 침을 뱉는 것처럼 자연스럽게. 그러면서도 설비업자는 엄마를 의식했다. 곧, 그는 입 주변을 마른손으로 거칠게 닦아 내고는 손짓으로만 해피를 쫓았다.

짐이 빠지자마자 굴착기가 도착했고 폐기물 운반 트럭 두 대가 들어왔다. 엄마는 집이 헐리는 것을 봐야 한다며 바쁘게 움직인다. 졸지에 남의 집 주차장에 묶이게 된 해피는 늑대의 울음과도 같은 소리를 낸다. 서럽고 서럽게, 긴 숨으로 운다.

붉은 카디건을 입은 엄마가 쪼그리고 앉아 부서지는 집을 쳐다보고 있다. 집은 이미 모양을 알아볼 수 없는 지경이다. 안전모를 쓴 인부 하나가 호스를 들고 오가며 잔재들 위로 물을 뿌린다. 물줄기가 시원스레 뿜어져 나온다. 굴착기가 집의 조각들을 더 작게 부수고 있다. 잔재들에 가려져 나무 밑동이 보이지 않는다. 어릴 적 그네를 묶어 두었던 그 나무가 보이지 않는다. 어디가 마당이었고 어디가 집이었는지도 알아볼 수가 없다. 부옇게 먼지가 일어난다. 무너진 집을 보고 있자니 문득 천장 속에 살던 쥐들은 어떻게 되었을까 하는 생각이 든다.

모델 하우스 방문객 수가 점점 줄어들고 있다. 평수도 워낙 큰 데다가 모델 하우스 개장 전에 대부분 계약이 끝난 상태라 그런 것이라고 소장이 말한다. 그 말을 하고 소장은 밖으로 나간다. 소장은 낮 시간의 대부분을 밖에서 보낸다. 어떤 날은 나가서 점심을 먹고 그대로 퇴근해 버리기도 한다. 나이가 어린 남자 직원은 벌써 베틀넷에 접속했다. 어느새 그의 눈과 입이 움찔거린다. 그는 내게 말을 걸어온 적이 없다. 그는 자신과 계약서를 작성하는 사람하고만 이야기를 나눈다. 그렇다 보니 전화를 받을 때 외에는 입을 열지 않는 날도 있다. 어떻게 분양 사무실에서 일하게 되었는지 의아해진다. 하지만 급작스럽게 일을 시작하게 된 나를 비춰 보면 이상해할 이유도 없다. 오히려 소장은 일을 깔끔하게 해서 좋다고 남자를 평가했다. 남자는 여전히 입을 움찔거리며 타닥타닥 소리가 나도록 손가락을 움직이고 있다. 유리문 밖 플라타너스의 마른 가지가 흔들거린다. 아스팔트에서 아지랑이가 피어오른다. 눈앞이 아찔하다. 발끝으로 온 힘이 쏠린다.

"일어났어요? 깜짝 놀랐잖아요. 손님이 없었기에 망정이지. 아니 119에 전화를 하려고 했는데 잠든 것처럼 쌔근거리기에……."

"맞아요, 잔 거."

남자가 안도하는 숨을 길게 내쉬며 내게 물 잔을 건넨다. 한 손으로 내 어깨를 살짝 받쳐 준다. 평소에 말이 없던 남자는 정말로 많이 놀랐는지 이것저것 물어 온다.

"어디 아픈 거예요? 백혈병 같은 거? 나 정말 사람 쓰러지는 거 처음 봤어요. 휴……."

남자는 조금 들뜬 표정이다. 그 모습이 낯설다. 내가 침대에서 몸을 일으키려 하자 그가 어깨에 올려놓았던 손에 힘을 주며 나를 제지한다.

"괜찮아요."

그의 말에 어깨에 힘을 빼고 눈을 감는다. 새것의 냄새가 난다. 어느 영화의 세트장에 있는 것 같은 기분이다. 나도, 이런 곳에 사는 주인공이 될 수 있을까.

"시간이 얼마나 됐어요?"

남자는 벽시계를 가리킨다.

"모델 하우스에도 진짜가 있네."

내 말에 남자가 옅게 미소를 짓는다.

"웃으니 다른 사람 같네요."

내 말에 남자의 입 양 끝이 빙그레 올라간다.

"좀 쉬다 나와요. 곧 퇴근 시간이니까 내가 부르러 올게요."

남자는 친절히 말하고 로비로 나간다. 남자가 나를 들어다 여기에 눕힌 것일까. 기특한 생각이 드는 것도 잠시 부끄러움에 얼굴이 확 달아오른다. 더 누워 있기가 민망해진다. 몸을 일으켜 침실과 맞붙은 욕실로 들어간다. 수건과 휴지, 목욕용품까지 모든 것이 완비되어 있다. 월풀 욕조에 들어가 쪼그리고 앉아 물을 트는 시늉을 해 본다. 두 팔을 욕조 위에 걸친다. 뜨거운 물이 몸 구석구석을 도는 것 같다. 눈을 감고 있자니, 몸이 점점 뜨거워지는 것 같다. 얼마나 지났을까. 똑똑. 남자가 욕실 문을 두드리고 서 있다.

그렇게 친절하게 짐을 날라다 준 설비업자는 더 이상 나타나지 않았다. 콘크리트 타설까지 진행된 상태에서 공사는 중단되었다. 아버지가 세웠던 문설주 사이에 서서 엄마는 계속 설비업자에게 전화를 해 댔다. 그의 휴대폰은 꺼져 있었다.

설비업자만 없어진 것이 아니었다. 해피를 묶어 놓았던 줄은 끊어진 채로 주차장 기둥에 묶여 있었다. 해피는 어디에도 없었다. 전에 살던 집에도 해피는 없었다. 주인의 냄새를 기억한다면 근처 어디에라도 있어야 할 텐데 해피는 나타나지 않았다. 엄마는 종일 해피를 부르며 동네를 돌았다. 해피야, 해피. 어디 있니, 우리 해피. 엄마는 설비업자의 휴대폰 번호를 꾹꾹 누르면서도 해피를 찾았다. 해피는 그렇게 사라졌다.

설비업자가 구해 준 원룸의 임대 기간은 고작 한 달이었고 그나마도 짐을 빼 줘야 할 날이 며칠 남지 않았다. 엄마는 설비업자를 만나야겠다며 매일같이 집을 나섰다. 밤이 깊어도 엄마가 돌아오지 않으면 나는 콘크리트 기둥만 남은 예전 집으로 엄마를 찾으러 갔다. 몇 개의 골목을 지나는 동안 해피를 부르는 엄마의 목소리는 점점 선명하게 들려왔다.

어떤 금지선도 없지만 나는 집으로 들어갈 엄두를 내지 못한다. 어두운 구멍을 머금고 있는 집을 쳐다보자니 막막함이 앞선다. 나는 작게 엄마를 부른다. 해피를 부르던 엄마의 목소리가 뚝 끊긴다. 나는 엄마가 네 번째 기둥 뒤쪽에 있다는 것을 알지만 급하게 몸을 움직이지는 않는다. 내가 다가가면 다가갈수록 엄마는 숨바꼭질을 하듯이 골조 사이사이를 옮겨 가며 몸을 숨긴다.

손전등을 거두고 엄마 곁으로 걸어간다. 벽이 생기고 벽지가 발리면 그림도 걸고 사진도 걸 거라고 했다. 엄마도 그 말을 기억하고 있는지 시멘트 벽을 쓰다듬고 있다. 나는 엄마의 어깨를 감싸고 밖으로 이끈다. 악! 엄마가 외마디 비명을 지른다. 너무 갑작스러워 그만 엄마를 놓치고 만다.

손전등을 비춰 보니 해피가 보인다. 해피는 전처럼 꼬리를 흔들지도, 몸으로 뛰어오르지도 않는다. 지금 해피의 몸은 내장이 터진 채로 바닥에 깔려 버린 쥐처럼 변해 있다. 구불거리는 하얀 구더기가 말라 버린 털 사이를 헤집고 있다. 나는 손전등을 떨어뜨리고 만다. 내 손은 벽 어딘가를 더듬고 있다. 엄마는 계속 구역질을 해 댄다. 나올 것이 없는지 웩 소리만 뱉는다. 시큼한 위액 냄새가 코끝에 걸린다. 그제야 역한 냄새가 사방에서 밀려들어 온다. 소름이 뒷목을 타고 머리끝까지 솟아나는 느낌이다. 주저앉아 있던 엄마가 내 손을 당겨 잡는다. 엄마의 손에도, 내 손에도 땀이 흥건하다.

엄마는 원룸에 돌아와서도 눈물을 그치지 않는다. 나는 같이 울어 줄 수가 없다. 가장 가까이 있는 사람이면서도 가장 먼 남인 것 같다. 엄마의 모든 것을 잘 이해하고 있으면서도 엄마의 감정을 나눌 수가 없다. 이상하게도 이를 드러내고 싸우기 전까지는 눈물이 나지 않는 것이다. 앞으로도, 엄마의 슬픈 감정은 어떤 식으로도 내게 전이되지 않을 것 같다. 안고 위로하고 싶지만 나는 무릎을 가슴에 붙이고 앉아서 지켜보기만 한다. 바보같이 계속 그럴 거냐고 차라리 소리를 지르고 싶어진다. 그렇게 말하고 나면 엄마의 감정을 이해하고 보듬을 수 있을 것 같기도 하다. 엄마도 온전히 의지할 수 있는 대상이 나라는 것을 알게 될 것 같다.

엄마는 퉁퉁 부은 눈을 찡그려 가며 전화기 버튼을 누른다. 틀리면 큰일이라도 날 것처럼 번호 하나하나를 꾹꾹 힘주어 누른다. 이미 번호가 없어져 버린 설비업자와 그를 소개시켜 줬던 부동산 중개인 그리고 엄마의 이야기를 종종 들어 줬던 보험 설계사에게 쉬지 않고 전화를 건다. 아무도 엄마의 전화를 받아 주는 사람이 없다. 결번이라는 안내 멘트가 끝날 때까지 엄마는 전화를 내려놓지 못한 채 손톱을 물어뜯는다. 엄마는 덜덜 떨고 있다.

"하지 마, 피나잖아. 내가 지금 경찰서 가 볼게. 그러니까 조금만 기다려 봐. 응?"

나는 전처럼 무심하게도, 격하게도 말하지 않는다. 이상하게 그저 담담하다. 이렇게 될 것을 미리 알고 있었던 것처럼. 없어진 것들만큼 내가 채울 수 있는 가능성을 부여받은 것처럼. 나는 엄마의 입에서 손을 떼어 낸다. 엄마의 손을 내 손안에 가두고 가만히 잡는다. 엄마의 손가락이 내 손 안에서 움직인다. 잠시 꽉, 힘을 준다.

"왜 그렇게 물어뜯어, 어린애처럼. 괜찮아, 잡힐 거야."

나는 다시 한 번 손에 힘을 준다. 엄마는 여전히 내 손 안에서 손가락을 꼼지락거린다. 발끝으로 축축함이 전해 온다. 무릎까지 금세 젖어 든다. 눈물에 젖은 엄마의 치마 안에서 물이 흘러내린다.

부끄러움도 느끼지 못하는 엄마를 데리고 욕실로 들어간다. 엄마는 어깨를 약간 움츠린다. 하지만 어떠한 동요도 없이 묵묵하다. 욕실 안에서 나는 엄마의 옷을 벗긴다. 무기력하게 몸을 맡긴 엄마는 여전히 손끝을 물어뜯고 있다. 치마를 내리고 수없이 삶아 흐물흐물한 넓은 팬티를 끌어내린다. 엄마의 살이 눈에 들어온다. 체모 하나 남아 있지 않은 맨살이다. 샤워기를 타고 나온 물이 그곳에 닿자 엄마는 어깨를 한번 들썩인다. 거웃이 없는 엄마의 맨살에 손을 대 본다. 온기가 느껴진다. 그곳에 비누를 풀어 문지른다. 엄마는 사춘기 이전의, 2차 성징이 나타나기 전의 계집아이로 돌아가 있다. 아니, 그보다 더 이전의 모습으로 되돌아가 있는 느낌이다.

"이렇게 늦은 밤에 어딜 간다는 거야?"

눈언저리가 어둑해진 엄마가 묻는다. 나는 대꾸하지 않는다.

"어딜 가는 거야, 도대체."

엄마는 택시 안에서도 제대로 앉아 있지 못하고 계속 두리번거린다. 집과 동네를 크게 벗어나 산 적이 없는 엄마였다. 나는 점퍼 주머니 속에 손을 넣고 열쇠를 만지작거린다. 멀리 모델 하우스가 보인다. 입구 조명이 환하게 빛나고 있다.

야간 경비를 맡고 있는 아저씨는 다행히 엎드려 자고 있다. 열쇠를 꺼내 구멍에 조심스럽게 맞춘다. 띠리리, 열림 멜로디가 울리고 문이 열린다. 엄마는 멜로디 소리에 화들짝 놀라 내 옷을 더 세게 거머쥔다. 엄마가 무슨 말을 하기 전에 나는 얼른 입에 검지를 갖다 대고 쉬, 하고 단속한다. 엄마는 고개를 끄덕거리며 나를 따른다. 나는 발소리를 죽이고 84평 세대로 향한다. 신발을 벗어 가슴 앞으로 당겨 든다. 엄마도 나를 따라 닳아빠진 보라색 슬리퍼를 가슴에 안고 움직인다. 안으로 들어가서 문은 잠그고 나니 조금 숨통이 트인다. 불을 켜자 엄마는 어리둥절한 얼굴이 된다. 소장이 처음 설명해 줬던 것처럼 엄마에게 이야기한다. 엄마는 빌트인이 뭔지, 월풀이 뭔지 알아듣지 못할 것이다. 엄마는 생경한 표정으로 모델하우스를 살핀다. 실리콘으로 고정된 와인 잔을 들어 보려고도 한다. 주방 바닥에 깔린 이탈리아산 대리석을 쓰다듬기도 한다.

나는 엄마를 부부 침실로 데리고 간다. 침대의 반을 차지하고 있는 쿠션을 바닥으로 내린다. 올라오라는 손짓에 엄마는 겁먹은 얼굴을 하고서 손사래를 친다. 손을 내밀어 엄마의 손을 잡는다. 붉게 생채기가 난 손끝이 눈에 들어온다. 좀 더 손을 뻗어 엄마의 손목을 잡는다. 그만 가자, 그만 가자. 같은 말만 계속 반복하면서도 엄마는 못 이기는 척 침대 위로 올라온다. 환한 조명 아래 울어 부은 눈에 음영이 잡힌다. 엄마는 부신 듯 눈을 찡그린다. 중앙 등은 끈다. 조도를 조정할 수 있는 스탠드를 켜고 가장 약하게 조절한다. 엄마는 피곤한 듯 눈을 감는다. 얼마 지나지 않아 쌔근쌔근 소리를 내며 잠에 빠져든다. 나도 이불 속으로 들어간다. 이불 안은 이미 엄마의 체온으로 뜨거워지고 있다. 눈꺼풀이 무겁다.

나는 엄마의 가슴을 토닥인다. 행복해? 조용히 묻는 말을 들었는지 엄마는 응, 하고 대답한다. 아니 꿈결 어느 한가운데서 뭘 보았던 것인지도 모르겠다. 나도 잠에 빠져든다.

맨홀

처음에 그것은 까만 점이었다. 까만 점을 마주하기 전까지 나는 그 자체로 어둠이었고 구멍이었다. 눈을 뜨기 전까지 나는 내가 몸을 얻은 사실도 모르고 있었다.

나는 바닥을 알 수 없는 깊은 물속에 잠겨 있었다. 물은 끈적하고 따뜻했다. 그 온기가 온 몸에 착착 감기는 듯했다. 그래서 편안했다. 사방을 알 수 없는 어두운 곳에 갇힌 것은 막막한 일이었지만 나는 내 상태가 그렇게 고되게 느껴지지 않았다.

언제 들었더라. 영국에서는 말이 많은 여인들을 처벌할 때 물속에 가둔다지. 의자에 앉힌 채로 묶어 통째로 물속에 처박는 고문 방법을 쓴다고 하던데 이런 물속이라면 그렇게 나

쁠 것 같지 않았다.

이런 기억은 어디서 오는 걸까. 내 머릿속에 떠오른 이 그림들은. 허리를 한껏 강조하고 가슴 라인을 드러낸 빅토리아 시대의 드레스를 입은 여성이 나무 의자에 묶여 소리를 지르는 모습이 그려진 그림. 두 남자의 손에 의자가 거꾸로 들려 커다란 물통에 던져지는 그림. 지렛대에 매달린 의자가 하천으로 빠졌다 건져지는 그림. 십자가에 거꾸로 결박당한 사람이 물속으로 가라앉는 그림은 누가 내게 심어 놓은 걸까.

거기 누구 있나요?

내가 말을 한 것인가.

나는 눈을 꽉 감았다. 그리고 물속을 헤집어 봤다. 손가락 사이사이로 무거운 물살들이 밀려났다. 그 와중에도 뭉근하게 손안에서 부서지는 것들이 있었다. 그것들은 손바닥에 붙어 떨어지지 않았다. 나는 그것들을 떨쳐 내기 위해 몸 전체를 흔들어야 했다. 손을 뻗을 때마다 잘박한 물소리가 들렸고, 내 몸은 또 다시 기우뚱했다. 다행히 물은 출렁일 뿐 흐르지 않았다.

나는 맨홀 속을 흘러 다니는 검은 물이 되었던 건지도 모르겠다. 뭉근한 물체들을 가슴에 안은 채 맨홀 속을 떠다녔고 그러는 내내 나는 검은빛이었다.

나는 자주 입을 벌려 검은 물이 만든 가스를 뱉어 내고 싶었지만 아무것도 입 밖으로 내보낼 수 없었다.

얼마간의 시간이 지났는지, 얼마나 깊은 어둠이었는지, 나는 내 구멍의 깊이를 금세 잊고 말았다.

점을 발견한 이후부터 나는 오로지 그 점에 다가가려는 생각만 하게 되었다. 나는 단단하고 작은 몸을 얻었다. 뭉툭해서 아직은 쓸모가 없었지만 그래도 손과 발도 생겼다. 나는 계속해서 거꾸로 누워 있었는데 피가 머리로 쏠리는 느낌은 한 번도 느끼지 못했다. 아마 머리가 몸의 거의 대부분을 차지하고 있어서 그런지도 모르겠다.

하지만 까만 점이 점점 흐릿하게 밝아지면서 온 힘이 머리 끝으로 쏠렸다. 앞으로 나아가고 있다고 생각했지만 사실 내 몸은 거꾸로 뒤집힌 채 아래로 떨어지고 있었다. 머리가 무거웠던 건 다 그 때문이었다.

점은 차츰 커지더니 금세 원이 되었다. 짙은 검은색도 조금씩 바래 가는 중이었다. 나는 그 비좁은 통로 속에 갇힌 채 눈도 뜨지 못했다. 하지만 감은 눈 너머 그 막막한 사방이 무언지 알 수 있었다. 보이지 않아도, 들리지 않아도, 만질 수 없어도 저 너머에 어떤 세상이 기다리고 있는지 알 수 있었다. 나는 눈을 감았을 때 더 많은 것을 볼 수 있었다.

나는 동그랗고 어두운 맨홀 속을 떠올렸다. 그 구멍에 꼭 맞는 단단하고 무거운 뚜껑도 그려 보았다. 그것은 답답할 정도로 새까만 점이었다. 아마도 그건 내가 맨 먼저 보았던 맨홀 뚜껑의 기억 때문일 것이다. 이제 내가 보이기 시작한다. 시커멓고 막막한 허공을 딛고 내가 달려 나온다. 눈을 꽉 감고 머릿속을 더듬어 봐도 내 몸이 어떤 모양으로 생겼는지는 제대로 떠오르지 않는다. 누군가 먹으로 그려 놓은 것 같이 나는 어둡고 긴 선으로 이어져 있다. 나는 무겁고 동그란 뚜껑을 열고 밖으로 저벅저벅 걸어 나간다. 한없이 가벼운 몸, 그림자만 있는 몸. 그게 내 모습이다. 내 머릿속에는 잡힐 듯 잡히지 않는 기체 같은 내 몸이 행동하는 어릿한 그림만 맴돈다. 그것도 이내 검은 구멍 속으로 빨려 들어가고 말겠지만 말이다.

나는 이것이 꿈일까 생각해 본다. 까만 점 속에 숨어든 꿈이라면 좋겠는데. 나는 여러 번 그렇게 생각했지만 이번은 꿈이 아니었다. 나는 무언가를 느끼고 있었다. 그것은 분명한 촉각이었다.

나는 몸을 움직이려 여러 번 힘을 주고 비틀어 본다. 내 몸을 감싸고 있던 단단하고 미끌미끌한 막이 나를 옥죄어 온다. 나는 벽이 밀어내는 대로 천천히 열어지는 원을 향해 가고 있다. 조금만 더 나가면 검은 원을 통과할 수 있을 것 같다. 다행히도 미끈하고 따뜻하다.

곧 원으로 빛이 스며든다. 검은 점은 점점 넓어지고 열어지고 있다. 빛이 내 정수리로, 그리고 감은 눈꺼풀 위로 쏟아져 들어온다. 나는 손을 뻗어 빛을 받아 내고 싶었지만 그럴 수 없어 온몸을 떨고 만다. 볼 수 없었지만, 빛의 느낌처럼 따뜻한 기운은 눈을 감고도 알 수 있는 것이었다. 검은 물속에 오랫동안 놓여 있던 내가 간절히 바라던 것이었으니까.

오른쪽 어깨가 먼저 원 밖으로 비죽 튀어 나갔다. 빛이 맨 어깨에 와 닿는 게 시원하게 느껴졌다. 얼마 만에 느껴 보는 빛인지. 누군가 나의 왼 어깨를 끄집어 당겼다. 언제 들어왔는지 날카로운 금속 끝이 왼 어깨를 스치고 지나갔다. 그 순간 내 몸은 그대로 미끄러져 아래로 떨어져 버렸다. 그때 뭔가가 찢어지는 소리가 귓가를 울렸던 건 환청이었을 수도 있다. 나는 감은 눈에 힘을 꽉 주었다. 감당할 수 없을 만큼의 환한 빛이 내 얼굴 위로 쏟아지고 있었다.

그제야 입이 벌어졌다. 나는 갑갑했던 숨을 토해 내고 다시 코로 들이마셨다. 가슴이 뻐근할 정도로 숨을 들이마시고 내쉬길 반복했다. 입 전체에 힘이 들어가는 게 느껴졌다. 그 순간에 내 혀가 뾰족하게 솟았는지도 모르겠다.

내 폐 속의 공기주머니를 녹였던 검은 물은 더 이상 내 안에서 출렁이지 않았다. 목울대까지 치솟던 가스도 느껴지지 않았다. 나는 더 이상 물속에 있지 않았다. 내 콧속을 비집고 들어온 공기에는 이른 새벽의 물기가 어려 있었다. 콧속이 공기로 채워지는 느낌은 조금씩 내 목 안을, 내 가슴 안쪽을 가볍게 했다. 나는 조금씩 편안해지고 있었다.

눈앞에 있는 게 모두 무채색이었지만 괜찮았다. 익숙한 길을 되짚어 온 것 같았다.

나는 숨을 쉬고 있었기 때문에 울지 않았다. 아니, 울지 않으려고 애쓰고 있었다.

고마워.

딸애였다. 나는 알 수 있었다. 몇 번의 맨홀을 돌아왔지만 똑똑히 알 수 있었다. 내 눈초리를 닮아 살짝 들려 올라간 눈매는 오랫동안 내 기억에 선했다. 동그란 콧방울은 제 아버지를 닮은 것이었다. 태어난 날에도 딸애는 머리가 새카맸다. 저렇게 숱이 많은 건 다 나를 빼다 박은 것이다. 노랗게 염색을 하긴 했지만 머리 뿌리 쪽은 손가락 두 마디가량 새카만 색을 띠고 있었다. 딸애를 만나게 될 줄은 몰랐다. 그제야 나는 입을 크게 벌리고 서럽게 울었다.

한참만에 울음을 그친 내가 멀뚱히 딸애를 쳐다보자 딸애의 입꼬리가 올라갔다. 다 울 때까지 기다렸다는 듯, 내 뺨을 살살 문질러 주었다. 다시 눈물이 맺힐 것도 같았지만 또다시 입을 열고 울음을 토해 내고 싶지는 않았다. 보랏빛으로 창백해진 딸애의 입술이 내 코에, 눈꺼풀에, 이마에 닿았다 떨어졌다. 갈라진 입술 주름에는 침이 잔뜩 묻어 있었다. 침에서 단내가 느껴졌다. 나는 단내가 달아나기 전에 온 힘을 다해 숨을 들이마셨다.

내가 입술을 달싹이자 딸애는 가슴을 펼치려다 말고 제 약지를 내 입술 가까이 댔다. 나도 모르게 두 손을 버둥거려 딸애의 약지를 잡았다. 그리고 입술에 물었다. 짜고 비릿했지만 살이 닿는 느낌이 좋았다. 내가 지나왔던 통로처럼 따뜻했다. 내 몸을 부드럽게 감쌌다. 나도 한 번 물려 주지 못했던 젖을, 나는 빨고 싶어졌다. 하지만 딸애는 젖도 물리지 않았고 약지도 금세 빼 버렸다.

딸애는 불어난 젖 때문인지 두 손바닥으로 제 가슴을 둥글게 문지르더니 약하게 신음 소리를 냈다. 젖몸살이 나면 꽤 아플 텐데도 딸애는 신음 소리를 내는 것 외에는 아무 것도 하지 않았다. 사실 나도 이럴 때는 어떻게 해야 하는지 알지 못했다. 딸애를 낳았을 때 나도 무척이나 어렸다. 어머니는 그대로 딸애를 포대기에 싸서 오빠 집에 보내 버렸다. 어쩌면 어머니는 내가 검은 점이 될 걸 알고 있었는지도 모른다.

딸애는 창문 아래 벽에 등을 붙이고 손에 묻은 피를 수건에 대충 비벼 닦았다. 제 가랑이에 붙은 피 찌꺼기는 아마 어찌해야 하는지 몰라 그대로 달고 있었던 거 같다. 몇 번 한숨을 쉬는 것도 같았는데 이내 담배를 꺼내 불을 붙였다. 한동안 숨 참기를 강요당했던 사람처럼 아주 길게, 길게 숨을 들이쉬고 또 들이쉬었다. 방 안 가득 담배 연기가 들어차자 그제야 담배에 불을 붙이는 걸 멈추었다. 그리고는 제 얼굴만한 가위를 들어 가랑이 밖으로 밀려 나온 속살들을 쳐내고 팬티를 끄집어 올렸다.

울지 말고 있어야 해, 제발. 나 씻고 올게.

딸애는 나를 향해 검지를 길게 세우고 애원하는 목소리로 말했다. 나는 담배 냄새가 나는 딸애의 손과 손 너머의 콧날, 그리고 힘 빠진 눈동자를 쳐다보았다. 딸애는 나를 제 발치에 놓여 있던 상자 안에 내려놓고 발끝으로 상자를 밀어 침대 아래에 숨겨 놓았다. 다시 눈앞은 컴컴한 어둠이었다. 나는 딸애가 했던 것처럼 눈을 감고 천천히 숨을 내쉬었다. 금세 어둠이 눈꺼풀을 끌어내렸다.

나는 어둠을 만나면 언제나 맨홀을 떠올렸다. 맨홀에 빠진 그때를 말이다. 분명 뚜껑이 없던 맨홀이었는데도 나는 자꾸 뚜껑을 상상했다. 두껍고 무거운 맨홀 뚜껑을 열고 밖으로 나가고 싶다는 생각을 하고 또 하는 것이다. 어둠 속에 겨우 서 있는 나는 항상 누군가를 어깨에 얹고 있었다. 한 번도 본 적이 없는 아버지라는 사람이 내 머리를 밟고 있기도 했다. 나는 내 몸을 지탱할 수가 없어 그대로 물속으로 빨려 들어가고 말았다. 하얀 단화가 까맣게 변해 알아볼 수 없을 때까지 그대로 물속에 잠겨 있었다. 나는 더 이상 자랄 수 없는 열두 살이었다가 어느 틈에는 서른 살이 되어 있기도 했다. 눈도 뜨지 않고 앞으로 달려 나가는 총 든 군인이 되기도 했다. 하얗게 머리가 센 노인이 되어 숨을 쿨럭이기도 했다. 그러나 내가 떠올리는 모든 것은 검게 물들어 버렸다. 그리고 나는 맨홀이 되고 말았다. 그래서인지 다시 빛으로 나왔을 때도 나는 맨홀을 잊지 못하는 것인지도 모르겠다.

나는 몇 번의 어둠을 지나쳐 왔을까.

맨홀 꿈은 딸애를 낳을 때까지도 계속 되었다. 이상하게도 나는 딸애를 낳고 나서는 맨홀을 잊고 살았다. 꼭 일 년을 방안에 숨어 살다 집을 나왔다. 산 아래로 어둠이 찾아들 때 잰걸음으로 고속도로를 따라 걸었다. 도시로 향하고 있었다. 하지만 나는 끝끝내 도시에 가닿지 못했다. 검은 구멍 안에 빠지고 말았기 때문이었다. 나는 지나가는 화물차에 치였고 도로변 웅덩이에 버려졌다. 아득하게 정신을 놓지 않으려고 애쓰는 동안에도 내 몸은 차츰차츰 검게 변해 갔다. 이윽고 나는 검은 물이 되고 말았다.

이번은 도대체 내게 몇 번째 맨홀일까.

딸애가 나를 새로운 방으로 데리고 왔다. 오는 동안 우리는 버스를 탔다. 가끔 잠에서 깨어 차창 밖을 내다보기도 했지만 내내 빛바랜 풍경만 이어졌다. 아마도 이 계절은 겨울인 모양이다. 더 이상 여러 색으로 물들지 않았던 건 내 시력이 익지 않아서 그런 게 아니라 빛을 잃어버린 계절이었기 때문인지도 모른다.

나는 딸의 가슴에 안긴 채 딸애의 가슴 가운데나 도톰한 턱살을 바라보았다. 그러는 사이 딸애의 바다색 셔츠는 내 입에서 흐른 침으로 얼룩져 버렸다.

새 방은 내가 빛을 다시 만났던 곳보다 더 좁고 습했다. 나는 내가 있는 방이 대강 몇 층일까를 상상해 보았다. 자동차 경적 소리는 멀리 찻길에서 들려오는 것처럼 아득했다. 길을 지나는 사람들의 소리는 거의 들리지 않았다. 가끔 까치들이 내는 소리가 창틈으로 새어 들어왔다. 나는 이전에 있던 곳과 그리 멀지 않은 곳이라는 걸 알 수 있었다. 이전에도 맡은 기억이 있는 비릿한 소금 냄새가 바람을 타고 내 콧속을 파고들었다.

며칠 동안 우리는 아무 것도 하지 않고 방 안에만 있었다. 딸애는 나갈 데도 없는지 종일 휴대폰만 붙잡고 있었다. 나는 자고 싶을 때 자고, 먹고 싶을 때 깨어났다. 내가 손 하나 움직이지 않아도, 딸애는 조금씩 내가 원하는 게 뭔지 알아차려 챙겨 줄 정도가 되어 갔다. 딸애는 나를 좀 더 많이 안아주었고 내 팔다리를 보다 많이 주물러 주었다. 나는 딸애의 손에 잡혔다 풀려난 팔다리의 시원함을 내내 기억하고 싶었다. 피가 뭉쳤다 풀려날 때 뭉근하게 내 몸을 휘감던 저릿한 느낌을 말이다.

딸애는 커다란 수건을 펼치고 나를 가만히 내려놓았다. 바닥에 등이 닿자 나도 모르게 울음이 터져 나왔다. 딸애는 입술을 모으고 '쉬, 쉬'하며 바람 소리를 만들어 냈다. 울고 싶지 않았지만 눈물이 쏟아졌다. 그건 내가 설명하기에 너무도 복잡하고, 어려운 것이었다. 어쩌면 나는 바닥의 딱딱함이 싫고 온기가 날아간 이불이 싫었기 때문에 눈물이 났는지 모른다. 귀를 간질이는 심장소리가 멀어질수록 나는 어지러웠는데, 어쩌면 그것 때문이었는지도 모른다. 입을 크게 벌리고 울음을 터뜨리자 목구멍으로 바람이 들어왔다. 목 안이 시원해졌다.

딸애의 입술이 비뚤어지고 욕이 나올 때까지도 나는 울음을 그치지 못했다. 딸애가 나를 아무렇지도 않게 툭 쳤다. 이내 나는 눈물을 머금은 채 입을 다물었다. 내가 너무 쉽게 울음을 그치자 딸애는 깔깔 소리를 내며 웃어 댔다. 앞뒤로 몸을 흔들며 웃는 딸애의 모습 속에 내 모습이 있을까. 나도 저 나이 때 저렇게 이죽거렸을까.

내가 울음을 멈추자 딸애는 커다란 수건에 나를 눕혔다. 내 두 팔을 사타구니 앞으로 모으고 수건의 양 모서리를 당겨 접었다. 그리고 수건의 아랫 부분을 둘둘 말아 올렸다. 나는 간신히 얼굴만 밖으로 내보일 수 있게 되었다. 옴짝달싹할 수 없었지만 마음은 편안해졌다. 한 번도 가르쳐 준 적이 없던 것이었다. 나를 움직이지 못하게 싸고 나서 딸애는 아주 잠깐 나를 끌어안았다. 동그란 막대 사탕의 포장 비닐을 떼어내고 내 입에 밀어 넣었다. 혀밖에 없던 내 입안이 사탕 하나로 동그랗게 부풀었다. 나는 혀를 세우고 사탕을 밀어내려고 했지만 제대로 되지 않았다. 혀를 움직이면 움직일수록 사탕은 자꾸 목젖을 향해 미끄러져 내려올 뿐이었다. 목을 쑤시는 사탕 때문에 목이 아팠다. 내가 낼 수 있는 소리는 말이 되지 못하는 소리뿐이었다. 하지만 딸애는 그 소리를 알아들었는지 사탕을 빼고는 나를 다시 바닥에 내려놓았다. 그러고는 한참 동안 나를 보고 한숨을 내쉬었다. 딸애의 얼굴을 마주하고 있자니 여러 가지 생각이 떠올랐다. 뭐라고 말을 건네고 싶었지만 내 혀는 아직 입천장에 가닿지 못했다.

딸애는 내 배를 가볍게 툭툭 쳐주었다. 몸에 가벼운 울림이 일었다. 그 진동은 나를 나른하게 만들었다. 딸애는 창문을 열고 제 이마에 맺힌 땀을 식혔다. 꽤 쌀쌀한 바람이 방안을 휘감았다. 길가를 돌던 소음과 바람에 섞인 소금 냄새가 창을 타고 넘어 들었다. 이른 새벽, 물기 많은 바람, 그리고 소금 냄새. 나는 어느새 파랗게 바래 가는 하늘을 그리고 있다. 포말이 이는 파도와 굵은 모래알이 길게 늘어진 바닷가를 그려 본다. 다 자라지 않은 내 발바닥이 찍어 낸 모래알들이 내가 걸어온 길 뒤로 아무렇게나 떨어지고 있었다. 나른한 기분은 그때 느꼈던 것이었을까. 창 너머 가까운 곳에 바다가 있다고 생각하니 이유 없이 졸음이 쏟아졌다. 맨발 가득 모래알을 묻히고 뛰던 여름이 자꾸 머릿속에 되살아난다. 그 발이 내 발이었는지, 내가 보았던 적이 있던 누군가의 발인지 기억나지 않았다. 한여름이었지만 바람은 차가웠다. 지금도 소금기 먹은 바람은 차갑기만 하다. 금세 내 코끝도 차가워졌다.

검은 소용돌이 속에서 어렴풋한 기억들이 솟았다 사라졌다. 어떤 것도 분명하게 모양을 드러내지 않았지만 웃음소리가 났던 공터가 떠오르기도 했고, 맨발로 들판을 달리던 남동생도 떠올랐다. 내 아이를 안고 방을 나서던 어머니의 굽은 등도 기억이 났다. 내 뺨을 후려치던 오빠의 손바닥까지도.

아스라이 사라지는 조각난 기억들은 원래부터 내 것이 아니었는지도 모른다. 나는 어쩌다 내 것이 아닐지도 모르는 그 조각난 기억들을 꿰기 시작했을까. 그 기억의 끝자락에는 언제나 검은 구멍이 버티고 있었다. 그러고 보니 내게 가장 선명하게 남아 있는 것은 맨홀뿐인지도 모르겠다. 맨홀만, 맨홀의 검은 입만 내 머릿속을 채우고 있었다. 나는 누구였을까. 나는 기억을 더듬어 나를 찾고 있었다.

나는 매일 새로운 것을 보고 느끼면서 내 안에서 불쑥불쑥 솟아나는 맨홀을 조금씩 지우고 있었다. 다른 것들이 선명해지면 나는 내가 누구였는지 완전히 기억하게 될까.

딸깍, 소리에 나는 잠에서 깼다. 딸애의 파우더 통이 열리는 소리였다. 딸애는 치장을 하고 있다. 내 두 팔은 수건 밖으로 나와 있어 움직이기 편했다. 나는 천장을 쳐다보며 몇 번 팔을 허우적거려 본다. 낡은 몰딩으로 둘러쳐진 사각의 모서리를 쳐다보다 점점 붉은색으로 짙어지는 딸애의 뺨과 입술을 보기도 한다. 딸애는 어느새 콧노래를 부르고 있다. 과한 분칠을 해도 제 나이를 숨길 수 없다는 건, 저 나이 때 애들만 모르는 진실이다.

딸애가 커튼을 걷는다. 창문을 열고 창밖으로 고개를 내민다. 방안으로 찬바람이 들어왔지만 나쁘지 않았다. 바닥에서 올라오는 습기 찬 냄새보다 나았다. 그러고 보니 처음 빛을 보았던 날보다 추위가 많이 누그러져 있다. 나는 코 안이 답답해 그렁그렁 소리를 낸다. 입으로 숨을 쉬지만 편하지가 않다.

나는 목젖이 당겨지는 느낌이 싫어 찡찡대고 만다. 딸애가 다가와 내 코끝을 당겨 콧속을 본다. 이내 휴지로 입술에 바른 립스틱을 지운다. 딸애는 입술을 몇 번 달싹이더니 그대로 내 코를 입에 문다. 한숨에 그렁그렁 찼던 내 콧물을 빨아낸다. 내 코는 시원하게 뚫렸지만 딸애는 못 먹을 것을 입에 문 것처럼 인상을 잔뜩 찡그린다. 올케가 이런 걸 다 가르쳤을까.

입을 닦고 나온 딸애는 베개와 이불을 둘둘 뭉쳐서 내가 옆으로 넘어가지 못하도록 두툼한 방벽을 만든다. 하지만 난 오래도록 낯선 사람들의 머리와 몸을 받치던 베개와 이불로 둘러싸이는 게 싫었다. 습기를 먹은 눅눅한 냄새가 이렇게 바짝 가까이에서 풍기는 것도 싫었다. 하지만 딸애는 그런 것에는 별로 관심이 없는 것 같았다.

딸애의 휴대폰 벨이 요란하게 울린다. 딸애는 기분 좋은 일이 있는 사람처럼 깡충 걸음으로 휴대폰을 찾는다. 내가 침대 위에 놓여 있는데도 아랑곳 않고 침대 위로 몸을 던지고는 몸을 비비꼬아 댄다. 나는 그런 딸애를 보면서 침을 흘리고 있다. 입을 움직일 때마다 침이 방울져 흘러내려 입가가 젖는다. 딸애가 몸을 틀어 내게 더 가까이 온다. 좋아하는 이야기를 들었는지 입에 손을 가져다 대고 웃음을 터뜨린다. 딸애의 두 다리가 내 몸 위로 올라온다. 딸애의 가슴이 내 얼굴을 덮는다. 노란색 블라우스는 어느새 내 입에 와 닿는다. 나는 아직 주름이 잡히지 않은 여린 입술로 딸애의 블라우스를 더듬는다. 딸애의 분 냄새에 조금씩 숨이 막혀 왔다.

아이씨, 이게 뭐야. 좆됐네.

전화를 끊고 몸을 일으킨 딸애가 한 말이다. 그 나이 때에는 나도 그랬던 거 같다. 내 감정을 적절하게 표현할 단어가 별로 없었다. 그때마다 욕을 뱉으면 그 감정이 딱 맞게 표현되는 것 같았다. 어머니가 딸애를 포대기에 안고 방을 나설 때도 나는 어머니의 굽은 등을 향해 욕을 뱉었다. 오빠가 임신한 배를 툭 건드릴 때도 마찬가지였다. 날아든 오빠의 손바닥에 뺨을 맞고도 나는 욕을 멈추지 않았었다.

딸애가 몸을 일으키고 또 다시 욕을 한다. 입술을 엇갈리게 하고는 화난 사람처럼 발끝을 차며 걷는다. 물티슈를 꺼내는 손도 거칠기만 하다. 물티슈로는 되지 않는지 딸애는 물티슈를 집어던지고 나를 노려본다. 내가 일부러 블라우스에 침을 묻힌 건 아니지만, 한껏 부풀어 좋아했던 기분을 망친 것 같아 괜히 미안해진다. 노란 블라우스는 딸애가 가진 옷 중 가장 좋은 옷이었다. 딸애는 저녁에 나갈 일이 있을 때마다 노란 블라우스를 입었다. 나는 두 손을 버둥거려 미안하고 안타까운 마음을 표현하려고 노력하지만 딸애는 내게 관심이 없어 보였다. 몇 번 문지르다 안 되었던지 짐 가방을 뒤지고, 그래도 입을 게 없는지, 잠시 침대 위에 걸터앉아 또 한숨을 쉰다. 그러더니 딸애는 블라우스를 벗어 들고 욕실로 들어간다.

블라우스를 지르잡고 욕실을 나오는 딸애의 어깨가 처져 있다. 딸애는 허공에 대고 몇 번이고 블라우스를 턴다. 아무 표정이 없어 딸애의 움직임이 신성하게 느껴지기도 한다. 나는 딸의 움직임만 좇고 있다. 딸애는 블라우스를 침대 위에 펼쳐 놓고 물기가 동그랗게 번진 부분을 드라이어로 말린다. 나는 조금씩 겁이 났다. 블라우스가 다 마르면 딸애는 저 문을 열고 밖으로 나가겠지.

배고팠지? 자, 맘마 먹자.

딸애가 다가와 젖병을 몇 번 흔든 뒤 내 입에 물려 준다. 내 고개 옆에 베개를 세워서 젖병이 미끄러져 떨어지지 않게 한다. 나는 등받이를 기댄 사람처럼 기우뚱한 자세로 창밖을 보며 밍밍한 분유를 빨아 댄다. 딸애는 어느새 블라우스를 고쳐 입고 새빨갛게 윤이 나는 립스틱을 입술에 다시 바른다. 그리고 창문 쪽을 향해서 내 몸을 돌려놓는다. 이불로 만든 기둥과 베개 방벽이 젖병을 잘 받쳐 주고 있다. 나는 젖병을 문 채 온통 네온사인으로 붉은 창밖을 본다. 천장을 향해 누워 버둥거릴 때가 더 좋았다는 생각이 자꾸 머릿속에 차오른다. 서운한 생각들은 금세 눈물을 부추긴다. 나는 딸애를 낳았던 날처럼 서럽게 울기 시작했다. 나는 딸애를 포대기에 안고 등을 보이던 어머니를 향해 뱉었던 욕들을 떠올리고 있다.

나는 열여섯 늦봄에 딸애를 낳았다. 딸애 아빠는 함께 살던 남자친구였다. 딸애가 태어난 날, 남자친구와는 병원에서 만나기로 했었다. 돈을 구하기 위해 아침 일찍 서울역 앞 쪽방을 나갔던 남자친구는 끝내 오지 않았다. 하는 수 없이 나는 어머니에게 전화를 해야 했다. 자궁문이 열리길 기다리는 동안 오빠와 올케가 도착했다. 오빠는 오자마자 내 머리통부터 후려갈겼다. 올케가 말리지 않았다면 나는 딸애를 낳기도 전에 맞아 죽었을지도 모른다. 어머니는 말리지 않았다. 어머니는 내 불룩한 배를 보고 입을 닫은 채 죄인처럼 벽만 보고 있었다. 몇 달 만에 내 배가 그렇게까지 불러 있다는 데 가족 모두 놀란 모양이었다. 병원비는 오빠가 치러 주었다.

어머니가 오빠에게 딸애를 건네고 오던 날부터 나는 어머니와 말을 하지 않았다. 한 집에 살았지만 어머니와 나는 눈도 마주치지 않았고 함께 밥도 먹지 않았다. 그런 와중에도 어머니는 석 달 동안 하루도 빠짐없이 미역국을 끓여 방 안으로 갖다 주었고 무더운 여름까지도 내 방 보일러 온도를 낮추지 않았다. 처음 며칠은 밥을 굶기도 했지만 이내 숟가락을 들기 시작했고 땀을 내며 밥그릇을 비웠다. 처음 몇 번은 부끄러운 생각도 들었지만 배가 고플 때마다 부끄러워할 수는 없었다. 밥을 먹는 중에도, 잠을 자는 중에도 갑자기 가슴이 먹먹해져 몸을 떨었지만 딸애가 그리워서 그랬던 건 아니었다. 모성을 알기에 나는 너무 어렸다.

몸이 좀 가뿐해지면 집을 떠나리라 마음먹고 있었지만 생각처럼 몸이 빨리 회복되지 않았다. 나는 그렇게 한동안 방 안에만 있었다. 나는 불도 켜지 않은 컴컴한 방에서 낮을 밤처럼, 밤을 낮처럼 지냈다.

남자친구는 교도소에 수감되어 있었다. 돈을 구할 데가 없었던 남자친구는 어설프게 과도를 들고 편의점으로 들어가 절도를 했고 5분도 안 되어 체포되었다고 했다. 절도 전과가 있던 남자친구였기에 어떻게 해 볼 도리가 없었던 모양이었다. 전화라도 해 줬으면 덜 기다렸을까. 아니, 나는 기다리지 않았다. 남자친구를 원망하지 않는다. 이른 새벽 돈을 구하겠다고 쪽방 문을 나서던 남자친구의 뒷모습이 왠지 마지막이 될 것 같다는 예감이 든 건 며칠을 내내 굶었기 때문인지도 몰랐다. 나는 쪽창에 얼굴을 대고 남자친구의 모습이 멀어지다가 사라질 때까지 보고 있었다. 그리고 진통이 오기도 전에 병원에 가 어머니에게 전화를 걸었다. 너무 배가 고팠다.

우쭈쭈, 많이 배고파쪄요.

딸애의 코 맺힌 소리에 깜빡 졸았던 나는 깨어났다. 얼마나 잤던 걸까. 걷혀진 커튼 때문에 유리창 밖의 네온사인이 어룽어룽 뭉개져 보인다. 속이 든든해진 나는 기분이 좋아졌다. 팔에도, 다리에도 힘이 들어가는 것 같다. 기운차게 몸을 벌떡 세우고 걸을 수도 있을 것 같다. 온몸에 힘을 주고 기지개를 폈다. 순간 이상하고 불쾌한 기분이 갑자기 몸 전체에 퍼졌다. 나는 그만 불쾌함을 이기지 못하고 또 울어버린다. 딸애가 코를 킁킁대며 다가온다.

왜 이렇게 냄새가 심해, 아들! 정말 이럴 거야?

딸애는 내 배 가까이 얼굴을 들이밀고 냄새를 맡는다. 얼마 전까지는 헛구역질을 하더니 이제는 제법 익숙해진 모양이다. 손도 빠릿빠릿해졌다. 딸애는 몸을 낮추고 가방에서 기저귀를 꺼내 침대에 걸터앉아 내 몸을 감쌌던 수건을 걷어 낸다. 기저귀 양 끝에 붙은 접착테이프를 뜯어내고 야무지게 뒤부터 닦으며 둘둘 만다. 두 다리를 한 손으로 잡아 위로 올리고는 물티슈를 뽑아 들고 항문에서부터 앞까지 쓸어내려 닦는다. 차가운 느낌이 나쁘지 않은 이유는 이물감이 사라졌기 때문이다. 나는 그 차가운 느낌에 소변을 보고 만다. 소변 줄기는 딸애의 얼굴로, 블라우스로 아무렇게나 막 뻗어나간다. 내 맘처럼 소변이 멈춰지질 않았다. 딸애가 또 욕을 뱉는다. 저 버릇은 언제고 고쳐 주고 말아야지 안 되겠다 싶다.

결국 딸애는 노란색 블라우스를 입지 못한다. 이 방으로 옮겨 올 때 입었던 파란 셔츠를 다시 꺼내 입는다. 자꾸 제 옷의 냄새를 킁킁 맡아 댄다. 빨아도, 빨아도 내 냄새는 가시지 않는 모양이다.

딸애는 나를 그냥 침대에 내려놓는다. 내 주변으로 베개를 기울이거나, 이불이나 옷가지를 그러모아 방벽을 만들어 주지도 않는다. 나는 덩그러니 침대 가운데 놓여 있다. 창을 향해 있지도 않다.

딸애는 벌써 문손잡이를 잡고 있다. 하나를 포기하고 열 개의 평화를 얻은 사람처럼 편안한 얼굴로 잠시 멈췄던 콧노래를 흥얼거린다. 요새 애들은 어떻게 노는지 너무도 궁금하지만 나는 그걸 물어볼 수 없다.

창문은 열어 두고 갈게, 엄마가.

딸애의 목소리는 아까보다 한결 누그러들어 있다. 나는 두 팔을 버둥거려 밖으로 향하는 딸애를 잡고 싶어졌다. 조금만 더 앞으로 옮겨 가면 딸애를 잡을 수 있을 것도 같다. 딸애는 앞코가 뾰족한 구두를 신고 걸음을 옮긴다.

금방 올게, 엄마.

쇠문을 열고 나가고 있다. 나는 벌써 누워 있던 자리에서 두 뼘이나 옆으로 움직였지만 딸애는 그걸 보지 못하고 문 뒤로 사라져 버렸다. 나는 끝끝내 열린 창문 때문에 코가 시리다는 말을 하지 못했다. 말을 해도 딸애가 들을 수 없을 테지만 말이다.

나는 딸애가 마지막 남긴 말을 생각하고 있다. '금방 올게, 엄마.' 그 말은 꼭 내가 자기 엄마인 것을 아는 것처럼 들리기도 했다.

금방 올게, 엄마.

나도 딸애에게 마지막 말을 한다. 생각해 보니, 어머니가 딸애를 들쳐 안고 방을 나가던 날, 나는 딸애를 향해 그 비슷한 말을 했던 것도 같다.

잠이 쏟아진다.

나는 여전히 방 안에 있었지만 다시 검은 물속에 갇히고 말았다. 방 안 풍경은 한 장의 사진처럼 흔들림이 없었다. 창문은 열려 있었다. 나는 어느새 침대 아래로 떨어져 있었다. 아직 딸애는 돌아오지 않았다.

나는 오래도록 먹지 못했지만 배고프지 않았다. 엉덩이에는 오물이 말라서 달라붙었지만 불쾌하거나 이상하지 않았다. 몸을 움직이지 않아도 창밖의 세상이 눈에 들어왔다.

다시 사위가 어두워지고 있었다. 몸이 자꾸 무거워졌다. 바닥은 너무 차갑기만 했다. 딸애는 도대체 언제 돌아올까. '금방 올게, 엄마.' 딸애의 마지막 말을 곱씹어 본다. 딸애는 벌써 다녀갔는지도 모르겠다.

내 몸이 다시 검은 물속에 잠기는 것 같다. 내 몸에서 비늘이 돋아나는 것도 같다. 더 이상 나는 입으로 숨을 쉬지 않아도 되었다. 이 검은 물속에서 나는 얼마나 더 있어야 하는 걸까. 언젠가 나를 건져 냈던 우악스러운 손을 가진 남자가 내게 말했던 게 문득 떠올랐다. '다시 태어나면 좀 더 좋은 곳으로 가거라.' 나를 내려다보던 모든 사람들이 한입으로 했던 말이었다.

불이 꺼졌다. 이제 완전한 어둠이다. 정말 아스라한 불빛 하나 없는 어둠이 찾아오고 말았다. 생각해 보니 맨홀은 구멍이 아니었다. 나는 빛을 잃은 순간 맨홀이 되고 만 것이었다.

작가의 말

나는 10년 가까이 마라톤 동호회 활동을 해 왔다. 때문에 누군가에게 나를 소개할 때 나는 종종 '마라톤하는 여자'라는 말을 갖다 붙이곤 한다.

'오우!'

대부분의 사람들은 그렇게 첫 반응을 보였다. 사람들이 입술을 작고 동그랗게 벌려 만든 찬사를 들을 때마다 나는 다른 이들이 쉬이 도전하지 못하는 일을 해내고 있는 것처럼 조금 으스대기도 했더랬다.

달리는 일은 무척이나 즐거운 일이다. 하지만 10년에 가까운 시간이 지나는 동안 풀코스를 완주한 적은 없었다. 1년에 두세 번, 10킬로미터 코스를 달리는 정도라서 사실상 마라톤을 한다고 말하기도 좀 낯간지럽지만, 나는 마라톤을 포기할 생각은 한 번도 해 본 적이 없다.

10년 가까이 그랬던 것처럼, 앞으로도 조금씩 숨을 고르고 내 페이스대로, 달릴 수 있는 만큼씩 달려 나갈 것이다. 내 굽은 척추와 틀어진 몸을 바로잡아 균형을 맞추는 데에 달리는 것만큼 좋은 것은 없으니까. 달리는 것 자체가 좋아서, 그리고 내 몸의 균형을 위해서 나는 앞으로도 오래도록 달리는 것을 저버리지 않을 것이다.

소설 쓰는 일 또한 크게 다르지 않은 것 같다. 더 왕성하게 활동하고 쏟아 내야 하지만 나는 그렇게 지내 오지 못했다. 하지만 그런 결과와는 상관없이 나는 여전히 쓰고 있고, 계속해서 쓸 것이며, 오래도록 쓰는 일에 매진할 것이다. 쓰는 것 자체가 좋아서, 내 몸과 마음의 균형을 위해서 말이다.

나를 둘러싼 많은 것들을 눈여겨보고, 보다 많은 것들의 이름을 직접 불러 볼 것이다. 내게 온 작은 단어들을 곱씹으며 한 발 한 발 지치지 않고 나아갈 것이다.

지난해부터 올여름까지, 연희문학창작촌과 토지문화관에서 원고를 다듬었다. 집중할 수 있는 공간을 허락해 주신 덕

분에 무사히 작업을 마칠 수 있었다.

첫 책을 내 주신 민음사 관계자 분들과 부족한 원고를 꼼꼼하게 체크해 준 편집부 식구들, 특히 전담해 진행해 준 김화진 씨에게 고마운 마음을 전하고 싶다. 추천사를 써 주신 하성란 선배님, 그리고 해설을 써 주신 강유정 선생님께도 깊은 감사의 인사를 전하고 싶다. 매순간 눈물겹게 고마운 마음을 갖고 살게 해 주신 많은 분들께는 직접 찾아뵙고 인사를 드리려고 한다.

마지막으로,

나에게 수많은 상상을 심어 주신, 이제는 사람들과 나누는 말보다 혼잣말이 늘어 버린 나의 아버지. 내가 혼잣말이라 말하면, 굳이 독백 중이라고 고쳐 말하시는 나의 아버지에게 뜨거운 애정을 보내고 싶다.

2016년 가을. 김봄.

작품 해설

아오리의 맛, 아이러니의 맛

강유정(문학평론가)

1 아이들

여름 사과 아오리, 아오리는 상큼하고도 떫다. 연두색의 싱그러움, 그러니 아오리를 먹는 오후란 이처럼 상큼하고도 풋풋한 여름날 오후를 연상케 한다. 그러나 막상, 김봄의 소설 속 아오리를 먹는 오후는 좀 다르다. 채 익지 않은 풋사과의 떫음과 덜 익은 과육의 절단면에서 풍기는 비릿한 냄새가 진동을 한다. 김봄의 『아오리를 먹는 오후』는 파과기의 아오리가 수확을 앞둔 어느 날 가지째 베어지는 이야기이며 그럼에도 불구하고 입이 없는 화자들이 자신의 존재를 가까스로 말하려 하는 그런 오후이다. 태어나는 날과 죽음의 날이 맞붙어 있고, 사체가 발견되는 날이 곧 다시 태어나는 날이 되는 기기묘묘한 아이러니 월드, 그게 바로 김봄의 소설이다. 그렇다면, 아릿하고도 총명한 작가의 이름 '김봄' 역시 아오리 같은 것은 아닐까? 봄처럼 상큼하다 여겨 책을 펼치면 비릿하고도 아련한 상처가 툭 하고 벌어지는 그런 서사 공간을 만나게 된다는 점에서 말이다.

김봄의 소설에 등장하는 인물들은 대부분 젊다. 아니 어리다. 「아오리를 먹는 오후」의 여고생, 「내 이름은 나나」의 폭주족, 「맨홀」의 신생아, 「문틈」의 히키코모리 소년, 「절대온도」의 가출 소년소녀들처럼 대부분 젊다 못해 어린 인물들이다. 심지어 "소년범도 안 되는 새끼"(「절대온도」, 184쪽)들이 가출을 해서 '팸'을 만들고 '이랭'을 찾으며 임신한 또래와 섹스를 한다. 우리가 문제아라고 부르는 아이들, 사회가 요구하는 규범에서 벗어난 일탈 청소년들, 어른의 말을 듣지 않는 아이들이 김봄 소설에 잔뜩 등장하는 것이다.

김봄의 데뷔작이 「내 이름은 나나」임을 떠올려 보자면, 김봄의 소설에 등장하는 어린 인물들이 단순한 우연이나 일회적 관심사가 아니라는 것을 짐작할 수 있다. 김봄에게 있어, 거리를 떠도는 아이들은 일종의 작가적 전언의 매개이자 상징이다. 집이 아니라 거리를 헤매는 아이들, 학원이 아니라 빈집을 찾는 아이들, 성적표가 아니라 화려한 비행의 기록을 전시하는 아이들, 너무 일찍 자신의 가족('팸')을 만들려는 아이들을 통해 작가 김봄이 하고 싶은 말이 있는 것이다.

이 아이들은 또래 소녀와 무방비 상태로 섹스를 하고, 함께 지내는 여자 아이를 때려 죽이기도 하고, 단속 경찰들을 우롱하기도 한다. 무서운 아이들, 피하고픈 아이들, 외면하는 게 더 나은 아이들. 『아오리를 먹는 오후』에 등장하는 아이들은 손대기조차 어려운 아이들이다. 하지만 그럼에도 불구하고, 아이들은 아이들이다. 여전히 타자로부터 사랑받고 싶고, 어리광을 부리고 싶다. 문제는 세상이다. 세상은 아이들을 보고 눈살을 찌푸리며 아예 곁을 주지 않는다. 아이들의 저항을 어리광으로 여기지 않고, 법과 규율을 통해 통제하고 체벌하려고만 한다. 말하자면 아이들은 부모를 잃은 유아와 다를 바 없다. 더 이상 어리광을 부릴 수 없을 때, 부모는 없는 것과 다르지 않다.

어쩌면 청소년기에 있어서 이런 분리는 당연하다. 부모와 분리되는 대신 아이들은 부모가 아닌 다른 의존 대상을 찾고자 한다. 친구들일 수도 있고, 부모가 아닌 다른 친밀한 존재일 수도 있다. 아니 아이들뿐만이 아니라 사람은 필연적으로 누군가에게 의존하고, 누군가로부터 사랑을 받아야만 살아갈 수 있다. 하물며, 아이들이야. 중요한 것은 세상에 이러한 존재가 있다는 그 자체가 아니라 소설가 김봄이 이 아이들을 주목하고 서사적 공간 안에 불러들였다는 사실이다. 그렇다면 김봄이 자신의 서사 공간 안에 초대한 아이들은 어떤 아이들이며 김봄은 왜 아이들을 초대한 것일까? 이는 곧 김봄의 첫 번째 소설집을 이해하는 지름길이 될 수 있다.

2 입이 없는 화자

김봄의 소설에서 십 대들은 주요한 등장인물이기도 하지만 이야기를 전달하는 화자이기도 하다. 문제아, 비행청소년처럼 어른의 언어로 규정되곤 하던 아이들이 스스로의 삶을 묘사하고, 고백하고, 드러낸다. 그렇다면 김봄 소설의 화자들은 골빈 화자이거나 무중력 화자인 걸까? 2000년 이후 한국 문학에 틈입한 십 대 화자들은 대개 발랄하고 관대하고, 무관심했으며 그래서 가벼웠다. 아버지 따위를 용서하는 김애란의 화자나 무능한 아빠보다는 부패한 오빠가 경제력이 있으니 더 낫다는 김영하의 화자는 심각하다기보다는 여유로웠고 진지하기보다는 따뜻했다.

하지만 김봄의 소설 속에 등장하는 화자들은 좀 다르다. 우선 김봄의 소설 속 화자는 화자이기는 하지만 이야기 전반을 관통하는 힘을 가진 절대적 화자가 아니다. 다만 자신이

처한 상황을 전달하는 데 멈출 뿐, 고전적인 소설의 화자처럼 상황을 입체적으로 조감한다거나 구체적으로 이해하지 못한다. 어떤 점에서 김봄 소설에 등장하는 십 대 화자들은 화자라기보다는 우연한 목격자에 더 가깝다. 보았으므로 전달하고, 같이 있었기에 말을 할 뿐, 그것을 어떻게 판단해야 할지 입장을 정하지 못하고, 자신의 의견이나 견해를 자신 있게 내세우지도 못한다. 그 아이들은 '화자'라기보다는 단순히 말할 기회를 가진 자들이며, 주체의 역할을 부여받았으나 아직 주체가 되지 못하는 자들이기도 하다.

김봄의 데뷔작인 「내 이름의 나나」도 그렇다. 「내 이름은 나나」의 화자는 바로 '나나'이다. 소설에서 화자란 곧 권력자이며 사건의 주인이다. 말할 권리를 갖는다는 것은 서사 가운데서 진실의 열쇠를 손에 쥔다는 의미이며 충분히 자신에게 유리한 입장에서 자신을 설득시킬 수 있음을 뜻한다. 그런 맥락에서 「내 이름의 나나」의 세계는 '나나'의 눈을 통해 선택된 시공간이며 '나나'의 선택에 의해 서술되고 존재할 수 있는 공간이다. 그런데, 그 공간은 오로지 '수완'이라는 인물로 가득 채워져 있다. '나나'는 '수완'에게 빠져 버렸고, 이제 나나의 세상엔 온통 수완밖에 없다.

어떤 점에서, 「내 이름은 나나」는 '수완에게 빠진 나나'라고 보는 편이 더 옳을 듯싶다. 흥미로운 것은 '나나'라는 이름이

진짜 이름이 아니라 우연히 발견된 호명이라는 점이다. '나나'는 수완의 오토바이를 타고 싶던 그녀가 '나, 나 태워 줘, 나! 나!'를 연발하다가 생긴 이름이다. 그러므로 수완의 오토바이에 타고 싶어 손을 들고 적극적으로 호소하는 소녀들은 모두 '나나'가 될 수 있다. '나나'는 고유명사가 아니라 수완의 뒷자리에 올라타는 소녀들의 보통명사인 셈이다.

수완이 핸들을 당겨 올리는 순간 수완의 엑시브는 앞발을 들어 몸을 세운 포식동물이 되었다. 오토바이가 들린 만큼 수완과 나의 몸도 뒤로 젖혀져 도로와 수평으로 매달렸다. 그 위험천만한 느낌이 좋았다. 머리칼이 바닥으로 떨어지는 듯한 기분도 좋았다. 한 팔에 힘을 풀고 아스팔트를 향해 툭 떨어뜨렸다. 매달린 오른팔에 힘이 들어갈 때마다 웃음이 터져 나왔다. 수완이 욕지거리를 내뱉었지만 잘 들리지 않았다.

수완의 윌리는 진정한 윌리 그 자체였다.

—72쪽

「내 이름은 나나」에서 나나가 추앙하는 인물 수완은 일명 폭주족 리더이다. 그는 폭주족들 사이에서 좀 다른 인물로 통하는데, 그가 전혀 겁이 없기 때문이다. 그리고 나나 역시 겁 없는 수완의 오토바이에 겁 없이 동반하기에 다른 아이들과는 다른 존재로 격상된다. 아이들의 세계에서 차별성은 얼마나 빠른 속도로 오토바이를 타고, 얼마나 두려움 없이 오토바이를 굴려 묘기에 가까운 재능을 보여 주느냐에 달려 있다. 게다가 수완은 '빨간 요요'로 자신만의 시그니처를 완성한다. 잭나이프니 번 아웃이니 모두들 하는 기술이지만 빨간 요요만큼은 수완의 것이다. 수완과 나나에게 있어 오토바이를 타는 것 자체가 일종의 형식이며 내용이다. 그것은 삶의 이유이자 의미이며, 종교이자 쾌락이다.

수완과 나나는 세상이 허락한 속도를 넘어서 질주하고, 세상이 모멸하는 섹스를 하며, 세상이 두려워하는 속도를 즐긴다. 문제는 이 아이들의 속도가 파괴하는 것이 그들이 조롱하는 세계가 아니라 역설적이게도 자기 자신이라는 점이다. 나나와 수완 앞에 나타난 김 반장, 어른은 그들을 도와주는 것처럼 등장하지만 막상 그 등장으로 인해 수완과 나나는 크게 다치고 만다. 김 반장은 얼핏 보면 부모를 대신하는 보호자처럼 굴지만 사실 김 반장은 아이들을 착취하고 괴롭히고 다치게 하는 '어른(세계)'에 불과하다. 아이들이 타자로부터의 사랑을 원한다면 김 반장은 고작 강제와 감금만을 줄 수 있을 뿐이다. 게다가 김 반장은 아이들을 인정하지 않는다.

비록 화자이긴 하지만 나나는 수완의 멋있는 모습이나 자신의 윤리를 멋지게 전달하지는 못한다. 심지어 김 반장조차 설득하지 못한다. 입을 가졌으되, 그들의 입은 화자의 권력을 갖기는커녕 겨우 존재하는 삶의 필연성조차 설명하지 못한다. 그만큼 나약하다. 오토바이 바퀴로 불타는 스키드 마크를 낸다고 해서, 세상이 그들을 두려워하지는 않는다. 세상은 아이들을 두려움의 대상이 아니라 분류와 통제의 대상으로 여길 뿐이다.

수완을 분류하자면 그는 폭주족이다. 폭주족이란 도로에서 오토바이를 타고 신호를 무시한 채 질주하며 도로교통법을 무시하는 집단을 통칭한다. 폭주족이라는 명칭에는 연령이나 성별이 제시되어 있지 않다. 하지만 우리는 폭주족이라는 단어가 사실 십 대들을 지칭하며, 집이나 학교가 아닌 거리가 더 익숙한 십 대들이라는 것도 짐작한다. 대개 남자아이들이며 그들의 뒤에 나나와 같은 여자아이들이 있다는 것도 이미 알고 있다. 폭주족은 이해하기 어려운 십 대를 이해하려는 노력의 언어가 아니라 골치 아픈 예외자들을 솎아 내는 하나의 방식이다.

아이들은 연쇄 살인범이나 아동 성폭행범 들처럼 정말 세상에 위협이 되는 범죄자로 여겨지지는 않는다. 우리의 삶에 어떤 위험 인자로 여겨지지 않기에 오히려 아이들은 무시당하고, 고려되지 않는다. 위험하지 않은 아이들, 그들은 그저 귀찮은 사회적 부산물일 뿐이다. 사회와 가족이 싫어서 틀을 벗어난 것 같지만 사실상 아이들은 사회와 가정의 호출을 기다린다. 어리광 부리는 법을 잃어버린 어른-아이가 집, 엄마를 그리워하고 기다리는 이유도 여기에 있다. 특히, 김봄의 소설에 등장하는 아이들이 그렇다. 김봄의 소설에 등장하는 십대들은 문제아나 범죄자들이 아니라 약자이며 소외된 영혼들이다. 아이들은 입이 있으되 누구도 그 말을 들어주지 않는 말을 빼앗긴 고독한 화자인 셈이다.

3 모순적 세상에서의 반어

돌이켜 보면, 「아오리를 먹는 오후」는 매우 역설적이다. 제목만 보면 아오리를 맛있게 베어 무는 목가적 풍경이 연상된다. 여고생도 등장하고, 그녀의 치맛자락이 바람에 날리는 장면도 등장한다. 이런 풍경 속에서 소녀가 아오리를 한 입 베어 무는 것, 우리가 관습적으로 떠올리는 그런 푸르른 오후이다.

하지만, 막상 「아오리를 먹는 오후」에 등장하는 소녀는 아오리를 먹지 않는다. 아오리를 먹는 쪽은 소녀를 죽음에 이르게 한 아저씨, "삼촌"이다. 엄마의 애인이기도 한 삼촌은 아오리를 씨방까지 씹어 먹는다. 목젖을 울리며 아오리를 씹어 먹는 삼촌, 소녀는 그런 남자를 바라볼 뿐이다. '먹는다'라는 말이 포함하는 비속어적 세계를 생각해 보자면, 오히려 소녀는 아오리를 먹는 쪽이 아니라 먹히는 아오리 쪽에 가까워진다. 소녀는 아오리처럼 씨방까지 먹히고 목숨까지 잃고 만다. 제목의 풋풋함과 달리 소설에서 전개되는 내용은 채 피지도 못한 채 죽어 버린, 그래서 영혼의 목소리로 세상을 떠도는 소녀의 이야기이다. 제목은 가해자 쪽의 것이며 서사의 진실은 괄호에 묶인 유령 화자, 삼촌의 완력에 아오리처럼 파괴된 소녀의 들리지 않는 고백에 묻혀 있다.

여고생인 소녀는 소설을 전달하는 화자이지만 서사 밖에 존재하는 우리(독자)만이 그녀의 목소리를 들을 수 있을 뿐, 누구도 그녀의 목소리를 듣지 못한다. 이미 그녀는 죽었기 때문이다. 그녀가 유령 화자라면 독자들 역시 유령 청자일 수밖에 없다. 유령 화자도 그리고 청자인 독자들도 아무것도 할 수 없는 무력한 서사 공간 안에, 이미 사체가 된 소녀가 하의가 벗겨진 채로 어느 강가에 놓여 있다.

> 길게 소리를 지르고 싶지만 목 안에서만 맴돌 뿐 밖으로 쏟아지지 않아요. 목이 쉴 것처럼 온 힘을 다해 소리 지르고 있지만 여전히 아무 소리도 들리지 않아요.
>
> 난 왜 소리치지 못하고 있는 걸까요.

—108쪽

나는 얼마나 이렇게 누워 있었던 걸까요. 흙냄새가 몸을 타고 올라와요. (……) 아무도 날 데리러 오지 않아요.

—109쪽

그녀는 이미 죽었다. 그렇다고 해서 이 유령 화자가 '누가' 그녀를 죽였는가를 찾아 가는 범죄 서사나 추리 서사의 관습적 화자라고 볼 수는 없다. 이미 독자는 누가 그녀를 그곳으로 데려갔고, 왜 그녀의 목소리를 아무도 들을 수 없게 했는지 알고 있다. 중요한 것은 그런 그녀가 누군가에게 절실하게 자신의 목소리를 전하고자 한다는 사실이다. 가장 절실하게 부르는 존재는 바로 '엄마'이다. 그런데 눈여겨볼 것은 그녀가 언제나 엄마를 간절히 부르고 있었다는 점이다. 초경을 하던 날처럼 말이다.

초경을 시작하게 된 날, 소녀는 간절하게 엄마의 관심을 바란다. 초경을 해서 어른이 된 게 아니라 오히려 그 당혹스러움에 어리광을 부리고 싶어진 것이다. 하지만 엄마는 휴지로 거칠게 그녀의 가랑이를 닦아 내고, 간유리로 되어 있는 방문에 푸우 벽지를 갖다 붙인다. 거친 손길도, 푸우 그림도 그녀가 원치 않던 것이다. 이미 죽기 전부터 그녀의 언어는 '엄마'

에게 전달되지 못했고, 자꾸 다른 의미로 무너져 가고만 있었다. 이는 죽고 난 이후도 마찬가지이다. 그녀는 삼촌의 손길이 그렇게 싫지만은 않았다. 하지만 삼촌은 그녀를 강간한 범인이 되었고, 엄마는 뒤늦게 오열한다. 그러나 그녀가 원했던 것은 그런 식의 대화가 아니다. 이번에도 그녀가 발신한 메시지는 오해되고, 엉뚱한 곳에 도착하고 만다.

화자이지만 아무도 들을 수 없는 이야기는 김봄 소설 전체를 아우른다. 전달하고 싶지만 할 수 없는 「아오리를 먹는 오후」나 「맨홀」의 화자도 있지만 아예 스스로를 유폐함으로써 타자와의 진정한 소통을 찾는 「무정」이나 「문틈」의 역설적 화자들도 있다. 이는 비단 화자들의 특성만이 아니다. 김봄이 재구성한 세계 그 자체가 역설이자 반어 위에 놓여 있기 때문이다.

우선 제목들이 대개 반어이다. 「오! 해피」에서 딸은 엄마에게 가장 밑바닥의 순간에 "행복해?"라고 묻는다. 그들에게 해피는 행복이 아니라 강아지 이름에 불과하다. 혼자 몰래 낳은 아이가 산모의 엄마라는 「맨홀」의 설정도 역설적이다. 혼자 아이를 낳고 몸에 묻은 피를 처리하는 여자는 방금 태어난 아이의 딸이다. 화자인 신생아는 그녀를 알지만 그녀는 아이가 자신의 엄마인지 모른다. "금방 올게, 엄마." 라는 말이 이중적인 중의로 받아들여지는 이유도 여기에 있다. 갓 태어난 아이가 엄마의 다른 생임을 알아보고 '엄마'라고 부르는 것인지 아니면 스스로를 가리켜 엄마라고 호명한 것인지 모른다. 어쩌면 모든 딸아이는 엄마가 지나왔던 삶의 복제라고 여기는 작가 김봄의 근본적 회의가 이런 상황에 담겨 있는 것일지도 모르겠다.

김봄은 절대적인 가치나 의미를 거절한다. 김봄이 생각하는 진실은 오히려 역설과 반어, 즉 하나의 의미로 수렴되지 않는 모순과 그 모순의 충돌 가운데에 있다. 그래서 김봄의 소설 안에서 가치를 지닌 언어들은 이렇듯 이중적이거나 반어적이며 역설적이다. 세상 사람들이 말하는 언어의 의미와 김봄 소설에 등장하는 인물들이 써야 하는 언어의 의미와 용도가 다른 것이다. 김봄의 소설은 거대한 하나의 아이러니이자 역설의 공간이다. 세상이 그렇기 때문이다.

4 모라토리엄기의 십 대-되기

김봄의 『아오리를 먹는 오후』에 등장하는 인물들은 말하자면 모라토리엄에 처해 있다. 그들은 어딘가에 소속감을 느끼고 싶지만 아무 데도 소속되거나 기입되지 못한다. 소속되지 못한 자들은 결국 자기동일성, 아이덴티티를 확인하기 어렵다. 「절대온도」에 등장하는 아이들의 형편을 보자면 이는 더 욱 분명해진다. 아직 초등학생일지도 모르는 '나'는 가출한 이후 가족을 찾고 있다. 가출 청소년들이 이루는 집단 거주 형태는 팸이라고 불린다. 인터넷에 올라온 공고를 보고 찾아간 아이는 여러 명의 아이들과 만나게 된다. "팸에 들어가면 좁은 고시원에서 벗어날 수 있"기 때문이다. 아이들은 "이름도, 집을 나온 각자의 이유도 있을 테지만 서로에 대해 더 이상 묻지 않"는다. 많이 알수록 서로를 의심하게 된다고 말하는 아이들은 어쩌면 세상의 혼탁함을 본능적으로 알고 있는지도 모른다. '미미'라는 이름으로 불리는 어린 임신부와 한 방을 쓰게 된 그는 그녀와 가까워지게 되고 가까워지자 '엄마 아빠' 이야기를 꺼내게 된다.

미미의 말이 나를 등지고 떠난 엄마 아빠를 끄집어냈다.

그랬다. 제일 먼저 집을 나간 건 아빠였다. 그날부터 엄마는 자정 전에 집에 돌아온 적이 없었다. 귀가 시간이 점점 늦어졌고 하루를 넘겨 들어온 날도 많았다. 아빠가 돌아오자 이번엔 엄마가 집을 나갔다. 아빠는 온종일 방 안에서 시간을 보냈다. 대부분 누워 있었고 그나마 앉아 있을 때는 술병을 들고 있었다. (……) 나는 지금까지 예전 번호를 쓰고 있었지만 둘 중 어느 누구도 내게 전화를 걸어온 적이 없었다. 메시지도 없었다. 죽었거나 그들 속에 있던 나를 죽였거나. 둘 중 하나일 거라고 나는 생각했다.

—198쪽

얼핏 보기엔 '나'가 집을 버리고 떠나온 듯싶지만 나에게 집을 떠나는 것은 선택이 아니라 필연이었다. 알코올 중독자 아버지와 가출한 어머니는 그가 한 번도 전화번호를 바꾸지 않았다는 사실조차 모르고 있다. 아니, 어쩌면 그가 가출한 것으로 믿고 있는 쪽이 더 편한 것일지도 모른다. 그는 집을 나온 것이라기보다는 돌아갈 집이 없다. 겉으로 보기에 그가 가족을 버렸지만 실상 그는 버림받았다.

이렇게 버림받은 십 대의 초상은 「문틈」에서도 발견된다. 자기 방안에 스스로 갇혀 지내는 아이에 대해 엄마, 아빠는 침묵한다. 이 침묵을 깬 것은 순정이의 임신 사건이다. '나'는 종종 편의점에 찾아가 편의점에서 아르바이트를 하는 순정이와 섹스를 한다. 그것은 섹스라기보다는 "엉덩이와 성기만 맞대"는 동물적인 인사이자 교류 활동에 더 가깝다. 중요한 것은 이미 꽤 오래 전부터 아이는 문을 잠그지 않았다는 사실이다. "엄마와 아빠는 모르고 있었을 테지만 한동안 나는 방문을 잠그지 않았다. 문을 잠그지 않았는데도 아무도 들어오지 않았다."(160쪽) 즉, 문을 걸어 잠그고, 대화의 길을 끊은 것은 처음엔 아이였지만 최종적으로 고립을 승인한 쪽은 엄마 그리고 아빠이다.

김봄의 소설집에 등장하는 인물들은 모두 어머니 아버지가 아니라 엄마, 아빠라는 호칭을 사용한다. 십 대뿐만이 아니라 심지어 결혼을 했던 어른까지도, 어머니를 '엄마'라고 부른다.(「오! 해피」) 어떤 점에서, 집을 나가고, 방문을 걸어 잠그고, 삼촌과 먼 곳까지 차를 타고 나가는 것은 사춘기 청소년의 어리광이라고 볼 수 있다. 어리광이란 어린 짓이나 퇴행적 행동이라기보다 자신의 행동을 주목해 달라는 우회적 몸짓이라고 할 수 있다.

김봄의 소설에 등장하는 십 대들은 매우 폭력적인 것처럼 보이지만 막상 최종적으로 피해자가 되고 만다. 그들은 무슨 이유인지 모르겠으나 집을 나가서 거리를 헤매거나 아예 방안에 갇힌 채 가족과의 대화를 끊고, 혹은 집 근처 편의점에서 일하는 또래를 준 강간해서 임신시킨다. 하지만 소녀 혹은 소년들은 자신이 왜 그랬는지 충분히, 서사적으로 설명하지 않는다. 그래서, 김봄의 소설 속에 나오는 십 대들은 당혹스럽다.

우리는 자기의식을 갖고 '타자'와 싸우는 인물들과 그들의 이야기 즉 전통적인 서사에 익숙해져 있다. 하지만 김봄의 소설에 등장하는 아이들은 누군가와 싸우고 있기는 하지만 그 '타자'가 불분명하며 그렇기에 싸움의 서사 역시 불분명하다.

헤겔의 말처럼 투쟁의 과정이 곧 역사라면, 김봄의 소설 속의 아이들에게는 역사가 없다.

주목해야 할 것은, 아이들이기 때문에 역사가 없는 것이 너무나도 당연하다는 사실이다. 우리가 역사가 있다고 알고 있는 아이들, 즉 공부나 학습, 성적을 타자로 두고 그것을 얻기 위해 애쓰는 아이들을 가리켜 우리는 평범하다고 말한다. 그러나 그러한 십 대들의 삶이야말로 타자를 가지지 않은, 역사가 없고, 주체가 없는 아이들에 가깝다. 그것이야말로 스노비즘적인 삶이다. 입시, 진학을 목표로 두고 매일매일 스스로를 거의 학대하듯 공부에 매달리는 것, 이것이야말로 형식으로부터 내용을 추출해 내는 전도된 스노비즘의 전형적 양식이다. 공부를 열심히 해서, 좋은 대학에 가는 데에는 실질적으로 필연적인 이유도 없으며 그것이 곧 삶의 내용을 구성할 수는 없다. 막연한 강요와 규율에 의해 학습이 행해진다. 아이들은 타자를 갖고, 미래를 가진 것처럼 굴지만 사실 그것은 자신이 직접 계획한 미래라고 보기는 어려우며 그들은 아직 주체 혹은 역사를 가졌다고 말할 수 없다.

이런 관점에서 보자면 오히려 집 밖을 떠돌며, 거리에서 방황하는 아이들이야말로 진짜 반성을 하고 주체를 찾아가는 자들이라고 할 수 있을지도 모른다. 적어도 아이들은 주어진 환경과 역할이 아니라 자신이 찾은 고민과 갈등 가운데 있으니 말이다. 문제는 세상이 이렇게 다른 궤도와 언어를 쓰는 아이들을 받아들이거나 들으려 하지 않는다는 사실이다. 「문틈」의 소년처럼 이미 꽤 오래전부터 방문의 잠금쇠를 풀고 있었지만 오히려 어른들은 잠겨 있겠거니, 열어 보지 않는다. 전화번호를 바꾼 적 없는 「절대온도」의 아이들의 전화가 한 번도 울리지 않는 이유도 크게 다르지 않을 것이다. 역설적이게도 아이들은 문제아이지만 무력하고, 안쓰럽다. 아이들의 어리광을 부모도, 학교도, 사회도, 법도 받아 주지 않는다. 하지만 그런 아이들은 언제나 이 세상에 존재한다. 외면하는 것은 아이들이 아니라 우리들인 셈이다.

5 사각지대를 보는 작가의 눈

『아오리를 먹는 오후』에 등장하는 인물들은 한국 현대 소설사에서 거의 본 적이 없는 낯선 인물들이다. 그들은 십 대들이지만 우리가 흔히 접할 수 있는, 궤도 위에서 질서를 따라가는 평범해 보이는 아이들은 아니다. 폭주족, 가출 청소년, 원조 교제를 하는 문제아, 말하자면 지금껏 소설의 인물이라고 생각하지 않았던 인물들이 주인공이다. 그 아이들은 내면을 가지고 고민하는 인물이라기보다는 우선 움직이는, 행동이 앞서는 이들이다. 아웃사이더들이고, 문제아들이며 과하게 말하자면 범죄자들이다.

그렇다고, 김봄이 이 아이들의 삶을 르포르타주 형식으로 재현해서 사각지대에 가려져 있던 삶을 복원하려는 것은 아니다. 오히려 이 삶을 들여다볼수록 아이들은 나약하고, 허약하다. 우리가 2000년대 초 소설에서 보았던 발랄하고 가벼운 무중력 골 빈 화자의 유형과도 거리가 먼 셈이다.

오히려 김봄은 우리 사회의 한쪽에 존재하는 모라토리엄기의 아이들에게 화자의 권한을 주고, 그 상처투성이의 내면을 그려 보이도록 한다. 아이들이 아무리 나쁘다고 해도 세상보다 나쁘지는 않다. 아이들이 아무리 폭력적이라고 해도 세상이 내뿜는 악의만은 못하다. 아이들이 아무리 어른스러운 척하더라도 아이는 아이이다.

아이의 눈을 통해 보는 세상, 악을 자임하는 아이들보다 더 악한 세상을 통해, 세상의 모순은 고스란히 드러나고 만다. 김봄은 이렇듯 역설적이며 모순적인 세상을 반어로 그려내고자 한다. 사각지대를 비추는, 낯설고 다른 김봄의 소설적 공간과 전언을 주목해야 하는 이유이다.

아오리를 먹는 오후

1판 1쇄 펴냄 2016년 9월 16일
1판 2쇄 펴냄 2020년 6월 8일

지은이 김봄
발행인 박근섭, 박상준
펴낸곳 (주)민음사

출판등록 1966. 5. 19. (제16-490호)
서울시 강남구 도산대로1길 62 (신사동)
강남출판문화센터 5층 (06027)
대표전화 02-515-2000 | 팩시밀리 02-515-2007
www.minumsa.com

ISBN 978-89-374-3335-1 (03810)

* 2014년 서울문화재단 창작 기금 수여